해리포터
저주받은 아이
— 1·2부 —
연극 대본

BASED ON AN ORIGINAL STORY BY

J.K. ROWLING
JOHN TIFFANY & JACK THORNE
A PLAY BY JACK THORNE

FIRST PRODUCED BY
SONIA FRIEDMAN PRODUCTIONS, COLIN CALLENDER
& HARRY POTTER THEATRICAL PRODUCTIONS

THE OFFICIAL SCRIPT OF THE
ORIGINAL WEST END PRODUCTION

THE DEFINITIVE AND FINAL PLAYSCRIPT

HARRY POTTER
AND THE CURSED CHILD

해리포터
저주받은 아이
— 1·2부 —
연극 대본

J.K. 롤링

존 티퍼니 & 잭 손
세 명의 원작에 기초한 이야기

잭 손 각색

박아람 옮김

문학수첩

HARRY POTTER AND THE CURSED CHILD PARTS ONE AND TWO
Based on an original story by J.K. Rowling, John Tiffany and Jack Thorne
A play by Jack Thorne

First published in print in Great Britain in 2016 by Little, Brown
The paperback edition published in 2017 by Sphere
Korean translation copyright © 2017 by Moonhak Soochup Publishing Co., Ltd.
Text © Harry Potter Theatrical Productions Limited 2016
Potter family tree and Timeline © 2017 Pottermore Ltd
Harry Potter Publishing and Theatrical rights © J.K. Rowling
Artwork and logo are trademarks of and © Harry Potter Theatrical Productions Limited
Harry Potter characters, names and related indicia are trademarks of and © Warner Bros. Ent.
All characters and elements © and TM Warner Bros. Entertainment Inc. All rights reserved.

저자의 저작인격권이 보장되어 있습니다.
이 책에 등장하는 모든 인물과 사건은 허구이며 실존 인물과 사건을 연상시키는 부분이 있더라도
이는 저자의 의도와 무관합니다.

이 책은 저작권사와의 독점계약으로 ㈜문학수첩에서 출간되었습니다. 저작권법에 의해 한국 내에서
보호를 받는 저작물이므로 무단 전재와 무단 복제를 금합니다.

나의 세상에 들어와
아름다운 일을 해 준
잭 손에게 이 책을 바칩니다.

J.K. 롤링

조와 루이스, 맥스, 소니, 말……
모든 마법사에게 이 책을 바칩니다.

존 티퍼니

2016년 4월 7일에 태어난 엘리엇 손에게 이 책을 바칩니다.
우리가 리허설을 할 때 그 녀석은 옹알이를 했답니다.

잭 손

《해리 포터와 저주받은 아이 1, 2부》는 저작권자인 J.K. 롤링과
Harry Potter Theatrical Productions Limited의 라이선스 허가 없이
전부 혹은 일부 포함 그 어떤 경우에도 공연될 수 없습니다.
문의 사항은 enquiries@hptheatricalproductions.com으로 연락 부탁드립니다.

• 차례 •

즐겁게 대본 읽기 ⋯ 9

1부

1막 ⋯ 19
2막 ⋯ 143

2부

3막 ⋯ 259
4막 ⋯ 381

런던 공연 오리지널 캐스트 ⋯ 479
2017년 크리에이티브 및 프로덕션 팀 ⋯ 482
작가 소개 ⋯ 485
감사의 말 ⋯ 489
해리 포터 가계도 ⋯ 490
해리 포터 연대표 ⋯ 492

즐겁게 대본 읽기
연출가 존 티퍼니와 극작가 잭 손의 대화

잭 제가 난생처음 읽은 연극 대본은 《요셉과 놀라운 색동옷(Joseph and the Amazing Technicolor Dreamcoat)》이었습니다. 당시 초등학생이었는데, 무척 흥미진진했었죠. 또렷이 기억나진 않지만, 주로 제 대사를 찾으면서 훑어봤던 것 같아요. 맞습니다. 아주 맹랑한 꼬맹이였죠. 요셉 역할이었거든요. 다음으로 접한 희곡은 이언 서레일리어(Ian Serraillier)의 고전인 《은검(The Silver Sword)》을 각색한 대본이었어요. 이 연극에서는 주연이 아니었고, '소년 3'이었나 그랬을 겁니다. 사실 저는 에덱 밸리키를 맡고 싶었죠. 에덱 역을 맡기 위해서라면 뭐라도 했을 겁니다. 하지만 안타깝게도 그 무렵 제 연기 경력은 이미 손쓸 수 없이 퇴보한 상태였어요. 제 나이 아홉 살이었죠.

존 제가 처음 읽은 대본은 아홉 살 때 접한 《올리버!(Oliver!)》였습니다(그 어린 나이에도 제목에 붙은 느낌표를 보고 뮤지컬이라고 어렴풋이 직감했죠. '올리버'에 …… 노래가 나오겠군!). 1981

년 허더즈필드 아마추어 오페라 협회(Huddersfield Amateur Operatic Society)에서 상연된 이 연극에서 저는 제목과 동명의 고아 역을 맡았어요. 따로 억양 연습을 한 기억이 없으니, 틀림없이 디킨스의 원작을 절묘하게 재구성한 작품이었을 겁니다. 올리버의 엄마가 웨스트요크셔의 구빈원으로 가서 출산한 내용으로 살짝 바꿨겠죠. 저 역시 대본을 훑어보며 제 대사를 찾았습니다. 일부러 노란색 형광펜을 사러 간 기억이 나네요. 올리버의 대사에 표시를 하기 위해서였죠. 같이 출연하는 배우들이 그렇게 하는 것을 봤거든요. 저는 그게 노련한 배우의 상징적인 습관이라고 생각한 것 같습니다. 나중에야 '미꾸라지' 잭 도킨스가 지적해 주더군요. 대사를 형광색으로 칠하기만 할 게 아니라 열심히 외우기도 해야 한다고요. 그때 대본 읽기에 관한 교훈을 처음 배웠습니다.

잭 존 당신이 올리버를 연기하는 모습, 정말 보고 싶은데요. 형광펜으로 표시한 대본도 보고 싶고요. 저는 당신의 **빳빳한** 갈색 연출 수첩을 보며 늘 감탄했거든요. 제 대본은 귀퉁이가 구깃구깃하고, 알아볼 수 없는 메모로 뒤덮여 있답니다. 예전부터 늘 그랬어요. 게다가 아기 토사물도 묻어 있고요(뭐, 이건 비교적 최근에 추가되었죠).

대본은 어떻게 읽혀야 한다고 생각하십니까? 독자들은 대본을 어떻게 읽을 수 있을까요? 출간을 앞두고 지문을 쓸 때, 연극 개막을 2, 3주 앞두고 황급히 원고를 마무리할 때 이 부분이 몹시 걱정되더군요. 공연 연습을 하면서 대본 곳곳을 들어냈잖아요. 배우들이 표정만으로 자연스럽게 표현할 수 있는 대사는 필요 없다고 판단하여 삭제해 버렸죠. 그렇게 특정 배우 집단에 맞게 대본을 다듬었지만, 다른 사람들도 배역을 연기할 수 있어야 하죠. 연출자가 그렇듯, 독자도 등장인물들을 시각화할 수 있어야 합니다.

대본을 처음 접할 때 어떤 점을 보시나요?

존 연출자에게는 새로운 대본과의 첫 만남이 아주 소중하답니다. 그 대본으로 올린 연극을 처음 보는 관객과 가장 가까운 입장이 되는 거라고 할 수 있죠. 완성된 대본을 읽었을 때 그 줄거리와 등장인물들, 극작가가 탐구하는 주제들이 와 닿아야 합니다. 대본을 보며 웃고 울 수 있어야 하죠. 이야기의 즐거움을 느끼는 동시에, 인물들이 겪는 고통을 깊이 통감할 수도 있어야 합니다. 무대에서 온전히 재현할 수 있고 그 경험을 관객과 함께 나눌 수 있게 해 주는 대본이 좋은 대본이라고 생각합니다.

극작가로서 대본을 쓸 때 이런 모든 과정 가운데 어느 정도 상상하십니까? 인물들의 대사를 쓰면서 직접 소리 내어 연기해 보기도 하나요?

잭 대사뿐 아니라 몸동작도 직접 해 봅니다. 이름난 커피숍이나 샌드위치 가게에서 그러고 있으면 사람들이 이상하게 쳐다보곤 하죠. 저도 모르게 극중 인물이 되어 어느새 몸동작까지 흉내 내고 있을 때가 많거든요. 얼마나 창피한지 몰라요.

이번 대본은 조금 특별했습니다. 대본을 쓰면서 배우들과 이렇게 많은 시간을 보낸 적이 없었거든요. 몇 주간 극 연구를 하고 뒤이어 몇 주간 공연 연습을 하는 내내 디자인팀에서부터 음향팀, 조명팀에 이르기까지 모두가 오랫동안 함께 시간을 보냈죠. 다른 사람들도 그런 경험은 처음이었을 겁니다. 다 합쳐서 8개월쯤 걸렸을 거예요. 이런 과정이 결과물에 어떤 영향을 미쳤을까요? 물론, 그 덕분에 작품의 질은 훨씬 더 좋아졌을 겁니다. 그런데 이런 경험이 우리 공연 분위기를 얼마나 바꿨다고 생각하시나요?

존 카페에 앉아서 극중 인물이 되어 혼자 중얼거리고 있는 당신의 모습을 꼭 보고 싶군요! 그런 공연을 찾는 관객도 있을 겁니다. 아주 독특한 형태의 공연이잖아요. 순회공연을 해도 좋겠어요. 제가 〈저주받은 아이〉의 배우들을 아는데, 맨 앞자리를 예약해야겠네요. 안 된다고요? 그럼 할 수 없지만…….

긴 시간 동안 함께 극 연구를 하고 공연 연습을 한 것은 당연히 우리 작품에 긍정적인 영향을 미쳤을 겁니다. 그 모든 과정이 아직도 머릿속에 생생하네요. 아주 역동적이고 분명하게 남아 있습니다. 2014년 초에 롤링과 함께 원작 회의를 한 순간부터 2016년 여름에 이 연극이 처음으로 관객을 마주한 순간까지 수많은 배우들과 창작자들, 아티스트들, 연출자들, 제작 및 기술 팀들이 참여했죠. 대본집을 출간할 때 이 사람들의 이름을 모두 넣어야 한다고 주장한 것은 바로 이런 이유 때문이었습니다. 또, 그래야만 이 대본집을 통해 극장에서 공연을 보는 경험을 조금이나마 맛볼 수 있을 테고요.

이 대본의 집필자로서 아직 공연을 보지 못한 채 대본을 읽는 독자들이 어떤 상상을 하길 기대하시나요?

잭 어려운 질문이네요. 연극의 막이 오르기 전날, 저는 트위터에 이런 글을 올렸습니다. '모두가 연극을 직접 보았으면 좋겠습니다. 대본으로 읽는 것보다 훨씬 더 좋을 테니까요. 연극 대본은 노래를 위해 존재하는 악보와도 같고, 우리에겐 비욘세에 견줄 만한 배우들과 제작진이 있답니다.' 그러니 이렇게 답할 수 있을 것 같네요. 대본을 읽는 독자들이, 연극계의 비욘세, 즉 감정이 풍부하고 감정 이입에 능하며 대사 한 마디 한 마디의 뉘앙스를 살려 아름답게 연기할 수 있는 배우들, 그리고 이를 데 없이 절묘한 무대 디자인과 동작, 의상, 조명, 영상, 음향 등이 함께 어우러진 무대를 상상했으면 좋겠다고요.

또 한편으로, 제가 롤링 그리고 잭 당신과 함께 쓴 대본을 그대로 음미하며 읽어도 좋을 것 같습니다. 대사 한 줄 한 줄에 〈해리 포터〉 시리즈 전체에 흐르는 정서와 감정을 진실하고 솔직하게 담아내려고 최선을 다했으니까요. 물론, 행간에 의미를 싣는 일, 감정을 전달하는 일이 어렵긴 합니다. 대본에는 내적 독백을 실감나게 담아낼 수 없으니까요. 산문 작품에서는 인물의 감정을 글로 표현할 수 있고, 연극 공연에서는 배우들이 표정으로 내적 독백을 표현할 수 있죠. 게다가 무대 위에서 여러 가지 마술이 벌어지기도 하는데, 제가 이것을 글로 설명해 버리면 공연 보는 재미가 떨어질 테고 제이미 해리슨(일루션/마술 담당)은 마술계에서 퇴출당할 겁니다! 독자들이 머릿속으로 직접 연기를 해 볼 수도 있을까요? 저처럼 카페에 앉아서 미친 사람처럼 모든 배역을 연기해 보는 겁니다. 독자들에게 이 대본을 어떻게 읽으라고 권하시겠습니까?

존 말씀하신 대로, 산문 작품에서는 인물의 감정을 내적 독백으로 표현할 수 있고, 시각적인 세부 사항은 풍부한 묘사를 통해 표현할 수 있지만, 우리는 배우들과 크리에이티브 협력자들이 무대에서 이러한 요소들을 재현하도록 해야 합니다. 그런 뒤에도 어떤 장면들은 관객의 상상력을 동원해야만 완전한 결실을 맺을 수 있죠. 제가 연극을 좋아하는 이유 가운데 하나도 바로 이런 점입니다. 영화에 컴퓨터 합성 이미지가 있다면, 우리 연극에는 관객의 상상력이 있습니다. 둘 다 아주 막강한 요소죠.

독자들이 머릿속으로 이 대본을 직접 연기한다면 정말 멋질 것 같은데요. 가까운 사람들과 함께 방에서 연기해 보는 것도 좋을 테고요. 이런 활동과 실제 우리 관객의 상상력은 어느 정도 연결되는 구석이 있을 겁니다. 우리는 〈해리 포터와 저주받은 아이〉 연극을 보고 싶어 하는 모든 분들이 런던 팰리스 극장에서든 다른 곳에서 다른 팀의 공연으로든 무대를 직접 접할 수 있도록 최선을 다할 것입니다. 그 전까지 우리 독자들의 머릿속에서 잭 당신의 대본이 다양한 방식으로 상연된다고 생각하니 몹시 흥분되는데요.

일러두기

1. 인명, 지명 등의 고유명사와 주문 등의 마법 관련 용어는 이 책의 개정판 1쇄부터, 2019~2020년에 출간된 《해리 포터》 시리즈의 새 번역을 따랐다.
2. 《해리 포터와 저주받은 아이 1, 2부》에 처음 등장한 용어는 한글맞춤법의 외래어표기법을 따랐다.
3. 본문 각주는 모두 옮긴이가 단 것이다.

1부

1부

1막

1막 1장

킹스크로스역

혼잡하고 붐비는 기차역. 어디론가 가려는 사람들로 가득하다. 이 북새통 속에서 짐을 잔뜩 싣고 그 위에 새장을 얹은 카트 두 대가 덜덜거리며 달려온다. 두 소년 제임스 포터와 알버스 포터가 이 카트를 하나씩 밀고 있고, 그들의 엄마 지니가 뒤쫓아 온다. 서른일곱 살의 해리는 딸 릴리를 목말 태우고 온다.

알버스 아빠. 형이 계속 그 얘기 해요.

해리 제임스, 그만해라.

제임스 그냥, 알버스가 슬리데린에 가게 될지도 모른다고요. 그리고 어쩌면…… (노려보는 아빠의 눈을 피해) 알았어요.

알버스 (엄마를 쳐다보며) 나한테 편지할 거죠?

지니 네가 원한다면 매일 할게.

알버스 아냐. 매일 하진 마세요. 제임스 형이 그러는데, 거기 학생들은 대부분 한 달에 한 번씩만 집에서 편지를 받는대요. 그렇게 자주는…….

해리 우린 작년에 네 형한테 일주일에 세 통씩 편지를 보냈는데.

알버스 네에? 형!

　　　　알버스는 원망하는 얼굴로 제임스를 본다. 제임스가 빙긋 웃는다.

지니 정말이란다. 제임스가 호그와트에 대해 얘기해 주는 거, 다 믿지 않는 게 좋을 거야. 네 형이 장난을 좋아하잖니.

제임스 이제 좀 가죠. 네?

　　　　알버스는 아빠를 본 다음 엄마를 본다.

지니 그냥 9번 승강장과 10번 승강장 사이로 걸어가기만 하면 돼.

릴리 신난다.

1막 1장

해리　걸음을 멈추지 말고, 벽에 부딪치면 어쩌나 걱정하지도 마. 이게 아주 중요해. 불안하면 달려 들어가는 게 최고지.

알버스　해 볼게요.

　　　　해리와 릴리가 알버스의 카트에 손을 얹고 지니는 제임스의 카트에 손을 얹은 뒤 온 가족이 벽으로 힘차게 달려 들어간다.

1막 2장

9와 4분의 3번 승강장

호그와트 급행열차가 뿜어내는 하얀 증기가 승강장을 자욱하게 뒤덮고 있다.

이 승강장 역시 혼잡하다. 그러나 빳빳한 정장 차림으로 하루를 시작하는 사람들이 아니라, 주로 사랑하는 자녀들에게 어떻게 작별 인사를 건네야 하나 고민하는, 로브 차림의 마법사들로 붐빈다.

알버스　　나왔네요.
릴리　　우아!
알버스　　9와 4분의 3번 승강장.
릴리　　다들 어디 있지? 왔을까? 아직 안 왔나?

1막 2장

해리가 론과 헤르미온느, 그들의 딸 로즈를 가리킨다. 릴리는 그들을 향해 힘차게 달려간다.

론 삼촌. 론 삼촌!!!

론이 그들을 돌아보자 릴리는 쏜살같이 론에게로 달려간다. 론은 릴리를 안아 올린다.

론 포터 가족 중에 내가 제일 좋아하는 녀석이로구나.
릴리 오늘은 뭘 보여 주실 거예요?
론 위즐리 형제의 위대하고 위험한 장난감 가게가 인증한 '코를 없애는 입 냄새'라고 알아?
로즈 엄마! 아빠가 그 유치한 거 또 하려나 봐.
헤르미온느 너한테는 유치하고, 아빠한테는 자랑스럽고, 엄마한테는…… 반반이야.
론 잠깐만. 먼저 이렇게…… 공기를 씹어 먹어야 해. 그다음엔 아주 간단하지……. 혹시 마늘 냄새가 살짝 난다면 미안…….

론은 릴리의 얼굴에 입김을 분다. 릴리가 키득댄다.

릴리 포리지* 냄새 나요.

론 쿵. 쾅. 펑. 꼬마 아가씨, 이제 냄새를 전혀 못 맡게 될 겁니다…….

> 론은 릴리의 코를 떼는 시늉을 한다.

릴리 내 코 어디 갔지?

론 짜잔!

> 론의 손에는 아무것도 없다. 조잡한 장난이다. 모두가 그 조잡함을 즐긴다.

릴리 바보 같아.

알버스 사람들이 또 우리를 쳐다보기 시작해요.

론 나 때문이야! 내가 너무 유명하거든. 내 코 실험은 전설적이란다!

헤르미온느 확실히 좀 별나긴 하지.

해리 주차는 잘했어?

론 응. 헤르미온느는 내가 머글의 운전면허 시험을 통

---

* 귀리를 빻아 물이나 우유에 넣고 끓인 죽으로, 영국에서 아침식사로 많이 먹는다.

과하지 못할 줄 알았나 봐. 안 그래? 내가 시험관한테 혼돈 마법을 써야 한다고 생각했을 거야.

헤르미온느 그런 생각은 눈곱만큼도 안 했거든. 난 자기를 완전히 믿으니까.

로즈 난 아빠가 시험관한테 혼돈 마법을 썼다고 완전히 믿는답니다.

론 야!

알버스 아빠…….

　　　　알버스가 해리의 로브를 잡아당긴다. 해리는 아이를 내려다본다.

아빠도 그렇게 생각해요? 혹시 내가…… 혹시 내가 슬리데린에 들어갈 수도…….

해리 그럼 어때서?

알버스 슬리데린은 뱀과 어둠의 마법으로 유명한 기숙사니까……. 용감한 마법사들이 가는 곳은 아니잖아요.

해리 알버스 세베루스, 넌 호그와트 역대 교장 두 분의 이름을 물려받았어. 그중 한 분은 슬리데린 출신이었는데, 아빠가 아는 사람 중 가장 용감한 분이셨단다.

알버스 그래도 만약…….

해리	네가, *네가* 그렇게 신경 쓰인다면 기숙사 배정 모자가 네 마음을 고려해 줄 거야.
알버스	정말요?
해리	아빠한텐 그랬거든.

> 해리로선 처음 입 밖에 낸 이야기이다. 잠시 그 일이 머릿속을 맴돈다.

	호그와트가 알아서 널 이끌어 줄 거야, 알버스. 정말이야. 하나도 겁낼 필요 없어.
제임스	(날카롭게) 세스트럴은 예외야. 세스트럴은 조심해야 해.
알버스	그건 안 보이는 줄 알았는데!
해리	제임스 얘기는 듣*지* 말고 교수님들 말씀 잘 들어. 즐기는 것도 잊지 말고. 자, 이제 기차 놓치고 싶지 않으면 어서 타야지…….
릴리	나 기차 쫓아갈래.
지니	릴리, 그대로 다시 돌아오렴.
헤르미온느	로즈. 네빌한테 우리 사랑 전해 주는 거 잊지 마.
로즈	엄마, 어떻게 교수님한테 사랑을 전해요!

1막 2장

>   로즈는 기차를 타기 위해 퇴장한다. 알버스가 로즈를 따라가려다 뒤로 돌아 마지막으로 한 번 더 지니와 해리를 껴안는다.

알버스   이제 그만 갈게요.

>   알버스가 기차에 오른다. 헤르미온느와 지니, 론, 해리는 기차를 지켜보며 서 있다. 승강장에 기적 소리가 울려 퍼진다.

지니   애들 괜찮겠지?

헤르미온느   호그와트는 어마어마한 학교잖아.

론   크지. 멋지고. 먹을 것도 많고. 난 거기로 돌아갈 수만 있다면 뭐든 내놓을 수 있어.

해리   이상하게 알버스 녀석은 슬리데린으로 가게 될까 봐 걱정하네.

헤르미온느   그 정도는 아무것도 아니야. 로즈는 1, 2학년 때 퀴디치 기록을 깰 수 있을지 없을지, 표준 마법사 시험(O.W.L., Ordinary Wizarding Levels)은 얼마나 일찍 치를 수 있을지 아주 안달복달이야.

론   누굴 닮아 그렇게 야망이 큰지 정말 모르겠다니까.

지니 자긴 어떨 것 같아, 해리? 만약 알버스가…… 그렇게 된다면?

론 있잖아, 지니. 사실은 예전에 우리도 네가 슬리데린으로 배정받을지 모른다고 생각했었어.

지니 뭐?

론 솔직히 말하면 프레드 형하고 조지 형이 내기를 했었지.

헤르미온느 그만 갈까? 알잖아. 사람들이 자꾸 쳐다봐.

지니 세 사람이 함께 있으면 늘 주목을 받지. 따로 있어도 그렇고. 사람들이 항상 셋을 쳐다보잖아.

네 사람은 퇴장한다. 지니가 해리를 멈춰 세운다.

해리…… 알버스 괜찮겠지?

해리 당연히 괜찮지.

1막 3장

호그와트 급행열차

알버스와 로즈가 객차를 따라 걸어간다. 한 사람은 잔뜩 겁을 먹었고 또 한 사람은 몹시 들떠 있다.

간식거리를 파는 '간식 카트 마법사'가 맞은편에서 카트를 밀며 다가온다.

간식 카트 마법사 애들아, 뭐 좀 먹지 않을래? 호박 파이 어때? 개구리 초콜릿은? 솥단지 케이크도 있는데?

로즈 (알버스가 애정 어린 눈으로 개구리 초콜릿을 바라보는 모습을 발견하고) 알버스. 우린 집중해야 해.

알버스 어디에 집중하라는 거야?

로즈 친구를 고르는 일. 우리 엄마 아빠도 처음 호그와트 급행열차를 탔을 때 너의 아빠와 만났으니까······.

알버스 그러니까 우리도 평생 함께할 친구를 지금 골라야 한다고? 좀 무서운데.

로즈 무섭긴. 아주 신나는 일이지. 난 그레인저위즐리고 넌 포터잖아. 다들 우리랑 친구가 되고 싶을 거야. 우린 원하는 사람을 고르기만 하면 돼.

알버스 그런데 어떻게 결정하지? 어느 칸에 들어갈지…….

로즈 전부 다 보고 점수를 매긴 뒤에 결정해야지.

알버스가 어느 객실의 문을 열고 안을 들여다본다. 텅 빈 객실 안에 금발의 아이가 혼자 앉아 있다. 스코피어스다. 알버스는 미소를 짓는다. 스코피어스도 미소로 답한다.

알버스 안녕. 혹시 여기…….

스코피어스 아무도 없어. 나뿐이야.

알버스 잘됐다. 우리 잠깐만 앉았다 가도 될까? 괜찮다면?

스코피어스 괜찮아. 안녕.

알버스 알버스. 알. 나는…… 내 이름은 알버스야…….

스코피어스 안녕, 스코피어스. 아니, *내가* 스코피어스라고. 넌 알버스지. 난 스코피어스야. 그럼 넌…….

1막 3장

>로즈의 얼굴이 갈수록 차갑게 굳어 간다.

로즈 난 로즈야.

스코피어스 안녕, 로즈. 피징 위즈비 먹을래?

로즈 괜찮아. 아침 먹고 왔거든.

스코피어스 쇼코촉이랑 후추 도깨비, 민달팽이 젤리도 있어. 엄마가 챙겨 줬지. 우리 엄마 생각인데. (노래를 부른다) "단것들은 언제나 친구를 사귀는 데 도움이 되지." (노래를 부른 것이 실수였다는 사실을 깨닫는다) 아무래도 멍청한 생각 같다.

알버스 난 먹을래……. 우리 엄만 단것을 못 먹게 하시거든. 뭐부터 먹는 게 좋을까?

>로즈가 스코피어스의 시선을 피해 알버스를 탁 하고 때린다.

스코피어스 간단해. 난 예전부터 후추 도깨비를 간식의 왕으로 쳤거든. 먹으면 귀에서 연기가 나는 박하사탕이야.

알버스 굉장하다. 그럼 그것부터 먹어야— (로즈가 또 그를 때린다) 로즈, 그만 좀 때릴 수 없어?

로즈 내가 언제 때렸다고.

알버스   계속 때리고 있잖아. 아프단 말이야.

스코피어스의 얼굴이 침울해진다.

스코피어스   나 때문에 때리는 거야.
알버스   뭐?
스코피어스   그게, 난 너희가 누군지 알아. 그러니까 너희도 내가 누군지 알아야 공평하겠지.
알버스   내가 누군지 안다니, 그게 무슨 말이야?
스코피어스   넌 알버스 포터잖아. 얘는 로즈 그레인저위즐리. 난 스코피어스 말포이야. 우리 부모님은 애스토리아 말포이와 드레이코 말포이지. 너희 부모님과 우리 부모님은 사이가 좋지 않았잖아.
로즈   그 정도 표현으로는 부족하지. 네 엄마 아빠는 죽음을 먹는 자들이잖아!
스코피어스   (분한 듯이) 아빠는 그랬지. 하지만 엄마는 아니야.

로즈는 시선을 피한다. 스코피어스는 그 이유를 알고 있다.

어떤 소문인지 나도 아는데, 그건 사실이 아니야.

알버스는 불편해하는 로즈를 보다가 절망에 빠진 스코피어스에게로 눈을 돌린다.

알버스 어떤…… 소문이 도는데?
스코피어스 우리 부모님이 아이를 가질 수 없었다는 소문. 그런데 아빠랑 할아버지는 말포이 가문의 대가 끊어지지 않도록 막강한 후계자를 간절히 원했고, 그래서 결국…… 타임 터너를 이용해 우리 엄마를 과거로 보냈다는—
알버스 엄마를 어디로 보내?
로즈 쟤가 볼드모트의 아들이라는 소문이야, 알버스.

불쾌하고 불편한 침묵이 흐른다.

아마 말도 안 되는 얘기일 거야. 내 말은…… 봐, 넌 코가 있잖아.

긴장이 조금 풀어지고 스코피어스는 웃음을 터트린다. 눈물겹게 고마워하는 웃음이다.

스코피어스 게다가 내 코는 우리 아빠랑 똑같아! 코도 닮았고 머리색도 똑같고 성도 똑같아. 그것도 별로 좋은 일은 아니지만. 사실 난…… 아빠하고 문제가 좀 있거든. 하지만 이런 거 저런 거 다 따져 봐도 어둠의 왕의 아들이 되느니 말포이 집안의 자손이 되겠어.

스코피어스와 알버스가 눈빛을 교환한다. 두 사람 사이에 무언가가 오간다.

로즈 그래, 어쨌든 우린 이만 다른 자리를 찾아봐야겠다. 가자, 알버스.

알버스는 골똘히 생각한다.

알버스 아니, (로즈의 시선을 피하며) 난 됐어. 혼자 가…….
로즈 알버스, 난 널 기다려 주지 않을 거야.
알버스 그럴 거라 기대하지도 않아. 어쨌든 난 그냥 여기 있을래.

로즈는 잠시 알버스를 보다가 객실에서 나간다.

로즈 좋아!

스코피어스와 알버스는 서로를 바라보며 서먹하게 남아 있다.

스코피어스 고마워.

알버스 아냐. 아냐. 그럴 것 없어. 네가 아니라 네 사탕 때문에 남아 있는 거거든.

스코피어스 쟤 좀 무섭다.

알버스 응. 미안.

스코피어스 아냐. 난 마음에 드는데. 넌 어떤 이름이 더 좋아? 알버스 아니면 알?

스코피어스가 빙긋 웃으며, 사탕 두 개를 꺼내 입안에 휙 넣는다.

알버스 (생각하며) 알버스.

스코피어스 (귀에서 연기를 뿜어내며) **내 사탕 때문에 남아 줘서 고마워, 알버스!**

알버스 (웃으며) 우아.

1막 4장

시간의 변천을 보여 주는 장면

이제 우리는 끊임없이 시간이 변하는 비현실적인 세계로 들어간다. 이 장면은 마법 그 자체이다.

다른 여러 세계를 오갈 때마다 변화는 빠르게 일어난다. 독립적인 장면이 아니라 지속적인 시간의 흐름을 보여 주는 파편들, 조각들로 구성된다.

처음에는 호그와트 마법학교 내부, 대연회장에서 시작된다. 모두가 알버스 주위를 춤추듯 맴돌고 있다.

폴리 채프먼 알버스 포터래.

칼 젱킨스 포터 집안의 아이가 우리 학년에 들어왔어.

얀 프레더릭스 머리칼이 닮았네. 그와 머리칼이 똑같아.

로즈 내 사촌이야. (아이들이 돌아보자) 난 로즈 그레인저

1막 4장

위즐리고. 만나서 반갑다.

> 각자 배정받은 기숙사로 달려가는 학생들 사이를 기숙사 배정 모자가 걸어 다니고 있다.
> 곧 이 모자는 로즈에게 다가가는 듯 보인다. 로즈는 자신의 운명을 기다리며 잔뜩 긴장하고 있다.

기숙사 배정 모자 나는 수백 년 동안 이 일을 해 왔지.
모든 학생의 머리에 일일이 올라앉아
그들의 생각을 일일이 분류했지.
나는 유명한 기숙사 배정 모자니까.

이리로 보낼까 저리로 보낼까
좋을 때나 나쁠 때나 이 일을 해 왔지.
그러니 나를 써 봐, 곧 알게 될 거야.
어느 기숙사로 들어가야 하는지…….
로즈 그레인저위즐리.

> 모자가 로즈의 머리 위에 올라앉는다.

그리핀도르!

로즈가 합류하자 그리핀도르 학생들은 환호성을 올린다.

로즈   덤블도어, 감사합니다.

스코피어스가 기숙사 배정 모자의 눈총을 받으며 로즈가 있던 자리로 달려온다.

기숙사 배정 모자 스코피어스 말포이.

모자가 스코피어스의 머리 위에 올라앉는다.

슬리데린!

이렇게 나올 줄 이미 예상한 스코피어스는 고개를 끄덕이며 희미하게 미소를 짓는다. 슬리데린 학생들은 스코피어스가 합류하자 환호성을 지른다.

폴리 채프먼   뭐, 당연히 그렇겠지.

알버스가 재빠르게 무대 앞쪽으로 걸어 나온다.

기숙사 배정 모자 알버스 포터.

> 모자가 알버스의 머리 위에 올라앉는다. 이번에는 좀 더 오래 걸린다. 모자 역시 헷갈리는 듯 보인다.

슬리데린!

> 침묵이 흐른다.
> 깊고 완전한 침묵이다.
> 묵직하게 내려앉는 침묵, 조금은 뒤틀리고 조금은 상처받은 침묵이다.

폴리 채프먼 슬리데린?

크레이그 보커 2세 이야! 포터 집안 아이가 슬리데린이라고?

> 알버스는 어정쩡한 얼굴로 앞을 내다본다. 스코피어스는 기쁨에 겨워 미소 지으며 알버스에게 소리친다.

스코피어스 내 옆으로 와!

알버스 (몹시 혼란스러워하며) 그래. 좋아.

얀 프레더릭스 그러고 보니 머리칼도 별로 닮지 않은 것 같네.

로즈 알버스? 뭔가 잘못됐어, 알버스. 이럴 리가 없잖아.

어느새 후치 선생이 비행 수업을 하고 있다.

후치 선생 왜들 그러고 있는 거지? 다들 빗자루 옆에 서거라. 자, 어서.

아이들 모두 서둘러 빗자루 옆에 자리를 잡는다.

빗자루 위로 두 손을 내밀고 "위로!"라고 말해라.
모두 **위로!**

로즈와 얀의 빗자루가 그들의 손안으로 들어온다.

로즈와 얀 됐어!
후치 선생 자, 어서. 꾸물댈 시간이 없어. **"위로"**라고 말해. 마음을 담아서 **"위로"**.
모두 (로즈와 얀을 제외하고) **위로!**

스코피어스의 빗자루를 포함해 모든 아이의 빗자루가 떠오른다. 알버스의 빗자루만 바닥에 그대로 남

1막 4장

아 있다.

모두 (로즈와 얀과 알버스를 제외하고) **됐어!**

알버스 위로. **위로. 위로.**

> 알버스의 빗자루는 꼼짝도 하지 않는다. 단 1밀리미터도 움직이지 않는다. 알버스는 믿기지 않는 현실에 좌절하며 빗자루를 노려본다. 다른 아이들이 키득거린다.

폴리 채프먼 아, 멀린의 턱수염 같으니, 창피해라! 쟤는 정말 자기 아빠를 하나도 안 닮은 것 같지 않아?

칼 젱킨스 알버스 포터, 슬리데린 스큅이지.

후치 선생 자, 애들아. 이제 날아 보자.

> 갑자기 알버스 옆에 해리가 나타나고 증기가 퍼져 온 무대를 뒤덮는다. 이곳은 다시 9와 4분의 3번 승강장. 시간이 속절없이 흘렀다. 알버스는 이제 한 살 더 먹었다. (해리도 그렇지만 확연히 티가 나지 않는다)

알버스 아빠, 부탁이 있는데 저랑…… 조금만 떨어져 있어

주세요.

해리 (재미있어하며) 2학년이 되니까 아빠랑 꼭 붙어 있는 게 싫으니?

> 한 마법사가 유난히 열의를 보이며 두 사람의 주위를 맴돌기 시작한다.

알버스 아뇨. 그냥, 아빠는 *아빠*고 난 나니까…….

해리 사람들이 쳐다봐서 그러는구나? 사람들은 원래 쳐다봐. 그리고 나를 보는 거야. 네가 아니고.

> 유난히 열의를 보이던 마법사가 해리에게 사인을 해 달라고 무언가를 내민다. 해리는 사인을 해 준다.

알버스 해리 포터와 그의 실망스러운 아들을 보는 거죠.
해리 그게 무슨 말이야?
알버스 해리 포터와 그의 슬리데린 아들을 보는 거예요.

> 제임스가 가방을 들고 알버스와 해리 곁을 쏜살같이 지나간다.

1막 4장

제임스   스멀스멀 슬리데린아, 그만 미적거리고 어서 기차에 타.

해리   제임스, 쓸데없는 소리.

제임스   (이미 저만치 가 버렸다) 크리스마스에 봬요, 아빠.

해리는 걱정스러운 얼굴로 알버스를 본다.

해리   알…….

알버스   제 이름은 알버스예요. 알이 아니고.

해리   다른 애들이 못되게 구니? 그래서 그래? 친구를 좀 더 사귀려고 노력했어야지. 아빤 헤르미온느와 론이 없었더라면 호그와트에서 견디지 못했을 거야. 아예 살아남지 못했을걸.

알버스   저한텐 론 삼촌과 헤르미온느 숙모 같은 친구가 필요 없어요. 저도…… 저도 친구가 있다고요. 스코피어스 말이에요. 아빠가 그 앨 좋아하지 않는 거 알지만 전 그 애만 있으면 돼요.

해리   그래. 네가 행복하다면 아빠는 그걸로 됐어.

알버스   역까지 데려다주실 필요 없었어요, 아빠.

알버스는 트렁크를 집어 들고 매몰차게 가 버린다.

해리 하지만 아빠가 오고 싶었어…….

> 그러나 알버스는 가고 없다. 그때, 완벽하게 말끔한 로브를 걸치고 금색의 머리칼을 단정히 묶은 드레이코 말포이가 사람들 틈에서 나타나 해리 옆에 선다.

드레이코 부탁이 있어.

해리 드레이코.

드레이코 소문 말이야. 내 아들의 혈통에 관한 소문. 도무지 수그러들 것 같지 않아. 호그와트 아이들이 그걸로 스코피어스를 괴롭힌다고. 혹시 마법 정부에서 미스터리 부서 전투 때 타임 터너들이 전부 파괴됐다고 공표해 준다면…….

해리 드레이코, 그냥 내버려 둬. 다들 금방 잊을 거야.

드레이코 내 아들이 힘들어해. 요즘 애스토리아의 건강도 좋지 않고. 어떻게든 그 녀석을 도울 방법이 필요해.

해리 반응할수록 소문은 더 무성해지는 법이야. 볼드모트에게 자식이 있다는 소문은 몇 년 전부터 돌았잖아. 스코피어스 이전에도 볼드모트의 자식이라고 의심받은 사람들이 있었어. 마법 정부가 개입하는 건 좋지 않아. 자네뿐만 아니라 우리 모두를 위해서

1막 4장

말이야.

> 드레이코는 화가 난 듯 인상을 쓴다. 그사이 무대가 비워지고 이제 로즈와 알버스가 각자의 가방을 갖고 대기하고 있다.

알버스 기차가 출발하면 나랑 말 안 해도 돼.
로즈 알아. 어른들 앞에서만 연기하면 되잖아.

> 스코피어스가 달려온다. 부푼 기대와 그보다 더 큰 짐 가방을 끌며.

스코피어스 (희망에 찬 얼굴로) 안녕, 로즈.
로즈 (단호하게) 잘 가, 알버스.
스코피어스 (여전히 희망에 찬 얼굴로) 좀 부드러워졌네.

> 갑자기 무대가 대연회장으로 바뀌고 맥고나걸 교수가 얼굴에 미소를 띤 채 대연회장 앞쪽에 서 있다.

맥고나걸 교수 그리핀도르의 퀴디치 신입 팀원을 발표하게 돼서 정말 기쁘군요. 우리 팀…… (한쪽으로 치우쳐선 안 된다는 사실을 문득 깨닫고) 아니, 그리핀도르 팀의 뛰어난 신입 추격꾼, 로즈 그레인저위즐리입니다.

대연회장 안에 환호성이 터진다. 스코피어스도 다른 학생들과 함께 손뼉을 친다.

알버스 너도 손뼉 쳐 주는 거야? 우리는 퀴디치 싫어하잖아. 게다가 로즈는 다른 기숙사 선수라고.
스코피어스 내 사촌이잖아, 알버스.
알버스 로즈가 나한테 손뼉 쳐 줄 것 같아?
스코피어스 로즈는 멋진 애인 것 같아.

갑자기 마법약 수업이 시작되고 학생들이 또다시 알버스 주위를 에워싼다.

폴리 채프먼 알버스 포터. 쟨 정말 별종이야. 쟤가 계단을 오를 때는 초상화들도 고개를 돌린다니까.

알버스는 마법약 위로 몸을 숙이고 있다.

알버스 이제…… 바이콘의 뿔을 넣는 건가?

1막 4장

칼 젱킨스   재랑 볼드모트 아들은 저희끼리 놀게 내버려 둬.

알버스   도롱뇽의 피를 약간 넣고…….

마법약에서 커다란 소리가 나며 폭발한다.

스코피어스   이런. 넣으면 안 되는 재료가 뭐였지? 우리가 뭘 바꿔야 할까?

알버스   전부 다.

알버스의 말과 함께, 계속해서 시간이 흐른다. 알버스의 눈은 점점 더 어두워지고 얼굴빛도 누르스름하게 변한다. 여전히 매력적인 소년이지만 스스로 그 사실을 인정하려 들지 않는다.

어느새 그가 다시 9와 4분의 3번 승강장에 아빠와 함께 서 있다. 그의 아빠는 여전히 다 괜찮을 거라고 아들을 (그리고 스스로를) 설득하려 애쓴다. 둘 다 나이를 한 살 더 먹었다.

해리   3학년. 중요한 학년이지. 이건 네 호그스미드 방문 허가서야.

알버스   난 호그스미드가 싫어요.

해리 어떻게 가 보지도 않은 곳을 싫어할 수 있지?
알버스 거긴 호그와트 아이들이 가득할 테니까요.

　　　　알버스는 허가서를 구긴다.

해리 한번 가 봐. 그러지 말고. 네 엄마 몰래 허니듀크스에서 마음껏 즐길 수 있는 기회잖아. 아니, 그건 아니다, 알버스. 그럼 안 되지.
알버스 (지팡이로 겨누며) 인센디오!

　　　　종이 뭉치에 불이 붙어 무대 위로 떠오른다.

해리 이게 무슨 바보 같은 짓이야!
알버스 아이러니하게도 진짜 성공할 줄은 몰랐어요. 이 마법은 잘 못하거든요.
해리 알, 아니, 알버스. 아빠 그동안 맥고나걸 교수님과 부엉이를 주고받았어. 교수님 말씀이, 네가 아이들하고 잘 어울리지도 않고⋯⋯ 수업 시간에 비협조적인 데다⋯⋯ 버릇이 없고, 또⋯⋯.
알버스 그래서 저더러 어쩌라고요? 인기를 얻게 마법이라도 부릴까요? 주문을 걸어 기숙사를 옮길까요? 좀 더 괜찮은 학생으로 변신이라도 하라는 거예요? 그냥 아빠가 마법을 걸어서 저를 원하는 사람으로 바꾸면 되겠네요. 안 그래요? 아빠를 위해서나 저를 위해서나 그게 더 낫겠어요. 그만 갈게요. 기차 놓쳐요. 친구도 기다리고요.

알버스는 짐 가방 위에 앉아 있는 스코피어스에게로 달려간다. 스코피어스는 망연자실한 얼굴이다.

(기뻐하며) 스코피어스······.
(걱정스러워하며) 스코피어스······ 무슨 일 있어?

스코피어스는 아무 말도 하지 않는다. 알버스는 친구의 눈빛을 살핀다.

엄마 때문이야? 더 나빠지셨어?

스코피어스 이젠 더 나빠질 수도 없어.

알버스는 스코피어스 옆에 앉는다.

알버스 나한테 부엉이를 보낼 줄 알았는데······.

스코피어스 뭐라고 써야 할지 모르겠더라고.

알버스 나도 뭐라고 해야 할지 모르겠다…….

스코피어스 아무 말도 하지 마.

알버스 내가 해 줄 거라도……?

스코피어스 장례식에 와 줘.

알버스 가야지.

스코피어스 그리고 좋은 친구가 되어 줘.

갑자기 기숙사 배정 모자가 무대 한가운데에 있고 무대는 다시 대연회장으로 돌아온다.

기숙사 배정 모자 어떤 말을 듣게 될까 두렵지?
원치 않는 이름을 듣게 될까 봐 무섭지?
슬리데린 싫어! 그리핀도르 싫어!
후플푸프 싫어! 래번클로 싫어!
걱정 마라, 얘야. 난 내 일을 잘 아는걸.
처음엔 울어도 결국 웃게 될 거야.
릴리 포터. **그리핀도르!**

릴리 좋았어!

알버스 잘됐네.

스코피어스 릴리가 정말 우리한테 올 거라고 생각했어? 포터 가문은 슬리데린과 어울리지 않아.

알버스 여기 한 사람 있잖아.

알버스가 뒤쪽으로 몸을 숨기려 하지만, 다른 학생들이 웃음을 터트린다. 알버스는 다른 학생 모두를 올려다본다.

내가 선택한 게 아니잖아? 내가 원해서 아빠의 아들이 된 게 아니라고.

1막 5장

마법 정부, 해리의 사무실

헤르미온느가 어지러운 해리의 사무실에 앉아 있다. 그녀 앞에는 서류 더미들이 쌓여 있다. 그녀는 서류 전부를 천천히 훑어보고 읽어 보며 이해하려 애쓴다. 해리가 황급히 들어온다. 뺨에 생긴 찰과상에서 피가 흐른다. 헤르미온느가 눈을 빛내며 올려다본다.

헤르미온느 어떻게 됐어?
해리 (미소 지으며) 사실이었어.
헤르미온느 시어도어 노트는?
해리 구금됐어.
헤르미온느 타임 터너는?

1막 5장

> 해리는 타임 터너를 꺼내 보여 준다. 기계 장치가 매혹적인 빛을 발한다. 헤르미온느는 그것을 보고 놀라워한다.

이거 진짜야? 정말 작동해? 한두 시간만 되돌리는 게 아니라 더 전으로도 돌아갈 수 있어?

해리 아직 아무것도 몰라. 그 자리에서 시험해 보고 싶었지만 다행히 현명한 판단을 내렸지.

헤르미온느 어쨌든 이젠 우리 손에 들어왔네.

해리 정말 갖고 있을 생각이야?

헤르미온느 선택의 여지가 없는 것 같은데. 잘 봐. 내가 예전에 갖고 있던 거랑 완전히 다르잖아.

해리 (건조하게) 우리 어릴 때와 비교하면 마법 세계의 기술이 많이 발전했지.

헤르미온느 피가 나네.

> 해리는 거울로 얼굴을 확인한다. 로브로 상처를 누른다.

걱정 마. 흉터하고 잘 어울릴 거야.

해리 (빙긋 웃으며) 내 방엔 어쩐 일이야, 헤르미온느?

헤르미온느 시어도어 노트 일이 궁금해서 참을 수가 있어야지. 그래서 네가 약속을 잘 지키고 있나, 서류를 제대로 처리하고 있나 확인해 볼 겸 들렀어.

해리 아. 그러진 못했어.

헤르미온느 그래, 그렇네. 해리, 이렇게 어지러운 곳에서 어떻게 업무를 봐?

해리가 지팡이를 흔들자 서류와 책 들이 차곡차곡 쌓여 깔끔한 더미로 바뀐다. 해리는 미소 짓는다.

해리 이제 어지럽지 않지.

헤르미온느 하지만 여전히 방치하고 있지. 그나저나 여기 흥미로운 소식들이 있던데……. 산트롤들이 그래폰을 타고서 헝가리를 가로지르고, 등에 날개 문신을 한 거인들이 걸어서 그리스 바다를 건너고, 늑대인간들이 지하로 완전히 들어가 버린 데다—

해리 좋아, 그럼 가 보자. 내가 팀을 꾸릴게.

헤르미온느 해리, 무슨 말인지 알겠다. 서류 작업은 지루한 거지…….

해리 너한텐 아니잖아.

헤르미온느 난 내 서류를 처리하기도 바빠. 트롤이나 거인, 늑대

1막 5장

인간 들은 마법 세계에 큰 전쟁이 있을 때마다 볼드모트 편에서 싸웠잖아. 그들은 어둠의 동맹들이라고. 게다가 우리가 방금 전에 시어도어 노트의 집에서 찾아낸 물건을 생각해 봐. 심상치 않은 일일 수도 있어. 그런데 마법 사법부의 수장이라는 사람이 서류도 들춰 보지 않고…….

해리 읽을 필요가 없어. 현장에 나가면 다 듣는다고. 시어도어 노트 건만 해도 그래. 타임 터너에 관한 소문을 들은 사람도 나고, 바로 조치를 취한 사람도 나야. 그렇게 야단칠 일이 아니라니까.

헤르미온느가 해리를 본다. 까다로운 문제다.

헤르미온느 토피 먹을래? 론한텐 얘기하지 마.
해리 말 돌리기는.
헤르미온느 그래, 맞아. 토피 먹을 거야?
해리 안 돼. 우리는 당분간 설탕 끊기로 했어.

휴지(休止).

그거 중독성 있는 거 알아?

헤르미온느 어쩌겠어? 우리 부모님이 치과 의사였잖아. 언젠가는 반항할 수밖에 없는 운명이었지. 마흔이 돼서 그러는 건 좀 늦은 감이 있지만. …… (친구에게 미소 지으며) 사실, 넌 방금 대단한 일을 했어. 야단치는 건 절대 아니야. 그냥 가끔은 서류도 좀 들춰 보라는 얘기야. *마법 정부 총리의*…… (해리가 쏘아본다) 부드러운 권유로 생각해 줘.

해리는 헤르미온느가 '마법 정부 총리'를 강조하는 이유를 알고 있다. 해리가 고개를 끄덕인다.

지니는 어때? 알버스는?

해리 아빠로서의 내 성적은 딱 서류 처리 수준인 것 같아. 로즈는 어때? 휴고는?

헤르미온느 (빙긋 웃으며) 사실, 론은 내가 자기보다 내 비서 에설을 (무대 밖을 가리키며) 더 오래 보는 것 같대. 우리가 선택을 할 수 있을까? 올해의 부모가 될 것인가, 올해의 마법 정부 관리가 될 것인가를. 그만 가 봐. 가족한테 가 보라고, 해리. 곧 호그와트 급행열차가 떠나고 신학기가 시작되잖아. 남은 시간이라도 잘 보내. 그런 다음 맑은 정신으로 돌아와서 이 서류들 좀 읽고.

해리 정말 그런 것들이 심상치 않은 징조라고 생각해?

헤르미온느 (미소를 지으며) 그럴 수도 있어. 하지만 그렇다 해도 우린 맞서 싸울 방법을 찾겠지, 해리. 늘 그랬잖아.

> 헤르미온느는 한 번 더 미소를 지어 주고 토피 한 알을 까 입에 넣은 다음, 사무실을 나간다. 해리는 혼자 남는다. 그는 가방을 싼다. 해리가 사무실을 나가 복도를 걸어간다. 세상의 무게가 어깨를 짓누르는 듯하다.
>
> 그가 지친 모습으로 공중전화 박스에 들어선다. 그러곤 62442를 누른다.

공중전화 박스 안녕히 가십시오, 해리 포터.

> 해리는 마법 정부에서 나와 위로 올라간다.

1막 6장

해리와 지니 포터의 집

알버스는 잠을 이루지 못한다. 그는 계단 꼭대기에 앉아 있다. 아래층에서 사람들의 목소리가 들려온다. 해리가 등장하기 전에 그의 목소리부터 들린다. 휠체어를 탄 노인이 그와 함께 있다. 에이머스 디고리이다.

해리 디고리 어르신, 이해합니다. 정말이에요. 하지만 저는 지금 막 집에 들어왔고…….

에이머스 마법 정부에 연락해 약속을 잡으려 했지. 그런데 그쪽에서 "아이고, 디고리 씨. 어디 보자…… 두 달 뒤로 잡아 드릴게요" 이러질 않나. 그래서 기다렸어. 아주 참을성 있게 말이야.

해리 ……이렇게 한밤중에 집으로 찾아오시면 안 되죠.

애들 개학이라 한창 준비 중인데요.

에이머스 두 달이 지나니까 부엉이가 오더군. "디고리 씨, 대단히 죄송합니다만 포터 씨께서 급한 용무로 자리를 비워 일정을 조금씩 조정해야 할 것 같습니다. 약속을 다시 잡아도 될까요? 어디 보자…… 두 달 뒤가 좋겠군요." 그런 상황이 몇 번이나 되풀이됐는지 몰라……. 자넨 날 피하고 있어.

해리 그럴 리가요. 그보다는 제가 마법 사법부를 맡고 있다 보니 책임이—

에이머스 자네가 책임질 일이 한두 가지가 아니지.

해리 네?

에이머스 내 아들 세드릭 말이야. 세드릭 기억하지?

해리 (세드릭을 떠올리자 마음이 아프다) 네, 아드님 기억하죠. 그를 잃은 건—

에이머스 볼드모트가 원한 건 **자네**였어! 내 아들이 아니었지! 자네가 나한테 직접 얘기했잖아. 그자가 이렇게 말했다고. "나머지는 죽여라." 나머지라니. 내 아들, 내 소중한 아들은 나머지였어.

해리 어르신, 아시다시피 저도 어르신이 세드릭을 추모하고 싶어 하시는 마음은 충분히 이해합니다만…….

에이머스 추모? 난 추모 따위엔 관심 없네. 이제 그런 건 됐어. 난 늙었어. 살날이 얼마 남지 않았다고. 난 자네한테 그 아이를 되찾아 달라고 부탁하러 왔네. 아니, 애원하러 왔지.

해리는 깜짝 놀라 고개를 든다.

해리 되찾아 달라고요? 어르신, 그건 불가능합니다.
에이머스 마법 정부에 타임 터너가 있지 않은가?
해리 타임 터너는 모두 파괴되었어요.
에이머스 내가 이렇게 급하게 찾아온 건 소문 때문이야. 꽤 믿을 만한 소문이던데. 마법 정부가 시어도어 노트의 불법 타임 터너를 압수해 보관하고 있다더군. 조사한다는 명목으로. 내가 그 타임 터너를 쓰게 해 주게. 내 아들을 되찾게 해 줘.

길고 지독한 휴지. 해리에겐 지금 이 상황이 너무도 어렵다. 알버스가 점점 더 몸을 기울이며 해리와 에이머스의 대화를 엿듣는다.

해리 어르신, 과거에 손을 대시겠다고요? 그래선 안 된다는 거 아시잖아요.

1막 6장

에이머스 그 '살아남은 아이' 때문에 얼마나 많은 사람이 죽었나? 그중 한 명만 되찾아 달라는데.

> 에이머스의 말에 해리는 괴로워진다. 해리는 굳은 얼굴로 생각에 잠긴다.

해리 무슨 얘기를 들으셨는지 모르겠지만 시어도어 노트 이야기는 사실이 아닙니다, 어르신. 죄송합니다.

델피 안녕.

> 알버스는 델피를 보고 깜짝 놀라 펄쩍 뛰다시피 한다. 단호하면서도 교활해 보이는 20대가 계단에서 알버스를 쳐다보고 있다. 델피다.

어머, 미안. 놀라게 할 생각은 없었어. 나도 예전에 계단에서 많이 엿들어 봤거든. 거기 앉아서 말이야. 이렇게 계단에 앉아서 누가 조금이라도 흥미로운 얘기를 털어놓길 기다리곤 했지.

알버스 누구세요? 여긴 우리 집인데…….

델피 그럼 난 도둑이겠네. 네가 가진 걸 몽땅 훔쳐 가려고 왔어. 금이랑 지팡이, 개구리 초콜릿 전부 내놔! (무서운 얼굴을 하다가 미소를 짓는다) 혹은 델피니 디고리일 수도 있고. (계단을 올라와 손을 내밀며) 델피라고 불러 줘. 저분을 돌봐 드리고 있어. (에이머스를 가리킨다) 에이머스 삼촌 말이야. 뭐, 어쨌든 그러려고 노력하고 있지. 넌 누구야?

알버스 (씁쓸하게 웃으며) 알버스예요.

델피 역시! 알버스 포터구나! 그럼 해리 포터가 네 아빠? 좀 굉장한데. 그렇지 않아?

알버스 별로요.

델피 아. 내가 너무 참견했나? 사실, 학교 다닐 때 애들이 나더러 그랬거든. 델피니 디고리는 어디든 디밀고 다닌다고.

알버스 제 이름 갖고도 많이 놀려요.

사이. 델피는 주의 깊게 알버스를 본다.

에이머스 델피.

델피가 가려다가 머뭇거린다. 그녀가 알버스에게 미소를 짓는다.

1막 6장

델피   우리는 어떤 핏줄로 태어날지 선택할 수 없어. 에이머스 삼촌은 내가 돌보는 환자이기도 하지만 친척이기도 해. 내가 어퍼 플래글리에서 취직한 것도 어느 정도는 그 때문이고. 하지만 그래서 더 힘들어. 과거에 얽매여 있는 사람들과 함께 사는 건 힘든 일이지. 그렇게 생각하지 않니?

에이머스   델피!

알버스   어퍼 플래글리라고요?

델피   '성 오스왈드 마법사회 노인의 집'에서 일해. 언제 한번 놀러 와. 네가 원한다면.

에이머스   **델피!**

델피는 미소를 짓고는 계단을 내려가다가 발을 헛디뎌 넘어질 뻔한다. 그러곤 에이머스와 해리가 있는 방으로 들어간다. 알버스는 델피를 지켜본다.

델피   네, 삼촌?

에이머스   이분은 한때 위대했던 해리 포터라고 한다. 이제는 마법 정부에 들어가 돌처럼 차가운 사람이 됐구나. 이제 평화롭게 해 드리죠, 나으리. 그걸 평화라고 부를 수 있다면 말입니다. 델피, 내 휠체어 좀…….

델피　　네, 삼촌.

에이머스는 휠체어를 타고 방을 나간다. 남겨진 해리는 쓸쓸해 보인다. 알버스는 그 모습을 지켜보며 골똘히 생각에 잠긴다.

1막 7장

해리와 지니 포터의 집, 알버스의 방

방문 밖에서는 세상이 끊임없이 돌아가고 있지만 알버스는 자기 침대에 앉아 있다. 소란스러운 바깥세상과 고요한 그의 모습이 대조적이다. (무대 밖에서) 제임스가 고함치는 소리가 들린다.

지니 제임스, 네 머리는 그만 놔두고 저 말도 안 되는 방이나 좀 치워…….

제임스 머리를 어떻게 놔둬요? 분홍색이라고요! 투명 망토를 뒤집어쓰고 다녀야 한다니까요!

> 문가에 제임스가 나타난다. 제임스의 머리칼이 분홍색이다.

지니	아빠가 그러라고 투명 망토를 주신 게 아니거든!
릴리	내 마법약 교과서 본 사람?
지니	릴리 포터, 내일 그거 달고 학교에 갈 생각은 하지 마라…….

>릴리가 알버스의 방문 앞에 나타난다. 나풀거리는 요정 날개를 달고 있다.

릴리	난 이거 좋은데. 막 나풀거리잖아.

>릴리가 퇴장하고 알버스의 방 문가에 해리가 나타난다. 해리가 방 안을 살펴본다.

해리	안녕.

>해리와 알버스 사이에 잠시 어색한 침묵이 흐른다. 지니가 문가에 나타난다. 지니는 어떤 상황인지 알아차리고 잠시 머무른다.

새 학년 기념 선물을 주러 왔어. 론 삼촌도 선물을 보냈네…….

알버스	아, 사랑의 묘약요. 알았어요.
해리	장난 같긴 한데…… 무슨 장난인지 모르겠다. 릴리한테는 방귀 뀌는 땅요정들을 보냈고, 제임스한테는 머리카락을 분홍색으로 바꾸는 빗을 보냈어. 론…… 뭐, 론 삼촌이 좀 그렇잖아.

> 해리는 론이 준 사랑의 묘약을 알버스의 침대 위에 올려놓는다.

그리고 이건…… 아빠 선물이야…….

> 해리는 작은 담요를 꺼낸다. 지니가 담요를 본다. 지니는 해리가 애쓰고 있다는 걸 깨닫고서 살그머니 물러간다.

알버스	오래된 담요인데요?
해리	올해는 네게 어떤 선물을 줄까 많이 고민했어. 제임스는, 그러니까 제임스는 아주 오래전부터 투명 망토 노래를 불렀고, 릴리는…… 릴리야 워낙 날개를 좋아하잖니. 하지만 넌…… 알버스, 너도 이제 열네 살이 되었으니 뭔가…… 의미 있는 선물을 주고 싶

었단다. 이건…… 내가 우리 어머니한테서 마지막으로 받은 물건이야. 어머니한테 받은 유일한 물건이지. 아빠는 이 담요에 싸인 채로 더즐리네 집 앞에 놓여 있었거든. 영영 없어진 줄 알았는데, 놀랍게도 피튜니아 이모가 돌아가셨을 때 그분의 유품 속에 숨겨져 있었어. 더들리가 발견해서 자상하게도 나한테 보내 줬지. 그때부터…… 그래, 나는 행운을 빌고 싶을 때면 늘 이걸 찾아서 지니고 있으려 했단다. 그래서 혹시 너도…….

알버스 저도 지니고 싶어 하지 않을까 생각하셨다고요? 알았어요. 알았다고요. 저한테도 행운을 가져다주길 빌어 보죠. 그렇지 않아도 행운이 좀 필요했거든요.

알버스는 담요를 만져 본다.

그래도 이건 아빠가 갖고 계세요.

해리 내 생각에는…… 피튜니아 이모는 내가 이걸 간직하길 바라셨던 모양이야. 틀림없어. 그래서 갖고 계셨던 거겠지. 이젠 네가 물려받았으면 좋겠구나. 나는 내 어머니에 대해서는 아는 게 정말 없지만, 그분도 네가 이걸 간직하길 바라실 것 같구나. 모든 성인의

1막 7장

날* 전야가 되면 내가 이 담요를 보러 너를 찾아가도 좋을 것 같아. 두 분이 돌아가신 날 밤엔 이 담요 곁에 있고 싶거든. 그러면 우리 둘한테도 좋을 것 같고…….

알버스 아빠, 저 짐 쌀 게 아직 많이 남았거든요. 아빠도 분명 마법 정부 일이 쌓였을 테니까…….

해리 알버스, 네가 이 담요를 받아 줬으면 좋겠다.

알버스 그걸로 뭘 해요? 요정 날개는 그렇다 쳐요, 아빠. 투명 망토도 나쁘지 않아요. 하지만 이건…… 이런 걸 가지라고요?

해리는 조금 마음이 상한다. 해리는 아들을 바라보며 자기의 마음이 닿기를 간절히 바란다.

해리 도와줄까? 짐 싸는 거 말이야. 아빠는 짐 싸는 게 그렇게 좋았단다. 짐을 싸면 프리빗가를 떠나 호그와트로 돌아갈 수 있었으니까. 그건 마치…… 하긴, 넌 그렇게 좋아하지 않는다는 거 알지만…….

---

* 모든 성인의 날은 11월 1일, 핼러윈은 10월 31일이므로 핼러윈을 모든 성인의 날 전야라 부르기도 한다.

알버스 아빠한테는 호그와트가 세상에서 가장 좋은 곳이겠죠. 저도 알아요. 가난한 고아 소년. 더즐리 이모와 이모부에게 구박당하고—

해리 알버스, 제발. 우리 그냥—

알버스 —사촌 더들리에게 쥐어 터지다 호그와트의 구원을 받은 소년. 저도 다 안다고요, 아빠. 어쩌고저쩌고 이러쿵저러쿵.

해리 그런 얘기로 날 자극하려고 하지 마라, 알버스 포터.

알버스 결국 그 가난한 고아 소년이 우리 모두를 구했죠. 그러니까 제가 마법사들을 대표해 한 말씀 드려도 될까요? 우리는 귀하의 영웅적 행위에 얼마나 감사한지 모른답니다. 허리 굽혀 인사드려도 될는지요? 아니, 예를 갖춰 절을 올려야 할까요?

해리 알버스, 그만해— 그러니까 난 절대 감사 인사를 원하지 않았어.

알버스 하지만 지금 제겐 고마운 마음이 넘쳐흐르는걸요. 틀림없이 온정이 가득한 선물을 받았기 때문이겠죠. 이 퀴퀴한 담요 같은…….

해리 퀴퀴한 담요?

알버스 그럼 뭘 기대하셨어요? 와락 껴안으며 저는 늘 아빠를 사랑했다고 말할 줄 아셨어요? 대체 뭘 기대하신 거예요? 뭘요?

해리 (결국 분을 이기지 못하고) 뭐라고? 이젠 네 불행에 책임을 느낄 필요가 없겠구나. 너는 아빠라도 있지. 나는 아빠도 없었어. 알겠니?

알버스 그게 그렇게 안된 일이라고 생각하세요? 전 아닌 것 같은데.

해리 내가 죽었으면 좋겠니?

알버스 아뇨! 단지 아빠가 내 아빠가 아니었으면 좋겠어요.

해리 (얼굴이 붉어지며) 하긴, 나도 가끔은 네가 내 아들이 아니었으면 좋겠다.

    정적이 흐른다. 알버스는 고개를 끄덕인다. 사이. 해리는 자신이 무슨 말을 했는지 깨닫는다.

아니, 진심은 아니야……

알버스 아뇨. 진심이셨겠죠.

해리 알버스, 네가 자꾸 내 속을 긁으니까…….

알버스 진심이셨잖아요, 아빠. 솔직히 그렇다 해도 아빠를 탓하진 않아요.

    소름 끼치는 정적이 흐른다.

이제 그만 혼자 있게 해 주세요.

해리   알버스, 제발…….

알버스는 담요를 집어 던진다. 담요가 론이 보낸 사랑의 묘약과 부딪힌다. 사랑의 묘약이 담요와 침대 위로 쏟아지며 자그마한 연기구름이 피어오른다.

알버스   이제 제겐 행운도, 사랑도 없네요.

알버스가 방에서 뛰쳐나간다. 해리가 알버스를 뒤쫓아 간다.

해리   알버스, 알버스…… 제발…….

1막 8장

바위 위의 오두막, 꿈

커다란 쾅 소리가 들린다. 그 뒤로 **커다란 쿵** 소리가 이어진다. 더들리 더즐리와 피튜니아 이모, 버넌 이모부가 침대 뒤에 웅크리고 있다.

더들리 더즐리 엄마, 무서워.
피튜니아 이모 여기 오는 게 아니었다니까. 버넌. 버넌. 우린 어디에도 숨을 수가 없어. 등대까지 와서도 피할 수가 없잖아!

또 한 번 **커다란 쾅** 소리가 들린다.

버넌 이모부 가만히 좀 있어 봐. 뭔지는 몰라도 이 안에는 절대 못 들어와.

피튜니아 이모 우린 저주받았어! 저 애가 우릴 저주했어! 저 녀석이 우리한테 저주를 내렸다고! (어린 해리를 보며) 다 너 때문이야. 네 자리로 돌아가.

버넌 이모부가 소총을 꺼내자 어린 해리는 몸을 움찔한다.

버넌 이모부 밖에 있는 놈이 누구든 간에 경고하는데, 나는 무장했다.

우당탕 박살 나는 소리가 들린다. 경첩에 붙어 있던 문짝이 떨어져 나간다. 문 한가운데 해그리드가 서 있다. 해그리드가 모두를 본다.

해그리드 차 한잔 주시면 안 되나? 여기까지 오느라 고생 좀 했는데.

더들리 더즐리 저 사람. 좀. 봐.

버넌 이모부 다들 물러서. 어서. 피튜니아, 내 뒤로 가. 더들리 너도. 이 괴수 같은 놈은 내가 해치우지.

해그리드 괴, 뭐요? (버넌 이모부의 총을 집어 든다) 이런 물건은 오랜만에 보는군. (총 끝을 비틀어 실처럼 매듭짓는다) 어이쿠, 이걸 어째. (이때 뭔가에 시선을 빼앗긴다. 어린 해리를 보았다) 해리 포터.

어린 해리 안녕하세요.

해그리드 마지막으로 봤을 땐 조그만 아기였는데. 아빠를 많이 닮았구나. 하지만 눈은 엄마를 빼닮았네.

어린 해리 제 부모님을 아세요?

해그리드 내 정신 좀 봐. 생일을 진심으로 축하한다. 너한테 줄 게 있어. 내가 좀 깔아뭉개긴 했어도 맛은 괜찮을 거야.

　해그리드가 외투 안쪽에서 살짝 찌그러진 초콜릿 케이크를 꺼낸다. 케이크 위에는 초록색 아이싱으로 '해피 버스데이 해리'라고 적혀 있다.

어린 해리 누구세요?

해그리드 (웃으며) 아 참, 아직 내 소개를 안 했구나. 난 호그와트의 숲지기 루비우스 해그리드야. (주위를 둘러보며) 이제 차를 좀 마셔 볼까? 좀 더 독한 게 있다면 그것도 사양치 않으마.

어린 해리 호그, 뭐라고요?

해그리드 호그와트. 설마, 호그와트가 뭐 하는 곳인지는 알고 있을 테고.

어린 해리 어…… 아뇨. 죄송해요.

해그리드 죄송하다고? 죄송해야 할 사람은 저들이지! 네가 편지를 받지 못하고 있다는 건 알았지만 호그와트도 모를 줄은 꿈에도 몰랐다. 나 원, 세상에! 네 부모님이 그런 걸 다 어디에서 배웠는지 궁금하지도 않던?

어린 해리 부모님이 뭘 배워요?

해그리드는 위협적으로 버넌 이모부를 돌아본다.

해그리드 이게 어떻게 된 일이오? 이 아이…… 이 아이가! 어떻게 하나도, **아무것도** 모를 수가 있지?

버넌 이모부 그 애한테 더 이상 아무 얘기도 하지 마시오!

어린 해리 무슨 얘기를요?

해그리드는 버넌 이모부를 보고, 이어 어린 해리를 본다.

해그리드 해리, 넌 마법사야. 넌 세상을 바꾼 아이야. 온 세상을 통틀어 가장 유명한 마법사라고.

1막 8장

이때 객석 뒤에서 속삭이는 소리가 흘러나와 모두를 에워싼다. 누구나 알아챌 그 목소리. 볼드모트의 목소리다……
해애리 포오터…….

1막 9장

해리와 지니 포터의 집, 침실

해리는 퍼뜩 잠에서 깬다. 컴컴한 밤, 숨을 깊이 몰아쉬고 있다. 그는 잠시 기다린다. 마음을 가라앉히며. 그때 이마의 흉터에서 강한 통증이 느껴진다. 그의 주위에서 어둠의 마법이 움직이고 있다.

지니   해리…….
해리   아무것도 아니야. 어서 자.
지니   루모스.

지니의 지팡이에서 빛이 나와 방을 채운다. 해리가 지니를 바라본다.

나쁜 꿈 꿨어?

해리 응.

지니 어떤 꿈인데?

해리 더즐리 가족이 나왔어. 처음엔 그랬다가…… 다른 꿈으로 바뀌었어.

　　　사이. 지니가 해리를 보며 그가 어떤 상태인지 가늠해 본다.

지니 수면제라도 줄까?

해리 아니야. 괜찮아질 거야. 어서 자.

지니 안 좋아 보여.

　　　해리는 아무 말도 하지 않는다.

(해리의 불안을 느끼고) 마음이 편치 않았겠지. 에이머스 디고리 씨 때문에.

해리 화를 내시는 건 괜찮아. 그분 말씀이 옳으니까 더 힘든 거지. 그분은 나 때문에 아들을 잃었잖아―

지니 그렇게 말하는 건 자기한테 공평하지 않은 것 같은데―

해리   ─난 할 말이 없어. 누구한테든 할 말이 없다고. 물론, 못 할 말은 잘하지만.

   지니는 해리가 무엇을, 혹은 누구를 염두에 두고 하는 말인지 알고 있다.

지니   그래서 속 끓이는 거구나! 호그와트에 가기 싫은 사람한테는 출발을 하루 앞둔 오늘 저녁이 썩 즐거울 리가 없지. 알버스한테 담요를 선물한 거, 훌륭한 시도였어.

해리   거기서부터 완전히 틀어져 버렸지. 지니, 내가 그 녀석한테 해서는 안 될 말을······.

지니   나도 들었어.

해리   그런데도 날 상대해 주는 거야?

지니   때가 되면 자기가 사과하리란 거 아니까. 진심으로 한 말이 아니었다는 것도 알고. 다른 걸 감추려다 그런 말이 나왔겠지. 그 애한테 솔직해도 돼, 해리······ 그 애한테 필요한 건 그뿐이야.

해리   그 녀석이 조금만 더 제임스나 릴리 같으면 얼마나 좋을까.

지니   (냉담하게) 뭐, 그렇게까지 솔직하게 말하진 말고.

해리	정말이야. 그 녀석은 어떻게 할 수가 없어……. 그래도 다른 녀석들은 이해할 수는 있어. 그리고…….
지니	알버스는 달라. 다르다는 건 좋은 거잖아. 그리고 당신이 '해리 포터'의 모습만 보여 주려고 한다는 거 그 애도 다 알아. 그 앤 진실된 당신의 모습을 보고 싶은 거야.
해리	"진실은 아름답고도 끔찍한 것이므로, 아주 조심해서 다뤄야 한다."

지니가 어리둥절한 얼굴로 해리를 본다.

덤블도어 말씀.

지니	애한테 할 얘기는 아닌 것 같은데.
해리	그 애가 세상을 구하다 죽게 될 거라고 믿는다면 그런 얘기도 할 수 있지.

해리가 다시 헉하고 숨을 들이마신다. 손을 이마로 가져가지 않으려고 안간힘을 쓰고 있다.

지니	해리. 왜 그래?
해리	괜찮아. 난 괜찮아. 당신 말이 맞아. 노력해 볼게—

지니 흉터가 아파?

해리 아니. 아니야. 괜찮아. 그만 불 끄고 좀 더 자자.

지니 해리. 흉터가 아프지 않은 지 몇 년이나 됐지?

해리는 지니를 돌아본다. 해리의 얼굴에 많은 이야기가 담겨 있다.

해리 22년.

1막 10장

호그와트 급행열차

알버스가 혼잡한 기차 안을 빠르게 걷고 있다. 고개를 숙인 채 주목을 끌지 않으려고 애쓴다.

로즈 알버스, 찾았잖아…….

알버스 나를? 왜?

로즈는 어떻게 말을 꺼내야 할지 고민하는 눈치다.

로즈 알버스, 이제 4학년이잖아. 새 학기도 시작되고. 난 우리가 다시 친구가 됐으면 좋겠어.

알버스 우린 친구였던 적이 없어.

로즈 못됐어! 여섯 살 때 넌 내 단짝 친구였잖아!

알버스　오래전 얘기지.

　　　　　알버스가 가려고 하자 로즈가 알버스를 빈 객실로 끌고 들어간다.

로즈　너 그 소문 들었어? 며칠 전에 마법 정부가 불시 단속을 벌여 엄청난 수확을 거뒀대. 너희 아빠가 대단한 활약을 하셨나 보더라.

알버스　넌 어쩌면 그렇게 나도 모르는 걸 항상 다 알고 있는 거야?

로즈　그 사람, 그러니까 단속에 걸린 마법사 말이야. 시어도어 노트인가 그런데, 온갖 법률을 위반하는 물건들을 잔뜩 갖고 있었대. 그런데 그중 하나가…… 그걸 보고 다들 기가 찼다지. 글쎄, 불법 타임 터너였대. 그것도 성능이 꽤 좋은.

　　　　　알버스는 로즈를 본다. 이제 모든 것이 아귀가 맞아 들어간다.

알버스　타임 터너? 우리 아빠가 타임 터너를 찾았다고?
로즈　쉿! 그래. 그렇다니까. 굉장하지 않아?

1막 10장

알버스 확실한 거지?

로즈 100퍼센트.

알버스 난 스코피어스를 찾아봐야겠다.

> 알버스가 다시 기차 통로를 걸어간다. 로즈는 할 말을 꼭 해야겠다고 결심하고서 알버스를 뒤쫓아 간다.

로즈 알버스!

> 알버스가 단호한 얼굴로 돌아본다.

알버스 나랑 얘기하라고 누가 시켰어?

로즈 (움찔 놀라며) 그래, 뭐, 너희 엄마가 우리 아빠한테 부엉이를 보내긴 했는데…… 고모는 그냥 네가 걱정돼서 그러신 거야. 그래서 난—

알버스 날 내버려 둬, 로즈.

> 스코피어스는 늘 타던 객실에 앉아 있다. 알버스가 먼저 들어가고, 로즈는 여전히 알버스를 졸졸 따라간다.

스코피어스	알버스! 어, 안녕, 로즈. 이게 무슨 냄새야?
로즈	나한테서 *냄새*가 난다고?
스코피어스	아니, 좋은 뜻으로 얘기한 거야. 너한테서 싱싱한 꽃다발과 또…… 갓 구운…… 빵 냄새가 나네.
로즈	알버스, 내가 있다는 거 잊지 마. 알았지? 필요하면 언제든 얘기해.
스코피어스	(애타게 고민하며) 아니, 내 말은 맛있는 빵, 좋은 빵, 빵 냄새…… 빵이 뭐 어때서?

로즈는 고개를 절레절레 흔들며 떠난다.

로즈	빵이 뭐 어떠냐니!
알버스	너 찾으려고 한참 돌아다녔어…….
스코피어스	결국 찾았네. 짜잔! 숨어 있었던 것도 아닌데. 너도 알잖아. 내가 가급적…… 기차에 빨리 타는 거. 사람들이 계속 쳐다보니까. 소리치고. 내 트렁크에 '볼드모트의 아들'이라고 써 놓기도 한다고. 그런 짓은 시간이 지나도 수그러들질 않는다니까. 그런데 로즈는 나를 정말 싫어하나 봐. 그렇지?

알버스는 친구를 껴안는다. 힘차게. 알버스와 스코

1막 10장

　　　　　피어스는 잠시 서로를 부둥켜안고 있다. 스코피어스
　　　　　는 알버스의 행동에 어안이 벙벙하다.

그래. 잘 지냈지? 어…… 우리가 언제 껴안은 적이 있었나? 우리가 원래 그랬어?

　　　　　두 소년은 어색하게 떨어진다.

알버스　　24시간을 좀 힘들게 보냈거든.
스코피어스　무슨 일이 있었는데?
알버스　　나중에 설명할게. 우리, 이 기차에서 내려야 해.

　　　　　무대 밖에서 기적 소리가 들린다. 기차가 움직이기
　　　　　시작한다.

스코피어스　너무 늦었어. 기차가 달리고 있잖아. 기다려라, 호그와트!
알버스　　그럼 달리는 기차에서 뛰어내려야겠네.
간식 카트 마법사　애들아, 뭐 필요한 거 없니?

　　　　　알버스가 창문을 열고 넘어서 나가려 한다.

스코피어스 달리는 마법 기차잖아.

간식 카트 마법사 호박 파이 어떠니? 솥단지 케이크는?

스코피어스 알버스 세베루스 포터, 그런 이상한 눈으로 날 바라보지 마.

알버스 첫 번째 문제. 트라이위저드 대회에 대해 아는 대로 말해 봐.

스코피어스 (즐거워하며) 우아, 퀴즈구나! 세 학교의 대표 선수 세 명이 세 개의 과제에서 우승컵을 놓고 겨루는 대회지. 그런데 그건 왜 물어?

알버스 넌 진짜 엄청난 공부 벌레야. 너도 알지?

스코피어스 그야 그렇지.

알버스 두 번째 문제. 트라이위저드 대회가 20년 넘게 열리지 않은 이유는?

스코피어스 네 아빠하고 세드릭 디고리라는 소년이 출전한 마지막 시합에서 두 사람이 함께 우승컵을 잡기로 했는데 그 우승컵이 포트키였어. 그래서 두 사람은 볼드모트에게 보내졌지. 세드릭은 살해당했고. 그 뒤로 대회가 즉시 폐지됐어.

알버스 좋아. 세 번째 문제. 세드릭이 죽을 필요가 있었을까? 쉬운 문제지. 답은 간단해. '아니요'. 볼드모트는 이렇게 말했어. "나머지는 죽여라." 나머지. 그러니까 세드릭은 단지 우리 아빠와 함께 있었다는 이유만으로 죽었고, 우리 아빠는 그를 구하지 못했어. 우리가 구할 수 있어. 그건 잘못된 일이었으니까 우리가 바로잡자고. 타임 터너를 사용할 거야. 우리가 세드릭을 되찾아 오는 거야.

스코피어스 알버스, 난 타임 터너를 별로 좋아하지 않아. 그 이유야 뻔할 테고……

알버스 에이머스 디고리가 타임 터너를 쓰게 해 달라고 했는데, 우리 아빠는 그런 건 없다고 잡아뗐어. 그저 아들을 되찾고 싶어 하는 노인한테 거짓말을 했다고. 그분은 단지 아들을 사랑하는 노인일 뿐인데. 우리 아빠는 그런 건 상관하지도 않았기 때문에 거짓말을 한 거야……. 그런 건 신경 쓰지 않는 거지. 모두들 우리 아빠가 한 용감한 일들에 대해 떠들어 대. 하지만 아빠는 실수도 여럿 저질렀어. 사실은 아주 큰 실수지. 난 그 가운데 하나를 바로잡고 싶어. 우리가 세드릭을 구하면 좋겠어.

스코피어스 흠, 아무래도 너의 제정신을 유지해 주던 뭔가가 끊어진 게 아닐까 싶다.

알버스 난 할 거야, 스코피어스. 해야 해. 네가 함께 가지 않으면 내가 얼마나 일을 망쳐 놓을지 너도 나만큼이나 잘 알잖아. 같이 가자.

알버스는 빙긋 웃는다. 그런 다음 위로 사라진다. 스코피어스는 잠시 망설인다. 얼굴을 찌푸린다. 그러나 자기가 무엇을 해야 하는지 — 무엇을 할 것인지 — 알고 있다. 스코피어스도 위로 오르며 알버스를 따라 사라진다.

1막 11장

호그와트 급행열차, 지붕

사방에서 바람이 쌩쌩 불어온다. 매서운 바람이다. 결연한 모습의 알버스와 잔뜩 겁에 질린 스코피어스가 기차 지붕 위에 서 있다.

스코피어스 후유, 우린 지금 기차 지붕에 올라와 있어. 엄청 빠르고 무섭네. 나쁘지 않았어. 나에 대해 많은 걸 배운 기분이야. 너에 대해서도 조금 더 알게 됐고. 하지만—

알버스 내 계산에 따르면, 지금 우리는 구름다리에 가까워지고 있어. 거기서 조금만 걸으면 성 오스왈드 마법사회 노인의 집이 나오거든…….

스코피어스 뭐? 어디라고? 야, 나도 태어나서 처음 반항해 보는 거라 너만큼 흥분돼. 야호, 기차 지붕이다! 재미도 있고. 하지만…… 이런.

스코피어스는 보고 싶지 않은 무언가를 목격한다.

알버스 혹시 우리의 방석 마법이 성공하지 못해도 물이 있으면 큰 도움이 될 거야.
스코피어스 알버스. 간식 카트 마법사…….
알버스 간식을 사 가자고?
스코피어스 아니. 알버스. 간식 카트 마법사가 우리 쪽으로 오고 있어.
알버스 그럴 리가 없지. 우린 기차 지붕에 있는데…….

스코피어스가 알버스에게 정확한 방향을 알려 주자, 이제 알버스의 눈에도 간식 카트 마법사가 보인다. 간식 카트 마법사는 태연하게 다가오고 있다. 간식 카트를 밀면서.

간식 카트 마법사 애들아, 뭐 먹고 싶은 것 없니? 호박 파이 어때? 개구리 초콜릿은? 솥단지 케이크도 있는데?
알버스 이런.

간식 카트 마법사 사람들은 나에 대해 잘 모른단다. 내 솥단지 케이크를 사 먹으면서도 딱히 나라는 존재에 대해 알아채지 못하지. 마지막으로 누가 내 이름을 물어본 게 언제인지도 가물가물하구나.

알버스 이름이 뭐예요?

간식 카트 마법사 잊어버렸어. 내가 얘기해 줄 수 있는 건 호그와트 급행열차가 처음 개통되었을 때 오탈린 갬볼이 내게 직접 이 일을 제안했다는 것 정도다…….

스코피어스 그건…… 190년 전인데. 190년 동안 이 일을 하셨어요?

간식 카트 마법사 이 손으로 600만 개가 넘는 호박 파이를 만들었단다. 이젠 아주 능숙해졌지. 하지만 사람들은 내 호박 파이가 아주 쉽게 다른 무언가로 변한다는 사실을 눈치채지 못했단다…….

마법사가 호박 파이 하나를 집어 든다. 그러곤 파이를 마치 수류탄처럼 던진다. 호박 파이가 폭발한다.

내 개구리 초콜릿으로 뭘 할 수 있는지 알면 믿기 어려울 거야. 믿기지 않을걸. 절대. 지금까지 난 이 기차에 탄 사람이 목적지에 도착하기도 전에 뛰어내리도록 내버려 둔 적이 없어. 몇 사람이 시도를 했었지. 시리우스 블랙 일당, 프레드와 조지 위즐리. **모두 실패했단다. 왜냐하면 이 열차는…… 승객이 중간에 뛰어내리는 걸 좋아하지 않거든……**.

간식 카트 마법사의 두 손이 아주 날카로운 못으로 변한다. 마법사는 미소를 짓는다.

그러니까 자리로 돌아가서 목적지에 도착할 때까지 얌전히 앉아 있으렴.

알버스 네 말이 맞아, 스코피어스. 이 기차는 마법 기차야.
스코피어스 지금 이 순간엔 내 말이 맞았다는 게 하나도 기쁘지 않아.
알버스 하지만 내 말도 맞았어. 구름다리 말이야. 저 아래 물이 흐르고 있어. 이제 방석 마법을 시험할 때야.
스코피어스 알버스, 그건 좀 아닌 것 같아.
알버스 그럴까? (잠시 망설이다가 더 이상 망설여선 안 된다는 사실을 깨닫는다) 이미 늦었어. 셋. 둘. 하나. 몰리아르!

알버스가 주문을 외치며 뛰어내린다.

1막 11장

스코피어스   알버스…… 알버스…….

      그는 간절하게 친구를 내려다본다. 그러곤 점점 다가오는 간식 카트 마법사를 본다. 마법사의 머리는 마구 헝클어졌다. 못들이 유독 뾰족해 보인다.

마법사님도 재미있을 것 같지만, 저는 친구를 따라가야 해요.

      스코피어스는 코를 틀어쥐고 주문을 외치며 알버스를 따라 뛰어내린다.

몰리아르!

1막 12장

마법 정부, 대회의실

무대 위에는 마법사들이 가득하다. 진짜 마법사가 그러듯, 모두가 왁자지껄하게 떠들고 있다. 지니와 드레이코, 론도 그 안에 끼어 있다. 앞에 놓인 단 위에는 헤르미온느와 해리가 올라가 있다.

헤르미온느 정숙. 정숙. 침묵하는 마법을 써야 하나요? (지팡이로 사람들을 조용히 시킨다) 좋아요. 그럼 임시 총회를 시작하겠습니다. 다행히 많은 분이 와 주셨네요. 우리 마법 세계는 지금까지 수년 동안 평화를 유지해 왔어요. 우리가 22년 전 호그와트 전투에서 볼드모트를 물리친 덕분에 우리 자녀들은 아주 소소한 마찰만 겪었을 뿐, 전쟁을 모르고 자랐습니다. 지금까

1막 12장

지는 그랬죠. 해리?

해리 볼드모트의 동맹들이 몇 달째 움직임을 보이고 있습니다. 저희는 유럽을 횡단하는 트롤들과 바다를 건너는 거인들을 추적해 왔고, 늑대인간 역시 추적했지만 안타깝게도 몇 주 전에 그들의 자취를 놓치고 말았습니다. 그들이 어디로 가는지 혹은 누가 그들을 선동하는지는 알 수 없지만, 움직이고 있는 건 확실하기 때문에 그게 어떤 의미인지 걱정이 됩니다. 그래서 말인데, 혹시 무언가를 보거나 느끼신 분이 계십니까? 지팡이를 들어 주시면 발언권을 드리겠습니다. 맥고나걸 교수님? 감사합니다.

맥고나걸 교수 여름 방학이 끝나고 돌아와 보니 누군가가 마법약 창고에 침입한 것 같더군요. 약재가 많이 없어지진 않았어요. 붐슬랭 독사의 가죽과 풀잠자리 양이 조금 줄어들긴 했는데, 사용 규제 목록에 올라 있는 품목은 건드리지 않았어요. 우린 피브스의 짓이라고 생각했죠.

헤르미온느 말씀 감사합니다, 교수님. 조사해 보겠습니다. (대회의실을 둘러본다) 다른 분은 안 계신가요? 알겠습니다. 가장 심각한 문제는 해리의 흉터가 다시 아파 오기 시작했다는 사실입니다. 볼드모트가 사라진 뒤로는 한 번도 그런 적이 없었는데 말이죠.

드레이코 볼드모트는 죽었습니다. 볼드모트는 사라졌어요.

헤르미온느 맞아요, 드레이코. 볼드모트는 죽었죠. 하지만 여러 가지 정황을 감안할 때 볼드모트가…… 혹은 볼드모트의 잔재가 돌아왔을 가능성을 배제할 수 없어요.

반응이 터져 나온다.

해리 이런 걸 물어서 미안하지만 확인해야 하니 질문할 수밖에 없네요. 혹시 어둠의 징표를 가진 분들…… 아무 느낌 없었습니까? 찌릿하지도 않았나요?

드레이코 또 어둠의 징표를 가진 사람들을 괜히 몰아세우는 건가, 포터?

헤르미온느 아니야, 드레이코. 해리는 단지—

드레이코 뻔한 것 아닌가? 해리가 또다시 신문에 얼굴을 내밀고 싶은 거겠지. 볼드모트가 돌아왔다느니 어쩌니 하는 소문은 해마다 한 번씩 《예언자일보》에 나왔던 얘기 아닌가…….

해리 나한테서 나온 소문은 아니었어!

드레이코 그래? 자네 아내가 《예언자일보》에서 일하고 있지 않나?

지니가 분개하며 그에게로 다가간다.

지니 난 스포츠 면을 맡고 있다고!

헤르미온느 드레이코. 해리는 마법 정부가 이 문제에 관심을 가져야 한다고 제안했고…… 난 마법 정부 총리로서―

드레이코 그저 해리 포터의 친구라는 이유로 선출된 주제에.

론이 드레이코에게 달려들려다 지니에게 저지를 당한다.

론 그 주둥이에 한 방 먹여 줄까?

드레이코 잘 생각해 보십시오. 저 친구가 유명하니까 여러분 모두 휘둘리는 겁니다. 그리고 포터라는 이름이 또 한 번 사람들의 입에 오르내리게 하는 데 (해리를 흉내 내며) "흉터가 아파요, 흉터가 아파요" 하는 것보다 더 좋은 방법은 없겠죠. 그럼 이게 뭘 의미하는지 아십니까? 입 놀리기 좋아하는 사람들이 또 제 아들의 친아버지가 누구라느니 하는 말도 안 되는 소문을 떠들어 대며 녀석을 괴롭힐 거란 걸 의미합니다.

해리 드레이코, 이 일이 스코피어스와 연관 있다고 얘기한 사람은 아무도 없어…….

드레이코   어쨌든 나는 개인적으로 이 총회가 개수작이라고 생각해. 그래서 그만 가 보려고.

  드레이코가 걸어 나간다. 다른 사람들도 드레이코를 따라 흩어지기 시작한다.

헤르미온느   아니에요. 그런 게 아니에요……. 돌아오세요. 전략을 세워야죠.

1막 13장

성 오스왈드 마법사회 노인의 집

이곳은 혼돈의 장이다. 마법 그 자체이다. 이곳은 성 오스왈드 마법사회 노인의 집, 우리가 기대하는 진풍경이 펼쳐진다.
보행 보조기들이 마법에 걸려 살아 움직이고, 뜨개실이 마법 때문에 제멋대로 날뛰고 있으며, 남자 간호사들이 주문에 걸려 탱고를 추고 있다.
이곳 마법사들은 뚜렷한 목적을 위해 어쩔 수 없이 마법을 행해야 하는 의무에서 벗어난 사람들이다. 이 마법사들은 그저 재미로 마법을 사용한다. 그리고 그 재미를 한껏 즐기고 있다.
알버스와 스코피어스가 주위를 두리번거리며 등장한다. 즐겁지만 솔직히 조금 두려운 표정이다.

알버스와 **스코피어스** 저, 저기요…… 실례합니다. **실례한다고요!**

스코피어스 와, 여긴 정말 제멋대로다.

알버스 에이머스 디고리 씨를 뵈러 왔어요.

        갑자기 정적이 감돈다. 그 순간 모든 것이 정지한다.
        그러고는 분위기가 조금 우울해진다.

뜨개질 여인 그 지독한 영감탱이는 뭐 하려고 찾아?

        이때 델피가 미소를 지으며 나타난다.

델피 알버스? 알버스! 너 왔구나! 어쩜! 가서 에이머스 삼촌한테 인사드리자!

1막 14장

성 오스왈드 마법사회 노인의 집, 에이머스의 방

에이머스가 못마땅한 얼굴로 스코피어스와 알버스를 보고 있다. 델피는 세 사람을 지켜본다.

에이머스   내가 정리해 보마. 그러니까 넌 대화를, 네가 엿들어선 안 되는 대화를 엿듣고서 누가 시키지도 않았는데, 사실상 허락도 받지 않고 남 일에, 그것도 아주 제대로 끼어들려 하는 거구나.

알버스   저희 아빠는 거짓말을 했어요. 제가 알아요. 타임 터너는 있어요.

에이머스   당연히 그렇겠지. 이제 그만 가 봐라.

알버스   네? 아니에요. 저희는 도와 드리러 왔어요.

에이머스   도와준다고? 콩알만 한 녀석 둘이 날 위해 뭘 할 수 있단 말이냐?

알버스 저희 아빠를 보면 꼭 어른이 되어야만 마법 세계를 바꿀 수 있는 건 아니잖아요.

에이머스 그래서 너도 포터라는 이름을 가졌으니 아무 데나 끼어들게 놔둬야 한단 말이냐? 그 유명한 이름을 이용해 보시겠다?

알버스 아니에요!

에이머스 슬리데린에 들어간 포터 아이……. 그래, 기사에서 읽었지. 그 녀석이 말포이네 아이를 데리고 날 찾아오다니. 게다가 그 아이는 볼드모트의 자식일지도 모르는데? 네가 어둠의 마법과 손잡은 게 아니라고 누가 장담하겠냐?

알버스 하지만—

에이머스 뻔한 정보이긴 했지만 어쨌든 확인해 줘서 고맙다. 네 아빠는 날 속였지. 그만 가거라. 두 녀석 다. 괜히 내 소중한 시간 빼앗지 말고.

알버스 (단호하고 강경하게) 그러지 말고 제 말 좀 들어 보세요. 직접 말씀하셨잖아요. 우리 아빠가 책임질 일이 수없이 많다고. 제가 그걸 바꿀 수 있게 도와주세요. 아빠가 저지른 실수 가운데 하나만이라도 바로잡을 수 있게 해 주세요. 저를 믿어 주세요.

에이머스 (언성을 높이며) 내 말 못 들었냐? 나한텐 널 믿어야 할 이유가 없다. 그러니 가라. 어서. *강제로* 내쫓기 전에.

   에이머스가 위협적으로 지팡이를 들어 올린다. 알버스는 그 지팡이를 보며 풀이 죽는다. 에이머스에게 기가 꺾인 것이다.

스코피어스 가자, 친구. 우리가 잘하는 게 하나 있다면 환영받지 못하는 곳을 알아차리는 거잖아.

   알버스는 선뜻 걸음을 옮기지 못한다. 스코피어스가 알버스의 팔을 잡아끈다. 결국 알버스는 돌아서고 두 사람은 함께 걸어간다.

델피 삼촌, 저 애들을 믿어야 할 이유가 하나쯤은 있는 것 같은데요.

   두 아이는 걸음을 멈춘다.

삼촌을 돕겠다고 자청한 사람은 아무도 없었어요.

저 애들은 삼촌의 아들을 되찾아 오기 위해 용감하게도 위험을 무릅쓸 각오를 하고서 찾아왔다고요. 사실, 여기까지 오는 데만 해도 나름의 위험을 감수했을 테고요…….

에이머스 우린 지금 세드릭을 구해 오자는 거야…….

델피 삼촌이 그러셨잖아요. 호그와트 내부의 누군가를 포섭하면 *아주* 유리할 수도 있다고.

델피는 에이머스의 정수리에 입을 맞춘다. 에이머스는 델피를 보고, 뒤이어 고개를 돌려 두 소년을 바라본다.

에이머스 이유가 뭐야? 대체 왜 그런 위험을 무릅쓰려는 거냐? 그래서 네가 얻는 게 뭐지?

알버스 저는 나머지가 되는 게 어떤지 잘 알거든요. 아드님은 살해당할 이유가 없었어요, 디고리 할아버지. 저희가 아드님을 되찾는 걸 도울 수 있어요.

에이머스 (마침내 감정을 내보이며) 내 아들…… 내 아들은 내게 최고의 선물이었지. 그래, 맞아. 너무 부당하게 죽었어. 아주 부당한 일이었지. 네가 진심이라면…….

알버스 정말 진심이에요.

1막 14장

에이머스 위험할 거다.

알버스 저희도 알아요.

스코피어스 정말?

에이머스 델피, 너도 이 아이들하고 같이 가 줄 수 있겠니?

델피 그래야 마음이 놓이신다면 그럴게요, 삼촌.

        델피가 알버스에게 미소를 지어 주고, 알버스도 델피에게 미소를 보인다.

에이머스 타임 터너를 가져오는 일만 해도 목숨을 걸어야 한다는 건 알고 있겠지?

알버스 저희는 목숨을 걸 각오가 되어 있어요.

스코피어스 정말?

에이머스 (진지하게) 네게 그럴 만한 역량이 있길 바란다.

1막 15장

해리와 지니 포터의 집, 부엌

해리와 론, 헤르미온느, 지니가 함께 앉아 식사를 하고 있다.

헤르미온느 내가 드레이코한테 몇 번이나 말했는지 몰라. 마법 정부에서 스코피어스 얘길 하는 사람은 아무도 없다고. 그런 소문은 우리한테서 나오는 게 아니라고 말이야.

지니 나도 드레이코한테 편지를 보냈었어……. 애스토리아를 보낸 후에. 혹시 우리가 도울 게 있는지 물어보려고. 스코피어스가 알버스랑 워낙 친하니까 혹시라도 크리스마스 연휴에 잠깐 와 있으면 좋지 않을까 했는데…… 내 부엉이가 갖고 온 편지에는 딱 한 문장만 적혀 있더라고. "남편한테 내 아들에 관한 소문이 전부 거짓임을 밝혀 달라고 전하길."

헤르미온느 망상에 사로잡혀 있어.

지니 정상이 아니야. 슬픔이 너무 컸나 봐.

론 아내를 잃은 건 나도 안타까워. 하지만 자꾸 헤르미온느를 몰아세우니까……. 어쨌든…… (해리를 건너다본다) 어이, 소심한 친구, 내가 이 여자한테도 늘 얘기하듯 아무것도 아닐 수 있어.

헤르미온느 이 여자라고?

론 트롤들은 파티에, 거인들은 결혼식에 가는 걸 수도 있지. 네가 악몽을 꾸는 건 알버스를 워낙 걱정해서일 수도 있고, 네 흉터가 아픈 건 네가 늙어 가기 때문일 거야.

해리 늙어 가? 고맙군, 친구.

론 솔직히 나도 요즘엔 어디 앉을 때마다 '아이고' 소리가 절로 나와. '아이고.' 그리고 내 발 말이야. 요즘 발이 말썽이라 통증에 관한 노래도 만들 수 있을 정도라니까. 네 흉터도 그런 거겠지.

지니 헛소리 좀 그만해.

론 난 그게 내 특기라고 생각해. 그거랑 꾀병 과자 세트 개발 능력. 그리고 너희 모두를 사랑하는 거. 말라깽이 지니까지 말이야.

지니 로널드 위즐리, 어른답게 굴지 않으면 엄마한테 이를 거야.

론 설마.

헤르미온느 만약 볼드모트의 일부가 어떤 형태로든 살아남았다면 우린 대비를 해야 해. 난 좀 두려워.

지니 나도 두려워.

론 난 아무것도 두렵지 않아. 우리 엄마 빼고.

헤르미온느 정말이야, 해리. 난 이런 일에서 코닐리어스 퍼지처럼 굴진 않을 거야. 눈 가리고 아웅 하진 않을 거라고. 그리고 드레이코 말포이에게 인기가 없어져도 상관없어.

론 어차피 자긴 인기 있는 사람은 아니었잖아?

헤르미온느는 론에게 무시무시한 눈총을 쏘며 한 대 때리려 했지만 론은 얼른 피한다.

빗나갔네.

지니가 론에게 강타를 날린다. 론은 움찔한다.

명중. 완전 명중이야.

갑자기 부엌에 부엉이 한 마리가 나타난다. 부엉이는 낮게 날아와 해리의 접시에 편지 한 통을 떨어뜨린다.

헤르미온느 부엉이를 보내기엔 좀 늦은 시간 아닌가?

해리는 편지를 뜯어 본다. 깜짝 놀란다.

해리 맥고나걸 교수님이 보내신 거야.
지니 뭐라고 쓰셨어?

해리의 얼굴이 굳어진다.

해리 지니, 알버스 때문이야. 알버스와 스코피어스. 두 녀석이 학교에 오지 않았대. 애들이 사라졌어!

1막 16장

화이트홀*, 지하실

스코피어스가 눈살을 찌푸리며 병을 보고 있다. 그의 옆에는 알버스와 델피가 서 있다.

스코피어스 이걸 먹는다고?

알버스 스코피어스, 꼭 설명해 줘야 해? 넌 엄청난 공부 벌레에다 마법약 전문가잖아. 폴리주스가 뭐 하는 건지 몰라? 델피가 훌륭하게 조제해 준 덕분에 이제 우린 이 마법약을 먹고 변신하기만 하면 돼. 그럼 변장한 모습으로 마법 정부에 들어갈 수 있다고.

---

* 런던의 중심가인 트래펄가 광장에서부터 남쪽으로 의회 광장까지 이어지는 대로를 뜻한다.

스코피어스 좋아. 두 가지만 물을게. 첫 번째 질문, 고통스러워?

델피 엄청. 내가 알기론 그래.

스코피어스 고마워요. 좋은 소식이네요. 두 번째 질문, 혹시 폴리주스가 무슨 맛인지 아는 사람? 생선 맛이 난다고 들었는데, 정말이라면 난 바로 토해 버리고 말 거야. 난 생선하고 잘 안 맞거든. 항상 그랬어. 앞으로도 그럴 거고.

델피 새겨들을게. (심호흡을 하고 폴리주스를 단숨에 들이켠다) 생선 맛은 아닌데. (변신하기 시작한다. 고통스러워한다) 사실 맛은 그리 나쁘지 않아. 맛있네. 고통스럽긴 하지만……. (큰 소리로 트림한다) 방금 한 말 취소. 뒷맛이 살짝……. (다시 트림하고 헤르미온느로 변한다) 살짝 심하게…… 생선 맛이야.

알버스 그러니까…… 우아!

스코피어스 우아, 우아!

델피/헤르미온느 느낌으로는 썩…… 목소리도 똑같아졌네! 우아, 우아, 우아!

알버스 좋아. 이번엔 내 차례야.

스코피어스 안 돼. 어림없는 소리지, 친구. 할 거면 (미소를 지으며 우리가 많이 봐 왔던 안경을 쓴다) 같이 해야지.

알버스 셋. 둘. 하나.

두 소년이 함께 마법약을 들이마신다.

아니, 괜찮은데. (고통스러워한다) 별로 괜찮진 않군.

알버스와 스코피어스 둘 다 변신하기 시작한다. 변신은 고통스럽다.
알버스는 론으로, 스코피어스는 해리로 변한다.
둘은 서로를 본다. 침묵이 흐른다.

알버스/론 좀 이상하겠다. 그렇지?

스코피어스/해리 (연기하며 이 상황을 즐기고 있다) 네 방으로 가. 당장 네 방으로 가라니까. 넌 아주 끔찍하고 못된 아들이야.

알버스/론 (웃으면서) 스코피어스…….

스코피어스/해리 (어깨에 망토를 두르며) 네가 그러자고 했잖아. 난 네 아빠가, 넌 론 삼촌이 되자고 말이야! 잠깐 장난 좀 쳐 봤어. 곧……. (이윽고 요란하게 트림한다) 아, 진짜 지독하다.

알버스/론 론 삼촌이 잘 숨기고 있어서 몰랐는데, 배가 꽤 많이 나왔네.

델피/헤르미온느 우리 그만, 가야 하지 않을까?

1막 16장

　　셋은 거리로 나간다. 공중전화 박스에 들어간다. 62442를 누른다.

공중전화 박스　어서 오십시오, 해리 포터. 어서 오십시오, 헤르미온느 그레인저. 어서 오십시오, 론 위즐리.

　　셋은 미소를 짓고 공중전화 박스가 무대 아래로 사라진다.

1막 17장

마법 정부, 회의실

해리와 헤르미온느, 지니 그리고 드레이코가 작은 방 안을 서성거린다. 네 사람 모두 수심이 가득한 모습이다.

드레이코   철로 주변은 철저하게 수색한 건가?
해리   우리 부서에서 한 번 훑고 지금 다시 수색하고 있어.
드레이코   간식 카트 마법사는 도움이 될 만한 정보를 주지 않고?
헤르미온느   그 마법사는 길길이 날뛰고 있어. 오탈린 갬볼을 실망시켰다는 얘기만 되풀이하고 있지. 호그와트 학생 인도 기록에 큰 자부심을 갖고 있거든.
지니   머글들이 마법을 목격했다는 보고도 없고?
헤르미온느   지금까진 없어. 내가 머글 총리한테 알려서 총리가 지금 '행불' 신고를 처리 중이야. 주문처럼 들리겠지만 그건 아니고.

드레이코 그래서 지금 우리 애들 찾는 일을 머글들한테 의존하고 있단 말이야? 해리의 흉터 얘기까지 한 거야?

헤르미온느는 점점 팽팽해지는 긴장감을 어떻게든 가라앉히려고 애쓴다.

헤르미온느 머글들한테 도움을 요청한 것뿐이야. 그리고 해리의 흉터와 어떤 연관이 있을지는 아무도 모르고. 하지만 해리의 흉터는 절대 가볍게 넘길 일이 아니야. 현재 우리 오러들이 어둠의 마법에 연관된 사람들을 전부 조사하고 있어. 그리고—

드레이코 죽음을 먹는 자들과는 *무관한* 일이야.

헤르미온느 글쎄, 나는 그렇게 자신할 수 없을 것 같은데…….

드레이코 자신하는 게 아니라, 내 말이 맞아. 지금도 어둠의 마법을 좇는 머저리들이 있긴 하지. 그래도 내 아들은 말포이야. 감히 건드리진 못할 거라고.

해리 새로운 무언가가 있지 않다면 그렇겠지. 뭔가—

지니 나도 드레이코랑 같은 생각이야. 납치라면…… 알버스를 데려간다면 모를까. 둘 다 데려가는 건…….

해리와 지니가 눈빛을 교환한다. 이로써 지니가 해리에게 뭘 바라는지, 해리가 어떤 얘기를 해 줬으면 하는지가 분명해진다.

드레이코 게다가 난 그렇게 키우지 않으려고 안간힘을 썼지만, 어쨌든 스코피어스는 주도하는 쪽이 아니라 따라가는 쪽이야. 틀림없이 알버스가 그 애를 꾀어 함께 내렸을 테지. 그러니까 내가 묻고 싶은 건 이거야. 알버스가 스코피어스를 데리고 갈 만한 곳이 어디지?

지니 해리, 그 애들은 도망간 거야. 자기랑 나는 알잖아.

드레이코는 이 부부가 서로를 보고 있다는 사실을 알아차린다. 두 사람이 신호를 주고받는 걸 알아차린다.

드레이코 안다고? 그래? 우리한테 말하지 않은 게 뭐야?

침묵이 흐른다.

뭘 감추고 있는지는 몰라도 이제 그만 털어놓았으면

하는데.

해리 알버스랑 내가 좀 다퉜어. 애들이 떠나기 전날.

드레이코 계속해 봐…….

    해리는 잠시 머뭇거리다 용기를 내어 드레이코와 눈을 맞춘다.

해리 그런데 내가, 가끔은 네가 내 아들이 아니었으면 좋겠다는 말을 내뱉었지.

    또 한 번 침묵이 흐른다. 깊고 압도하는 침묵이다. 이윽고 드레이코가 해리에게 위협적으로 한 발짝 다가간다.

드레이코 만약 스코피어스에게 무슨 일이 생기면…….

    지니가 드레이코와 해리 사이에 끼어든다.

지니 협박은 하지 마, 드레이코. 제발 부탁이야.

드레이코 (고함치며) 내 아들이 실종됐다고!

지니 (똑같이 고함치며) 내 아들도 실종됐어!

드레이코와 지니의 눈이 마주친다. 진한 감정이 회의실을 메운다.

드레이코 (자기 아버지와 똑같이 입술을 일그러뜨리며) 혹시 돈이 필요하면 얘기해……. 말포이 집안이 가진 건 모두 내줄 테니까……. 그 애는 내 하나뿐인 후계자야……. 나의…… 유일한 가족이라고.

헤르미온느 고맙지만, 자금은 마법 정부에도 충분히 준비되어 있어, 드레이코.

드레이코는 나가려다 멈춰 선다. 그러곤 해리를 쳐다본다.

드레이코 네가 무슨 일을 했든, 누구를 구했든 나한테는 전혀 중요하지 않아. 넌 우리 집안엔 늘 저주일 뿐이야, 해리 포터.

1막 18장

마법 정부, 복도

스코피어스/해리 저 안에 있는 게 확실해?

> 경비 한 명이 지나간다. 스코피어스/해리와 델피/헤르미온느는 직무를 수행하는 척한다.

맞습니다, 총리님. 저 역시 이 문제는 마법 정부에서 깊이 숙고해 봐야 할 사안이라고 생각합니다.

경비 (고개를 까딱하며) 총리님.

델피/헤르미온느 같이 생각해 보죠.

> 경비가 지나가자 그들은 안도의 한숨을 내쉰다.

삼촌이 베리타세룸을 쓰자고 제안하셨어. 우린 노인의 집을 방문한 마법 정부 관리의 음료에 몰래 그 약을 섞었지. 그랬더니 타임 터너를 보관 중이라고 말하더라고. 심지어 그게 어디에 있는지도 말해 줬어. 마법 정부 총리의 방에 있다고 말이야.

그녀는 문 하나를 가리킨다. 그때 갑자기 떠들썩한 소리가 들린다.

헤르미온느 (무대 밖에서) 해리…… 얘기 좀 하자니까…….
해리 (무대 밖에서) 얘기할 것도 없어.
델피/헤르미온느 안 돼.
알버스/론 헤르미온느 숙모예요. 우리 아빠랑.

순간, 셋 다 당황한다.

스코피어스/해리 어서 숨어야지. 숨을 데가 없네. 누구 투명 마법 아는 사람?
델피/헤르미온느 그냥…… 총리실로 들어가면 안 되나?
알버스/론 숙모도 거기로 올 텐데요.
델피/헤르미온느 달리 숨을 데가 없잖아.

1막 18장

그녀가 총리실 문을 열어 보려 한다. 그런 다음 다시 한 번 시도한다.

헤르미온느 (무대 밖에서) 지니나 나한테 그런 얘기를 하지 않으면…….

스코피어스/해리 뒤로 물러서요. 알로호모라!

그는 지팡이로 문을 겨눈다. 문이 획 열린다. 그는 기뻐하며 빙긋 웃는다.

알버스. 네가 숙모를 잡아 둬. 네가 해야 해.

해리 (무대 밖에서) 무슨 얘길 하라는 거야?

알버스/론 내가? 왜?

델피/헤르미온느 우리가 할 수는 없잖아. 안 그래? 우리가 저들이니까.

헤르미온느 (무대 밖에서) 물론, 네가 해선 안 될 말을 하긴 했지만…… 이렇게 된 이유가 더 있을 거야—

알버스/론 난 못 해…… 못 한다고…….

한바탕 작은 소란이 벌어진 다음, 결국 알버스/론이 문 앞에 서고 헤르미온느와 해리가 무대 밖에서 들어온다.

해리 헤르미온느, 걱정해 주는 건 고마운데 그럴 필요까지는―

헤르미온느 론?

알버스/론 놀랐지!!!

헤르미온느 여긴 어쩐 일이야?

알버스/론 내 아내를 보러 오는 데 이유가 있어야 하나?

그는 헤르미온느에게 진하게 입을 맞춘다.

해리 난 가 봐야겠다……

헤르미온느 해리. 그러니까 내 말은, 드레이코가 뭐라고 하든, 알버스한테 그런 말 한 거…… 계속 곱씹어 봐야 지금은 아무런 도움도 되지 않는다고…….

알버스/론 아, 해리가 했다는 말. 가끔은 내가― (얼른 말을 바꿔) 알버스가 자기 아들이 아니었으면 좋겠다고 한 그 얘기 말이구나.

헤르미온느 론!

알버스/론 담아 두고 있느니 토해 내는 편이 낫다는 게 내 지론이야…….

헤르미온느   그 애도 알 거야……. 누구나 마음에도 없는 말을 할 때가 있잖아. 그 애도 알 거라고.

알버스/론   하지만 가끔은 진심을 털어놓기도 하지……. 그런 거라면?

헤르미온느   론, 지금은 그런 말 할 때가 아니거든, 정말.

알버스/론   그야 그렇지. 그럼 잘 가, 자기.

    알버스/론은 헤르미온느가 걸음을 옮기는 모습을 지켜보며 그녀가 자기 사무실을 그냥 지나쳐 가길 바란다. 그러나 물론, 그럴 리가 없다. 헤르미온느가 사무실 문으로 들어가기 전 알버스/론이 얼른 달려가 앞을 가로막는다. 한 번 막고, 엉덩이를 흔들어 또 한 번 막는다.

헤르미온느   왜 사무실 문을 막는 거야?

알버스/론   아냐. 난 아무것도 안 막았어.

    헤르미온느가 다시 문을 열고 들어가려 하지만 이번에도 알버스/론이 그녀를 막는다.

헤르미온느   막고 있거든. 들어가게 해 줘, 론.

그녀는 재빨리 알버스/론을 피해 지나가려고 한다.

알버스/론 우리 아기 하나 더 갖자.

헤르미온느 뭐?

알버스/론 아기를 갖든가 아니면 휴가 가자. 아기를 갖든 잠깐 휴가를 가든 둘 중 하나는 해 줘. 난 포기하지 않을 거야. 이따 다시 얘기할까, 자기? 리키 콜드런에서 한잔하면서, 어때? 사랑해.

헤르미온느는 머리를 굴리며 의심 가득한 눈으로 알버스/론을 보고 다시 사무실 문을 본다. 그러곤 누그러진다.

헤르미온느 저 안에 또 똥 폭탄을 갖다 놓은 거라면 멀린을 데려와도 무사하지 못할 줄 알아. 좋아. 어쨌든 우린 머글들한테 새로 전해 줄 소식이 있어.

헤르미온느가 퇴장한다. 해리도 헤르미온느와 함께 퇴장한다.
알버스/론은 사무실 문을 향해 돌아선다. 헤르미온느가 다시 무대로 들어온다. 이번엔 혼자이다.

아기 **아니면** 휴가라고? 가끔 보면 자긴 정말 저울질을 못 하는 거 알아?

알버스/론   그래서 자기가 나랑 결혼한 거 아니야? 내 귀여운 유머 감각 때문에.

> 헤르미온느가 다시 퇴장한다. 알버스/론이 문을 열려는데 헤르미온느가 다시 들어온다. 알버스/론이 문을 쾅 닫는다.

헤르미온느   생선 맛이 나네. 피시 핑거 샌드위치 좀 그만 먹으라니까.

알버스/론   당신 말이 맞아.

> 헤르미온느가 퇴장한다. 알버스/론은 그녀가 사라진 것을 확인하고 크게 안도하며 문을 연다.

1막 19장

마법 정부, 헤르미온느의 사무실

스코피어스/해리와 델피/헤르미온느가 기다리고 있는 헤르미온느의 사무실에 알버스/론이 들어온다. 몹시 지치고 처진 모습이다.

알버스/론 기분이 너무 이상해.

델피/헤르미온느 대단하던데. 잘 막았어.

스코피어스/해리 난 하이파이브를 해야 할지 얼굴을 찌푸려야 할지 모르겠다. 숙모랑 키스를 하다니!

알버스/론 론 삼촌이 원래 애정이 넘치거든. 어떻게든 숙모의 주의를 돌리려고 그런 거잖아, 스코피어스. 그래서 성공했고.

스코피어스/해리 그런데 너희 아빠가 하셨다는 말…….

델피/헤르미온느 애들아…… 이 방 주인이 곧 돌아올 거야. 시간이 많지 않아.

알버스/론 (스코피어스/해리에게) 들었어?

델피/헤르미온느 헤르미온느가 타임 터너를 어디에 숨겼을까? (사무실 안을 둘러보다 책장들을 발견한다) 저 책장들을 뒤져 보자.

　　　　　그들은 뒤지기 시작한다. 스코피어스/해리가 걱정스러운 얼굴로 친구를 바라본다.

스코피어스/해리 왜 나한테 얘기하지 않았어?

알버스/론 우리 아빠 내가 자기 아들이 아니었으면 좋겠대. 다짜고짜 이렇게 대화를 시작할 수는 없잖아?

　　　　　스코피어스/해리는 무슨 말을 해야 하나 고민한다.

스코피어스/해리 나도…… 내가 볼드모트 자식이 아니란 건 알지만…… 가끔 보면 우리 아빠가 '어떻게 내 속에서 저런 애가 나왔지?'라고 생각하는 것 같아.

알버스/론 *그래도 우리 아빠보다 낫네. 우리 아빠 틀림없이 '어떻게 하면 저놈을 다시 배 속으로 집어넣을 수 있을*

까', 만날 이런 생각만 할 거야.

델피/헤르미온느가 스코피어스/해리를 책장 쪽으로 끌어당긴다.

델피/헤르미온느 눈앞의 문제에 좀 집중하면 안 될까?
스코피어스/해리 내 말은, 우리가 친구가 된 데에는…… 그럴 만한 이유가 있다는 거야, 알버스……. 우리가 서로를 알아본 이유 말이야. 그리고 이 모험이 무얼 위한 것이든…….

그러다 그는 책장에서 책 한 권을 발견하고 얼굴을 찌푸린다.

여기 있는 책들 봤어? 꽤 심각한 책들이 있는데. 금서들. 저주받은 책들.
알버스/론 까다로운 감정 문제로 고민하는 스코피어스를 구하려면? 도서관으로 데려가라.
스코피어스/해리 전부 도서관 제한 구역에 있는 책들이고, 그보다 더한 책도 있어. 《가장 사악한 마법》《15세기의 악령들》.《어느 마법사의 시》, 이 책은 호그와트에선 아예 허용하지도 않는다고!

알버스/론　《그림자와 영혼》.《나이트셰이드 마법 입문서》.

델피/헤르미온느　좀 놀랍긴 하다…….

알버스/론　《오팔 불, 그 감춰진 역사》.《임페리우스 저주와 그것을 남용하는 방법》.

스코피어스/해리　여기 좀 봐. 이런. 시빌 트릴로니의 《나의 눈 그리고 그 너머를 보는 법》도 있어. 점술에 관한 책이잖아. 헤르미온느 그레인저는 점술을 싫어하는데. 흥미로운걸. 새로운 발견이야…….

그가 책장에서 그 책을 꺼낸다. 책이 떨어져 펼쳐진다. 그러곤 말을 하기 시작한다.

책　첫 번째 음절은 네 번째, 실망스러운 점수.
　　'parked'에는 있지만 'park'에는 없는 것.

스코피어스/해리　이런. 책이 말을 하네. 좀 이상하다.

책　두 번째 음절은, 두 발로 걷는 생물 가운데 덜 아름다운 존재. 알(egg)에 이상이 생겨 태생적으로 지저분하고 털이 많음.
　　세 번째 음절은 올라야 하는 산 또는 가야 하는 여정.

알버스/론 수수께끼야. 책이 우리한테 수수께끼를 내고 있어.
책 도시 순회, 호수 유람.
델피/헤르미온느 대체 무슨 짓을 한 거야?
스코피어스/해리 난, 그냥…… 책 한 권을 펼쳤을 뿐이에요. 지금껏 이 지구에 살면서 책을 펼치는 게 그렇게 위험한 행동인 줄은 몰랐는데요.

책들이 바깥쪽으로 몸을 내밀어 알버스/론을 붙잡는다. 알버스/론은 그저 책들의 손아귀를 피할 뿐이다.

알버스/론 이게 뭐예요?
델피/헤르미온느 (흥분하며) 여길 무기로 만들었어. 자기 서가를 무기화했다고. 타임 터너가 여기에 있는 모양이야. 수수께끼를 풀면 찾을 수 있을 거야.
알버스/론 첫 번째 음절은 네 번째. 'parked'에는 있지만 'park'에는 없는 것. 'ed'……. 그럼 '디(De)'네…….*
스코피어스/해리 두 번째 음절은, 알에 이상이 있고, 두 발로 걷는 생물 가운데 덜 아름다운 존재…….

---

* D는 알파벳순으로 네 번째이며, 호그와트 성적 체계에서 '끔찍한' 성적을 일컫는 'dreadful'의 첫 글자다.

1막 19장

델피/헤르미온느　(야단스럽게) 남자들(men)이네! 답은 디-멘-터(De-men-tor)야.* 디멘터에 관한 책을 찾아야 해, (책장으로 다가가다가 책장이 덤벼들자 깜짝 놀란다) 알버스!

> 알버스/론이 책장으로 달려오지만 이미 늦었다. 그녀는 이미 책장 속으로 빨려 들어갔다.

알버스/론　델피! 어떻게 된 거예요?
스코피어스/해리　집중해, 알버스. 델피가 시키는 대로 해. 디멘터에 관한 책을 찾아. 조심하고.
알버스/론　이거다. 《디멘터 길들이기: 아즈카반 역사의 진실》.

> 그 책이 저절로 날아와 펼쳐지며 스코피어스/해리를 향해 위험하게 덤벼든다. 스코피어스/해리는 황급히 피한다. 그러다 어느 책장에 쿵 부딪히자, 그 책장이 그를 집어삼키려 한다.

---

* 'tor'에는 '바위산'이라는 뜻이 있으며 '여정' '순회' '유람'을 뜻하는 단어인 'tour'와 동음어이다.

| 책 | 나는 우리에서 태어났지.
하지만 분노로 그것을 깨부쉈어.
내 안의 곤트가 수수께끼(riddle)를 풀어
나를 해방했지.
그리하여 나는 존재할 수 있었어. |
|---|---|
| **알버스/론** | 볼드모트. |

책들 속에서 델피가 거꾸러져 나온다. 원래의 모습으로 돌아와 있다.

델피 더 빨리!

소리치며 다시 안으로 빨려 들어간다.

알버스/론 델피! 델피!

그가 델피의 손을 잡으려 하지만 그녀는 이미 사라져 버렸다.

스코피어스/해리 델피가 원래 모습으로 돌아왔어. 봤어?
알버스/론 아니! 난 그것보다 델피가 책장한테 잡아먹히는 게 더 걱정됐거든! 찾아. 어서. 그에 관한 책을 찾아봐.

알버스/론이 책 한 권을 발견한다.

《슬리데린의 후계자》? 이거 아닐까?

그는 책장에서 그 책을 꺼내지만 책이 다시 들어가고, 필사적으로 저항하는 알버스/론을 책장이 집어삼킨다.

스코피어스/해리 알버스? 알버스!!

스코피어스/해리가 손을 뻗을 새도 없이, 알버스/론은 사라져 버린다. 스코피어스/해리는 의심 가득한 얼굴로 잠시 고민한 뒤, 이제는 자기가 수수께끼를 풀어야 한다는 사실을 깨닫는다.

알았어. 그건 아니라는 거지. 볼드모트. 볼드모트. 볼드모트.

그는 책장을 훑는다.

《마볼로: 진실》, 틀림없이 이걸 거야…….

그는 그 책을 꺼내 펼친다. 역시 그 책이 몇 갈래로 빛을 뿜으며 휙 빠져나온다. 아까보다 더 굵고 낮은 목소리가 들린다.

책 나는 네가 본 적 없는 존재
나는 너. 나는 나. 내다볼 수 없는 메아리.
때로는 앞에 있고 때로는 뒤에 있지.
영원한 동반자, 우린 서로 얽혀 있으니.

책들 속에서 알버스가 나타난다. 원래의 모습으로 돌아와 있다.

스코피어스/해리 알버스…….

그는 알버스를 잡으려 한다. 그러나 책장의 힘이 너무 세다.

알버스 아냐. 그냥— **답을 생각해애애애.**

1막 19장

알버스는 다시 책장 속으로 거칠게 빨려 들어간다.

스코피어스/해리 하지만 생각이 안 나……. 볼 수 없는 메아리? 그게 뭘까? 내가 딱 하나 잘하는 일이 생각하는 건데, 정작 필요할 때는 머리가 안 돌아가.

책들이 그를 끌어당긴다. 그는 손쓸 수가 없다. 무시무시하다.
정적이 감돈다. 세 사람 모두 집어삼켜졌다.
아무도 남지 않았다.
그러다 **쾅** 소리와 함께 책장에서 책들이 쏟아져 내리고 스코피어스가 다시 나타난다. 책들을 옆으로 쳐 내며.

스코피어스 아냐! 이러지 마! 시빌 트릴로니. 그만!!!

그는 주위를 둘러본다. 기진맥진했지만 기운은 가득하다.

이건 완전히 잘못됐어. 알버스? 내 말 들려? 빌어먹을 타임 터너 때문에 이 고생을 하다니. 생각해, 스코피어스. 생각을 하라고.

책들이 그를 붙잡으려 하지만 그는 뿌리친다.

영원한 동반자. 때로는 뒤에 있고. 때로는 앞에 있고. 잠깐. 이걸 놓쳤네. 그림자잖아. 이건 그림자야. 《그림자와 영혼》. 저 책이 분명해…….

그는 그 책장을 타고 오른다. 책장이 무시무시한 기세로 그에게 달려든다. 그가 한 걸음 옮길 때마다 그를 붙잡으려 한다.
그는 책장에서 그 책을 꺼낸다. 책이 순순히 나오면서 모든 소음과 혼돈이 일시에 멈춘다.

그럼—

갑자기 요란한 소리가 들리고 알버스와 델피가 책장에서 나와 바닥으로 떨어진다.

우리가 해냈어! 우리가 이 서가를 이겼다고!

1막 19장

　　　　그는 의기양양하게 두 손을 번쩍 올리지만 알버스는
　　　　걱정스럽게 델피를 바라본다.

알버스　　델피, 괜찮아요……?
델피　　　와. 놀이 기구 제대로 탔네.

　　　　알버스는 스코피어스가 가슴에 안고 있는 책을 쳐다
　　　　본다.

알버스　　그거야……? 스코피어스? 그 책에 뭐가 있어?
델피　　　같이 알아봐야 하지 않을까?

　　　　스코피어스가 책을 펼친다. 그 한가운데서 타임 터
　　　　너가 돌아가고 있다.

　　　　와.
스코피어스　우리가 타임 터너를 찾았어. 여기까지 해낼 줄은 몰랐는데.
알버스　　친구, 이걸 손에 넣었으니 다음 단계는 세드릭을 구하는 거야. 우리의 모험은 이제 막 시작되었다고.
스코피어스　이제 시작인데 벌써 반쯤 죽다 살아났네. 좋아. 잘되겠지.

속삭임이 점점 포효로 바뀐다. 무대가 암전된다.

막간.

1부

2막

2막 1장

프리빗가, 계단 밑 벽장, 꿈

어린 해리가 계단 밑 벽장 안에서 잠들어 있다. 그는 악몽에 시달리고 있다. 어둠의 존재가 가까이 있음을 느끼고 뒤척인다.

피튜니아 이모 (무대 밖에서) 해리. 해리. 냄비들이 지저분하잖니. **이렇게 지저분하다니 창피해서 원. 해리 포터.** 어서 일어나.

> 어린 해리가 잠에서 깨어 보니 피튜니아 이모가 그를 내려다보고 있다.

어린 해리 피튜니아 이모. 지금 몇 시예요?
피튜니아 이모 어쨌든 일어날 시간이야. 나 참, 널 키우기로 했을 땐 언젠가 나아지겠지, 우리가 가르쳐서 사람 만들 수 있겠지, 하고 생각했었다. 그러니 누굴 탓하겠니. 네가 그렇게 게을러터진 구제 불능이라도 우리를 탓할 수밖에.

어린 해리 저는 노력하고—

피튜니아 이모 노력한다고 다 되는 건 아니지. 안 그러니? 유리잔에 기름얼룩이 묻어 있더구나. 냄비에 긁힌 자국도 그대로고. 어서 일어나 부엌에 가서 박박 닦아라.

  어린 해리가 침대에서 나온다. 그의 바지 뒷부분이 축축하게 젖어 있다.

아이고, 이런. 아이고, 대체 뭘 한 거니? 또 침대를 적셨잖아.

  그녀는 이불을 걷어 낸다.

정말 용납할 수가 없구나.

어린 해리 죄송……해요. 나쁜 꿈을 꾼 것 같아요.

피튜니아 이모 칠칠치 못한 놈. 오줌은 짐승들이나 싸는 거지. 칠칠치 못하게 짐승처럼 오줌이나 싸고 말이야.

2막 1장

어린 해리　꿈에 엄마 아빠가 나왔어요. 엄마 아빠가…… 두 분이…… 죽는 모습을 본 것 같아요.

피튜니아 이모　글쎄, 왜 내가 그런 얘기를 듣고 있어야 하는지 모르겠구나.

어린 해리　한 남자가 '아드카바 아드'인지 '아카브라 아드'라고 소리치고 있었어요. 그리고 뱀이 쉭쉭거리는 소리가 들렸고요. 엄마가 지르는 비명 소리도 들었어요.

　　피튜니아 이모는 잠시 시간을 가지며 마음을 가다듬는다.

피튜니아 이모　네가 진짜 네 부모의 죽음을 본 거라면 끼익 하고 브레이크 밟는 소리와 무시무시한 쿵 소리를 들었겠지. 네 부모는 교통사고로 죽었으니까. 너도 알잖아. 네 엄마는 아마 비명 지를 틈도 없었을 거다. 더 자세히 알지 못하는 게 다행인 줄 알아. 어서 시트 벗기고, 부엌에 가서 박박 닦아. 두 번 말하게 하지 말고.

　　피튜니아 이모가 쾅 하고 문을 닫으며 퇴장한다.
　　어린 해리는 시트를 든 채로 혼자 남는다.

무대가 일그러지고 나무들이 올라오면서 꿈이 뒤틀려 완전히 다른 광경으로 변한다.

갑자기 나무들 사이에서 알버스가 나타나 어린 해리를 보며 서 있다.

이윽고 그는 세차게 끌어당겨진다.

뱀의 언어로 속삭이는 소리가 흘러나와 극장 안에 울려 퍼진다.

그가 오고 있다. 그가 오고 있다.

누구나 알아챌 그 목소리. 볼드모트의 목소리다…….

해애리 포오터…….

2막 2장

해리와 지니 포터의 집, 계단

잠에서 깬 해리가 어둠 속에서 숨을 깊이 몰아쉰다. 지친 기색이 역력하고 겁에 질려 있다.

해리 루모스.

        지니가 들어오다 불빛에 놀란다.

지니 괜찮아……?
해리 잠들었었어.
지니 응, 잠들었었지.
해리 당신은 안 잤네. 무슨 소식 없었어? 부엉이나……?

지니는 남편을 본다. 지치고 겁에 질린 모습이다.

지니 없었어.
해리 꿈을 꿨어. 내가 계단 밑에 있었는데, 그의 목소리가 들렸어. 볼드모트. 아주 또렷하게.
지니 볼드모트?
해리 그리고, 알버스가 보였어. 붉은 옷, 덤스트랭 로브를 걸치고 있었어.
지니 덤스트랭 로브?

해리는 생각에 잠긴다.

해리 지니, 그 녀석이 어디에 있는지 알 것 같아…….

2막 3장

호그와트, 교장실

해리와 지니가 맥고나걸 교수의 교장실에 서 있다.

맥고나걸 교수 금지된 숲 어디쯤에 있는지는 모르고?
해리 지난 몇 년 동안 그런 꿈은 꾸지 않았어요. 그런데 알버스가 거기 있었어요. 확실합니다.
지니 최대한 빨리 수색해야 해요.
맥고나걸 교수 롱보텀 교수에게 맡겨 보지. 식물에 대해 해박하니까 도움이 될 거야. 그리고—

갑자기 벽난로가 우르릉 울린다. 맥고나걸 교수가 벽난로를 바라보는데, 불안한 표정이다. 이윽고 헤르미온느가 굴러떨어진다.

헤르미온느 그게 사실이야? 내가 도울 일 없어?

맥고나걸 교수 총리, 어떻게 이렇게 갑자기…….

지니 저 때문인 것 같아요. 제가 《예언자일보》 쪽에 긴급 호외를 발행해 달라고 부탁했거든요. 지원자를 모집해 달라고요.

맥고나걸 교수 그랬군. 잘 생각했어. 내 예상으로는…… 지원자가 꽤 있을 거야.

　　　　　론이 황급히 달려 들어온다. 그을음을 뒤집어쓴 데다, 그레이비소스가 튄 식사용 냅킨을 두르고 있다.

론 제가 너무 늦었나요? 어느 방향으로 가야 할지 모르겠더라고요. 결국 주방으로 갔지 뭐예요. (헤르미온느가 노려보자 냅킨을 뺀다) 내가 뭘?

　　　　　갑자기 벽난로가 또 한 번 우르릉 울리더니 드레이코가 그을음과 먼지를 일으키며 세차게 내려온다.
　　　　　모두가 그를 보고 놀란다. 그가 일어나서 몸에 묻은 그을음을 턴다.

드레이코 바닥을 더럽혀서 죄송해요, 교수님.

2막 3장

맥고나걸 교수 내가 벽난로를 갖고 있는 게 잘못이지.

해리 여길 오다니 뜻밖이군, 드레이코. 내 꿈을 믿지 않는 줄 알았는데.

드레이코 네 꿈은 믿지 않지만 네 운은 믿거든. 일이 터지는 곳엔 늘 해리 포터가 있으니까. 난 내 아들을 무사히 데려와야 하고.

지니 그럼 금지된 숲으로 가서 두 녀석 모두 찾아보죠.

2막 4장

금지된 숲 언저리

알버스와 델피가 지팡이를 들고 마주 서 있다.

알버스   엑스펠리아르무스!

델피의 지팡이가 허공으로 날아간다.

델피   이제 감을 잡았네. 잘하는데.

델피는 알버스에게서 자신의 지팡이를 다시 가져온다.
우아한 목소리로.

2막 4장

"넌 확실히 상대를 무장 해제시키는 남자야."

알버스   엑스펠리아르무스!

　　　　델피의 지팡이가 다시 날아간다.

델피   성공이야!

　　　　두 사람은 하이파이브를 한다.

알버스   원래 주문은 잘 못 했거든요.

　　　　무대 뒤쪽에 스코피어스가 나타난다. 그는 여자와 이야기를 나누는 친구를 바라본다. 한편으로는 좋고 또 한편으로는 못마땅하다.

델피   나도 형편없었어. 그러다 어느 순간 감이 오더라고. 너도 그럴 거야. 내가 엄청 대단한 마법사는 아니지만 어쨌든 넌 꽤 뛰어난 마법사가 될 것 같아, 알버스 포터.

알버스   그럼 델피가 계속 옆에 있어 줘야 해요. 더 많이 가르쳐 주고―

델피 당연히 네 옆에 있을 거야. 이제 우린 친구잖아. 안 그래?

알버스 그럼요. 당연히 친구죠. 물론이에요.

델피 좋아. 최고야!

스코피어스 뭐가 최고예요?

스코피어스가 단호하게 앞으로 걸어 나온다.

알버스 주문을 익혔거든. 뭐, 기본적인 주문이긴 하지만, 그래도 내가…… 해냈다고.

스코피어스 (그들 사이에 끼려고 과하게 열의를 보이며) 학교로 가는 길을 찾아냈어. 그런데 이 계획이 정말로 성공할까…….

델피 그럼!

알버스 훌륭한 계획이야. 세드릭이 살해당하는 것을 막으려면 그가 트라이위저드 대회에서 우승하지 못하게 해야 해. 우승하지 못하면 죽지도 않을 테니.

스코피어스 그건 나도 알지만…….

알버스 그러니까 그가 우승할 수 없도록 첫 번째 과제를 완전히 망쳐 놔야 해. 첫 번째 과제는 용의 황금 알을 가져오는 거였지. 세드릭이 어떻게 용의 주의를 돌렸냐 하면—

> 델피가 한 손을 허공으로 들어 올린다. 알버스는 빙긋 웃으며 그녀를 지목한다. 이제 두 사람은 손발이 척척 맞는다.

디고리 양.

델피 바위를 개로 변신시켰답니다.

알버스 그러니까 엑스펠리아르무스를 살짝 써서 그렇게 못하게 만드는 거지.

> 스코피어스는 델피와 알버스의 콤비를 못마땅해한다.

스코피어스 좋아. 두 가지만 짚고 넘어가자. 첫째, 용이 그를 죽이지 않을 거라고 확신할 수 있어?

델피 애는 말만 하면 꼭 두 가지를 찾더라. 안 그래? 당연히 그런 일은 절대 일어날 수 없지. 여긴 호그와트야. 대표 선수가 큰 피해를 입도록 내버려 두지 않아.

스코피어스 알았어요. 둘째, 이건 더 중요한 *문제*예요. 우린 일을 끝내고서 다시 현재로 돌아올 수 있을지 없을지 모르는 상태로 출발해야 해요. 신나는 일이죠. 그러니까 시험 삼아, 이를테면 한 시간쯤 전으로 돌아가 본 뒤에…….

델피 미안하지만, 스코피어스, 괜히 시간을 낭비할 수는 없어. 학교를 코앞에 두고 시간을 지체하는 건 너무 위험해. 틀림없이 학교에서 너희를 찾고 있을 텐데…….

알버스 델피 말이 맞아.

델피 자, 이제 너희는 이걸 입어야 해—

그녀는 커다란 종이봉투 두 개를 꺼낸다. 두 소년은 그 안에서 로브를 하나씩 꺼낸다.

알버스 하지만 이건 덤스트랭 로브인데요.

델피 삼촌의 아이디어야. 너희가 호그와트 로브를 입고 있으면 사람들은 너희를 아는 사람이라고 생각하겠지. 하지만 트라이위저드 대회에 출전하는 학교가 두 군데 더 있잖아. 덤스트랭 로브를 입고 있으면 별로 신경을 안 쓰지 않겠어?

알버스 좋은 생각이네요! 그런데 델피 로브는요?

델피 알버스, 기분 좋은 말이긴 한데, 내가 학생 행세를 할 수는 없을 것 같아. 그렇지 않니? 난 그냥 뒤에서 무언가를 하고 있을게……. 아, 그래, 용 조련사인 척하면 되겠다. 어차피 마법을 쓰는 일은 너희가 할 거니까.

스코피어스는 그녀를 보고 뒤이어 알버스를 본다.

스코피어스 그냥 가지 마세요.
델피 응?
스코피어스 맞아요. 델피는 마법을 안 써도 되잖아요. 학생 로브를 입을 수 없다면 위험 부담이 너무 커요. 미안하지만 델피는 가지 않는 게 좋겠어요.
델피 그럴 순 없어. 세드릭은 내 사촌이잖아. 알버스?
알버스 스코피어스 말이 맞는 것 같아요. 미안해요.
델피 뭐?
알버스 우리가 잘할게요.
델피 하지만 내가 없으면…… 너희는 타임 터너를 작동할 수도 없잖아.
스코피어스 타임 터너 사용법을 알려 주셨잖아요.

델피는 몹시 당황한다.

델피   안 돼. 너희에게 이걸 맡길 수는…….

알버스 아까 삼촌한테 우릴 믿으라고 했잖아요. 이젠 델피가 우릴 믿어 줄 차례예요. 학교가 가까이에 있어요. 우린 여기서 헤어져야 할 것 같아요.

　　　　델피는 알버스와 스코피어스를 보며 숨을 깊게 들이쉰다. 그러곤 고개를 끄덕이며 미소를 짓는다.

델피   그럼 어서 가. 하지만 이건 알아 둬……. 오늘 너희는 남들이 누리지 못하는, 역사와 시간 그 자체를 바꿀 수 있는 기회를 얻었어. 하지만 무엇보다도, 오늘 너희는 한 노인에게 아들을 되찾을 기회를 준 걸 잊어서는 안 돼.

　　　　델피는 미소 짓는다. 그러곤 알버스를 본다. 상체를 숙여 알버스의 두 뺨에 부드럽게 입을 맞춘다.
　　　　델피는 숲속으로 걸어간다. 알버스는 델피의 뒷모습을 바라본다.

스코피어스 나한텐 키스도 안 해 준 거 알아? (그는 친구를 본다) 괜찮아, 알버스? 좀 창백해 보인다. 그리고 빨개졌

2막 4장

어. 창백한데 빨갛네.

알버스　어서 하자.

2막 5장

금지된 숲

숲은 점점 커지고 울창해지는 듯하다. 사람들이 나무들 사이를 헤치며 사라진 마법사들을 찾아다닌다. 그러나 사람들은 서서히 사라지고 마침내 해리 혼자 남는다.

해리의 귀에 어떤 소리가 들린다. 해리는 오른쪽으로 돌아본다.

해리 알버스? 스코피어스? 알버스?

이윽고 말발굽 소리가 들린다. 해리는 화들짝 놀란다. 소리가 어디서 나고 있는지 주위를 두리번거린다.

갑자기 베인이 빛이 있는 곳으로 걸어 나온다. 베인은 건장한 켄타우로스다.

2막 5장

베인 해리 포터.

해리 대단하시네요. 여전히 저를 알아보시다니요, 베인.

베인 더 나이가 들었군.

해리 그랬죠.

베인 하지만 현명해지진 않았어. 우리 땅을 무단출입하다니.

해리 저는 늘 켄타우로스를 존중했습니다. 우린 적이 아니에요. 켄타우로스들은 호그와트 전투에서도 용감하게 싸웠잖아요. 저도 옆에서 함께 싸웠고요.

베인 난 내 할 일을 한 것뿐이야. 우리 종족을 위해서, 그리고 우리의 명예를 위해서였지. 자네들을 위해 싸운 게 아니야. 그리고 그 전투가 끝난 뒤에 이 숲은 켄타우로스의 땅으로 여겨졌어. 우리 땅에 허락 없이 들어온 자는 우리의 적이야.

해리 제 아들이 실종됐어요, 베인. 그 애를 찾도록 도와주세요.

베인 그 애가 여기에 있나? 우리의 숲에?

해리 네.

베인 그럼 그 애도 자네만큼 어리석군.

해리 저를 도와주시겠어요, 베인?

짧은 정적이 흐른다. 베인은 고압적으로 해리를 내려다본다.

베인 난 그저 내가 아는 대로만 얘기해 주겠네……. 하지만 자넬 위해서가 아니라 우리 종족을 위해서야. 켄타우로스가 또 전쟁을 치르는 일은 막아야 하니까.
해리 그건 저희도 마찬가지입니다. 뭘 알고 계시죠?
베인 난 자네 아들을 봤어, 해리 포터. 별들의 움직임 속에서 그 애를 보았지.
해리 별들 속에서 그 애를 보셨다고요?
베인 그 애가 어디에 있는지는 말해 줄 수 없네. 어떻게 하면 그 애를 찾을 수 있는지도 말해 줄 수 없고.
해리 하지만 무언가를 보셨다고요? 무언가를 예지하신 건가요?
베인 자네 아들 주위에 검은 구름이 있어. 위험한 검은 구름이.
해리 알버스 주위에요?
베인 그 검은 구름은 우리 모두를 위험에 빠트릴 수도 있다네. 자넨 아들을 다시 찾을 거야, 해리 포터. 하지만 그러고 나서 그 애를 영영 잃을 수도 있어.

그는 말 울음소리를 낸 뒤, 혼란에 빠진 해리를 두고 냉정하게 가 버린다.

해리는 다시 숲을 뒤지기 시작한다. 아까보다 훨씬 더 절박하게.

해리   알버스! 알버스!

2막 6장

금지된 숲 언저리

스코피어스와 알버스가 모퉁이를 돌아 나무들 사이의 틈을 마주한다…….
그 틈으로…… 영롱한 빛이 보인다…….

스코피어스   저기 있네…….

알버스가 눈앞의 광경을 보고 침을 꿀꺽 삼킨다.

알버스   호그와트. 이쪽에서 보는 건 처음이다.
스코피어스   그래도 여전히 찌릿하지 않아? 학교를 보면 말이야.

나무들 사이로 **호그와트**가 드러난다. 둥글둥글한

2막 6장

건물과 탑 들이 장관을 이룬다.

난 저 학교 얘기를 처음 들은 그 순간부터 얼마나 다니고 싶었는지 몰라. 뭐, 우리 아빠는 저길 썩 좋아하지 않았지만 그런 아빠의 얘기를 듣고도……. 난 열 살 때부터 매일 아침 눈뜨자마자 가장 먼저 《예언자일보》를 훑어봤어. 왠지 저곳에 어떤 비극이 닥쳤을 것만 같아서, 왠지 내가 다닐 수 없게 될 것만 같아서.

알버스 그러다 마침내 입학하게 되었는데 알고 보니 끔찍한 곳이었지.

스코피어스 난 그렇진 않았어.

알버스는 깜짝 놀라 친구를 본다.

내가 진짜 하고 싶었던 건 호그와트에 가서 대모험을 함께할 친구를 만드는 일이었거든. 꼭 해리 포터처럼 말이야. 그런데 그분의 아들을 만났잖아. 정말 말도 안 되는 행운이지.

알버스 하지만 난 우리 아빠하고는 딴판이잖아.

스코피어스 넌 아빠보다 훨씬 나아. 나한텐 최고의 친구라고, 알버스. 게다가 이보다 더한 모험은 없을 거야. 끝내주는 일이지. 엄지를 척 들어 올릴 정도로 말이야. 다만, 솔직히 말하면…… 그냥 털어놓을게. 살짝, 아주 살짝 겁이 나.

알버스는 스코피어스를 보며 미소 짓는다.

알버스 너도 나한테 최고의 친구야. 그리고 걱정하지 마. 이번 일은 어쩐지 예감이 좋거든.

무대 밖에서 론의 목소리가 들린다. 아주 가까이 있는 게 분명하다.

론 알버스? 알버스!

알버스가 기겁하며 소리 나는 쪽을 돌아본다.

알버스 어쨌든 빨리 가야겠다. 당장.

알버스가 스코피어스에게서 타임 터너를 빼앗는다. 그가 그것을 누르자, 타임 터너가 덜덜 떨리기 시작하더니, 곧이어 격렬하게 움직인다.

그와 동시에 무대가 바뀌기 시작한다. 두 소년은 그 광경을 바라보고 있다.

쉭 하고 거대한 빛이 지나간다. 요란한 소리가 난다. 그리고 시간이 정지한다. 이윽고 시간이 방향을 틀더니 잠시 주춤하다 뒤로 감기기 시작한다. 처음에는 느리게…….

그러다 점점 빨라진다.

2막 7장

1994년 트라이위저드 대회, 금지된 숲 언저리

갑자기 사방에서 떠들썩한 함성이 터지고 알버스와 스코피어스는 수많은 인파에 휩싸인다.

그리고 불현듯 '지구상에서 가장 훌륭한 사회자(타칭이 아니라 자칭)'가 무대에 등장해 있다. 그는 소노루스 주문으로 자신의 목소리를 증폭시키며…… 몹시…… 신나게 즐기고 있다.

루도 배그먼   신사 숙녀, 소년 소녀 여러분, 세계 최고의 시합, 그 무엇도 따라올 수 없는 굉장한 시합, 세계 유일의 **트라이위저드 대회**를 시작하겠습니다.

커다란 환호성이 터진다.

2막 7장

호그와트 여러분, 환호해 주세요.

　　커다란 환호성이 터진다.

덤스트랭 여러분, 환호해 주세요.

　　커다란 환호성이 터진다.

그리고 보바통 여러분, 환호해 주세요.

　　조금 시원찮은 환호성이 터진다.

프랑스 학생들은 열정이 살짝 덜한 것 같군요.

스코피어스 (미소를 지으며) 이번엔 성공이야. 저 사람, 루도 배그먼이잖아.

루도 배그먼 소개를 이어 가겠습니다. 신사 숙녀, 소년 소녀 여러분, 오늘 여러분이 이 자리에 오신 이유죠. **대표 선수들을 소개합니다.** 덤스트랭의 대표, 인상적인 눈썹과 인상적인 걸음걸이가 돋보이는 인상적인 남자, 빗자루 위에선 어떠한 도전도 마다하지 않는 남자, 미치광이 빅토르 크룸!

스코피어스와 **알버스** (덤스트랭 학생 행세에 푹 빠져 있다) 미치광이 크룸 만세. 미치광이 크룸 만세.

루도 배그먼 보바통 마법 아카데미의 '쥐트 알로르'*, 플뢰르 들라쿠르!

　　　　　예의를 차리는 듯한 박수갈채가 쏟아진다.

　　　　　호그와트에서는 한 명이 아니라 두 명이 나왔는데요, 그를 보면 우리는 다리가 후들거리죠. 상큼한 세드릭 디고리.

　　　　　군중이 마구 함성을 내지른다.

　　　　　그리고 또 한 명을 소개합니다. 여러분은 '살아남은 아이'라 부르지만, 저는 끊임없이 우리 모두를 놀라게 하는 소년이라 부르고 싶네요…….

알버스 우리 아빠네.

루도 배그먼 그렇습니다, 용맹스러운 해리 포터.

---

* 프랑스어에서 온 말로 욕을 순화한 말이다. 영미권에서 '젠장' '제기랄' '빌어먹을'이란 뜻으로 사용된다.

> 환호가 터져 나온다. 군중 한쪽 끝에 자리한 초조한 얼굴의 소녀가 특히 크게 환호한다. (로즈 역의 배우가 연기하는) 어린 헤르미온느다. 누가 들어도 해리를 향한 환호성은 세드릭을 향한 환호성보다 조금 못하다.

자, 모두 조용해 주시기 바랍니다. 첫 번째 과제는 황금 알을 가져오는 것인데요. 어디서 가져오느냐. 신사 숙녀, 소년 소녀 여러분, 바로 그들의 보금자리에서 가져옵니다. 소개합니다. **용들과 이들을 돌보는 찰리 위즐리**입니다.

> 또 한 번 함성이 터진다.

어린 헤르미온느 너희 말이야, 그렇게 가까이 서 있을 거면 나한테 입김 좀 내뿜지 말아 줬으면 좋겠다.

스코피어스 로즈? 네가 여기 어쩐 일이야?

어린 헤르미온느 로즈가 누구야? 그리고 넌 어떻게 그렇게 우리말 발음이 좋아?

알버스 (어눌한 억양으로) 미안. 헤르미온느. 얘가 다른 사람으로 착각했나 봐.

어린 헤르미온느 넌 내 이름을 어떻게 알아?

루도 배그먼 지체하지 않고 곧바로 첫 번째 대표 선수를 불러 보겠습니다. 스웨덴 쇼트스나우트와 맞설 **세드릭 디고리**입니다!

용의 포효가 들리자 어린 헤르미온느는 그쪽으로 관심을 돌리고, 알버스는 지팡이를 준비한다.

세드릭 디고리가 무대로 올라왔습니다. 준비가 된 것 같네요. 겁먹었지만 준비는 되었어요. 피했습니다. 또 한 번 피하는군요. 그가 몸을 숨기려고 뛰어들 때마다 여학생들이 쓰러지는데요. 여학생들이 한마음으로 외칩니다. 용아, 제발 우리 디고리를 해치지 말아 줘.

스코피어스는 걱정스러운 얼굴이다.

스코피어스 알버스, 뭔가 잘못된 것 같아. 타임 터너가 떨리고 있어.

재깍거리는 소리가 나기 시작한다. 끊임없이 재깍거

리는 소리가 위험하게 느껴진다. 타임 터너에서 나는 소리다.

루도 배그먼   세드릭이 왼쪽으로 피한 뒤 오른쪽으로 뛰어듭니다. 지팡이를 준비하는데요. 이 젊고 용감하며 잘생긴 청년은 과연 어떤 재주를 준비했을까요—

알버스   (지팡이를 내밀며) 엑스펠리아르무스!

세드릭의 지팡이가 알버스의 손으로 소환된다.

루도 배그먼   아, 이게 어떻게 된 일일까요? 어둠의 마법인가요, 아니면 뭔가 다른 일이 벌어진 걸까요? 세드릭 디고리가 무장 해제를 당했는데요—

스코피어스   알버스, 아무래도 타임 터너가…… 좀 이상해…….

타임 터너의 재깍거림이 점점 커지고 있다.

루도 배그먼   우리의 디고리가 아주 난감해졌네요. 이번 과제는 이대로 끝날 수도 있겠는데요. 아예 시합을 포기해야 할지도 모르겠네요.

스코피어스가 알버스를 잡는다.

재깍거리는 소리가 최고조에 달하면서 섬광이 번쩍한다.

다시 현재로 돌아온다. 알버스가 고통스러운 듯 소리를 지르고 있다.

스코피어스 알버스! 다쳤어? 알버스, 너―

알버스 어떻게 된 거야?

스코피어스 시간제한이 있나 봐. 타임 터너에 *시간제한*이 있었던 게 분명해.

알버스 우리가 성공했을까? 뭔가 바뀌긴 했을까?

갑자기 무대 사방에서 해리와 론(옆 가르마를 타고 훨씬 더 고루해 보이는 옷을 입고 있다), 지니, 드레이코가 나타난다. 스코피어스는 그들 모두를 보고서 타임 터너를 호주머니에 밀어 넣는다. 알버스는 좀 더 멍한 얼굴로 그들을 바라본다. 그는 몹시 고통스러워하고 있다.

론 내가 그랬잖아. 애들을 봤다니까.

스코피어스 곧 알게 되겠지.

2막 7장

알버스   어, 아빠. 무슨 일 있어요?

        해리는 기가 막힌다는 듯이 아들을 본다.

해리   그래, 그렇다고 할 수 있지.

        알버스가 바닥에 쓰러진다. 해리와 지니가 알버스를 부축하러 달려간다.

2막 8장

호그와트, 교내 병원

알버스가 병원 침대에 잠들어 있다. 해리는 근심 가득한 얼굴로 그 옆에 앉아 있다. 해리와 알버스 위에는 다정해 보이지만 걱정스러운 표정을 짓고 있는 한 남자의 초상화가 걸려 있다. 이 초상화가 두 사람을 주의 깊게 바라본다. 해리는 눈을 비비고 일어나 허리를 펴며 병실 안을 돌아다닌다.

그러다 그림 속 남자와 눈이 마주친다. 남자는 자신이 눈에 띄었다는 사실에 화들짝 놀라는 듯하다. 해리도 화들짝 놀란다.

해리   덤블도어 교수님.

덤블도어   안녕, 해리.

해리   뵙고 싶었어요. 요즘엔 교장실에 들를 때마다 교수님 액자가 비어 있더라고요.

덤블도어 아, 그랬군. 가끔 다른 데 걸린 내 초상화에도 가 보거든. (알버스를 본다) 아이는 괜찮나?

해리 24시간째 자고 있어요. 폼프리 선생님이 팔을 다시 끼워 맞춰야 해서 재워 놓았죠. 선생님 말로는 정말 이상한 일이라더군요……. 팔뼈가 20년 전에 부러져서 '정반대' 방향으로 방치되어 있었던 것 같대요. 그래도 괜찮아질 거랍니다.

덤블도어 자식이 고통스러워하는 모습을 지켜보는 건 힘든 일이겠지.

해리는 덤블도어를 올려다본 다음 알버스를 내려다본다.

해리 제가 이 아이에게 교수님 이름을 붙인 것에 대해 어떻게 생각하시는지 여쭤 보지 않았었죠?

덤블도어 해리, 솔직하게 말하면 가엾은 아이에게 막중한 부담을 안겨 주는 일인 것 같구나.

해리 교수님 도움이 필요해요. 교수님의 조언이 필요합니다. 베인이 그러는데, 알버스가 위험에 처해 있대요. 어떻게 하면 제 아들을 보호할 수 있을까요, 덤블도어 교수님?

덤블도어 끔찍한 위험에 처한 아이를 어떻게 보호해야 하는지, 하고많은 사람 중에 하필 나한테 묻는 건가? 우린 아이들이 해를 입지 않게 보호할 수 없네. 고통은 불가피하고 필연적인 것이거든.

해리 그러니까 그냥 비켜서서 지켜봐야 한다는 겁니까?

덤블도어 아니. 아이에게 삶에 맞서는 방법을 가르쳐야지.

해리 어떻게요? 이 녀석은 들으려 하지도 않을 거예요.

덤블도어 아마 이 아이는 아빠가 자신을 제대로 봐 주길 기다리고 있을 거야.

해리는 인상을 쓰며 이 말을 이해하려고 노력한다.

(감상적으로) 초상화의 저주이자 축복이지……. 이런저런 얘기를 듣는 것 말이네. 학교에서, 마법 정부에서 사람들의 얘기가 들려오거든…….

해리 저랑 제 아들에 대해 어떤 소문이 도는 겁니까?

덤블도어 소문이 아니야. 걱정이지. 자네 부자가 힘겨운 시간을 보내고 있다더군. 저 아이가 힘들어한다고, 그 애가 자네한테 화가 났다고 들었네. 나는…… 어쩌면 자네가 사랑에 눈이 멀어서 아이를 제대로 보지 못하는 게 아닐까 하는 생각이 들더군.

2막 8장

해리 눈이 멀었다고요?

덤블도어 아이를 있는 그대로 봐 줘야 해, 해리. 그 애를 힘들게 하는 게 무엇인지 알아봐야지.

해리 제가 이 녀석을 있는 그대로 봐 주지 않았다고요? 제 아들을 힘들게 하는 게 뭔가요? (잠시 생각한다) 아니, 제 아들을 힘들게 하는 누군가가 있는 거죠?

알버스 (잠결에 웅얼거린다) 아빠…….

해리 그 검은 구름, 사람 아닌가요? 무언가가 아니라?

덤블도어 사실, 이제 내 의견이 뭐가 중요하겠나? 난 그림이고 기억일 뿐이야, 해리. 그림이고 기억일 뿐이라고. 게다가 난 아들을 키워 본 적도 없다네.

해리 그래도 제겐 교수님의 조언이 필요해요.

알버스 아빠?

　　　해리는 알버스를 본 다음 다시 덤블도어를 본다. 그러나 덤블도어는 사라지고 없다.

해리 안 돼요. 어디로 가신 거예요?

알버스 여기…… 교내 병원이에요?

　　　해리는 다시 알버스에게로 주의를 돌린다.

해리 (당황해서) 그래. 그리고 넌…… 괜찮아질 거야. 폼프리 선생님이 무슨 약을 처방해야 할지 모르겠으니 일단 초콜릿을 많이 먹으라고 하셨어. 그런데 아빠가 좀 먹어도 되겠니? 너한테 할 얘기가 있는데 네가 좋아하지 않을 것 같거든.

    알버스는 아빠를 본다. 무슨 얘기를 하려는 걸까? 알버스는 상관하지 않기로 한다.

알버스 뭐, 그러세요.

    해리는 초콜릿을 집어 든다. 그러곤 큰 덩어리 하나를 먹는다. 알버스는 혼란스러운 얼굴로 아빠를 바라본다.

좀 나아졌어요?

해리 훨씬.

    그는 초콜릿을 아들에게 내민다. 알버스도 한 조각 먹는다. 아버지와 아들이 함께 초콜릿을 씹는다.

팔은 좀 어때?

    알버스는 팔을 움직여 본다.

알버스   좋아요.

해리   (부드럽게) 어디 갔었니, 알버스? 우리가 얼마나 걱정했는지 말로 다 설명할 수가 없구나……. 네 엄마는 속이 타들어 갔어…….

    알버스가 고개를 든다. 알버스는 거짓말에 아주 능하다.

알버스   우린 학교에 가기 싫었어요. 새 출발을 하면 좋겠다고 생각했죠. 머글 세계에서 말이에요. 하지만 잘못 생각했다는 걸 깨달았어요. 그래서 호그와트로 돌아가고 있는데, 그때 어른들이 우리를 찾은 거예요.

해리   덤스트랭 로브를 걸치고?

알버스   그 로브는…… 사실, 스코피어스랑 저는 별생각이 없었어요.

해리   그런데 왜…… 왜 도망갔니? 아빠 때문이야? 아빠가 그런 말을 해서?

알버스 모르겠어요. 호그와트는 잘 맞지 않는 사람에겐 그리 기분 좋은 곳이 아니잖아요.

해리 그리고 스코피어스가…… 가자고 했니?

알버스 스코피어스가요? 아뇨.

> 해리는 마치 알버스 주위의 기운을 감지하려는 사람처럼 그를 바라보며 깊은 생각에 잠긴다.

해리 널 스코피어스 말포이와 떨어뜨려 놓아야겠다.

알버스 뭐라고요? 스코피어스는 왜요?

해리 너희가 어떻게 친구가 되었는지 모르겠지만 어쨌든 친구가 되었더구나. 하지만 이제 그 애와—

알버스 제 단짝인데요? 하나뿐인 친구랑 떨어지라고요?

해리 그 애는 위험해.

알버스 스코피어스가요? 위험하다고요? 그 애를 만나 보셨어요? 아빠, 혹시 그 애가 정말 볼드모트의 아들이라고 생각하시는 거라면—

해리 그 애가 누구인지는 모르겠다. 아빠가 아는 건 네가 그 애와 붙어 있으면 안 된다는 사실뿐이야. 베인이 그랬어—

알버스 베인이 누구예요?

해리   점술 실력이 뛰어난 켄타우로스야. 베인은 네 주위에 검은 구름이 있다고 했고—

알버스   검은 구름?

해리   나에겐 어둠의 마법이 부활하고 있다고 믿을 만한 확실한 근거가 있단다. 그러니까 나는 널 그것에게서 안전하게 보호해야 해. 그 애에게서 떼어 놓아야 한다고. 스코피어스에게서.

　　　　잠시 망설이던 알버스. 곧 얼굴이 굳어진다.

알버스   제가 싫다면요? 그 애랑 떨어지지 않겠다면요?

　　　　해리는 아들을 보며 재빨리 생각한다.

해리   지도가 있다. 예전에 나쁜 짓을 하려는 아이들이 사용했던 지도야. 앞으로는 그 지도를 사용해 항상 널 주시할 생각이다. 시시각각. 맥고나걸 교수님이 네 일거수일투족을 감시하실 거야. 너희가 함께 있는 모습이 보이면 교수님이 바로 달려가실 거다. 네가 호그와트를 벗어나려 해도 교수님이 달려가실 거고. 앞으로 수업에 꼬박꼬박 들어가라. 이제 스코피어스와 같이 듣는 수업은 하나도 없을 거야. 쉬는 시간에는 그리핀도르 휴게실에 있어!

알버스 제가 어떻게 그리핀도르에 들어가요! 전 슬리데린이라고요!

해리 엉뚱한 수작 부릴 생각은 하지도 마라, 알버스. 네 기숙사가 어디인지는 너도 알잖아. 네가 스코피어스와 함께 있는 모습이 교수님 눈에 띄면 그땐 아빠가 주문으로 해결하겠어. 마법을 사용해 네 일거수일투족, 네가 하는 말을 모두 직접 보고 듣겠단 말이다. 그리고 지금부터 우리 부서에서 스코피어스의 진짜 혈통에 대해 조사를 시작할 거야.

알버스 (울음을 터트리며) 하지만 아빠…… 안 돼요…… 그건 너무…….

해리 아빤 오랫동안 네게 충분히 좋은 아빠가 되지 못했다고 생각했다. 네가 날 좋아하지 않았으니까. 이제야 깨달았어. 네가 날 좋아하게 만들 필요는 없다는 걸. 난 네 아빠고 너보다 더 아는 게 많으니까 네가 복종하게 만들면 되는 거였어. 미안하다, 알버스. 이 방법밖에 없는 것 같구나.

2막 9장

호그와트, 계단

알버스가 무대를 가로질러 해리를 쫓아간다.

알버스　　제가 도망가면요? 전 도망갈 거예요.

해리　　알버스, 침대로 돌아가라.

알버스　　저는 다시 도망갈 거예요.

해리　　아니, 그럴 순 없을 거다.

알버스　　도망갈 거예요. 이번에는 론 삼촌도 찾을 수 없는 곳으로 갈 거라고요.

론　　누가 내 얘기를 하나?

　　　　론이 계단에 등장한다. 또렷한 옆 가르마는 구제 불능 수준이고, 로브는 너무 짧으며, 고루한 옷차림이

가관이다.

알버스 론 삼촌! 덤블도어, 감사합니다. 그렇지 않아도 지금 우리한테는 삼촌의 유머가 절실히 필요했거든요…….

론은 혼란스러운 듯이 인상을 쓴다.

론 유머? 난 그런 거 모르는데.
알버스 모르긴요. 삼촌은 장난감 가게를 하시잖아요.
론 (더욱 혼란스러운 얼굴로) 장난감 가게? 글쎄. 어쨌든 널 찾아서 정말 다행이야……. 사실 난 간식거리를 가져오려고 했거든……. 그게, 그러니까, 말하자면 빨리 나으라고 말이야. 그런데…… 글쎄 파드마가…… 파드마는 이래저래 생각을 더 많이 하잖아. 나보다 훨씬 더 생각이 깊지. 어쨌든 파드마가 차라리 학교생활에 필요한 걸 주는 게 낫겠다고 하더라고. 그래서 깃펜 세트를 가져왔어. 그래, 봐. 그래. 이 녀석들 좀 보라고. 최고급이야.
알버스 파드마가 누구예요?

2막 9장

해리는 인상을 쓰며 알버스를 본다.

해리 네 숙모잖아.

알버스 저한테 파드마 숙모가 있어요?

론 (해리에게) 이 녀석 머리에 혼돈 마법이라도 걸렸나? (알버스에게) 내 아내 파드마 말이야. 기억하잖아. 말할 때 얼굴을 바싹 들이미는 버릇이 있고 살짝 박하 향이 나잖아. (몸을 바싹 기울이며) 판주 엄마 파드마 말이야! (해리에게) 물론, 난 그 애 때문에 여기 왔지. 판주 때문에. 그 녀석이 또 사고를 쳤거든. 난 그냥 하울러를 보내고 말려 했는데 파드마가 직접 찾아가 보라고 성화를 부려서. 왜 그러는지 모르겠어. 그 녀석은 날 우습게 보는데.

알버스 하지만…… 삼촌은 헤르미온느 숙모랑 결혼했잖아요.

휴지. 론은 도무지 이해가 되지 않는다.

론 헤르미온느? 말도 안 돼. 무슨 그런 소리를. 멀린의 턱수염이여.

해리 알버스는 자기가 그리핀도르로 배정받은 사실도 잊

없어. 편리하게도 말이지.

론 저런, 미안하지만 친구, 넌 그리핀도르야.

알버스 하지만 제가 어떻게 그리핀도르로 배정을 받았죠?

론 네가 기숙사 배정 모자를 설득한 거 기억 안 나? 판주가 넌 죽는 한이 있어도 그리핀도르에 들어갈 수 없다고 우겨 대니까 네가 그 녀석을 열받게 하려고 그리핀도르를 선택했잖아. 그럴 만도 하지. (냉정하게) 우리 모두 가끔은 그 녀석 얼굴에서 미소를 지워 주고 싶으니까. 안 그래? (겁에 질려) 내가 이런 얘기 한 거 파드마한테는 절대 말하면 안 된다.

알버스 판주가 누구예요?

론과 해리가 알버스를 바라본다.

론 미치겠군. 너 정말 정신을 딴 데 빼놓은 모양이구나? 어쨌든 난 이만 가 봐야겠다. 이러다 내가 하울러를 받겠어.

론은 발이 걸려 비틀거린다. 전혀 론답지 않은 모습이다.

2막 9장

알버스 하지만 이건…… 말도 안 돼요.

해리 알버스, 네가 무슨 꿍꿍이로 이러는지 모르겠지만 소용없어. 아빠는 절대 마음을 바꾸지 않을 거니까.

알버스 아빠, 둘 중 하나를 선택하세요. 저를 데려다—

해리 아니, 선택은 네가 해라, 알버스. 내가 시키는 대로 하든가 아니면 이보다 더, 훨씬 더 큰 벌을 받든가. 이해했니?

   계단 맞은편에 스코피어스가 나타난다. 그는 알버스를 보고 기뻐한다.

스코피어스 알버스? 너 괜찮구나. 정말 다행이다.

   해리는 스코피어스를 무시하고 지나쳐 걸어간다.

해리 알버스는 다 나았다. 우린 이만 가 봐야겠구나.

   알버스는 고개를 들어 스코피어스를 보고 마음 아파한다. 그러곤 스코피어스의 간절한 시선을 외면하며 아빠를 따라간다.

스코피어스 나한테 화났어? 왜 그래?

알버스는 걸음을 멈추고 스코피어스를 돌아본다.

알버스 성공했어? 뭐 하나라도 효과가 있었어?
스코피어스 아니…… 하지만 알버스—
해리 알버스. 대체 무슨 헛소리를 하는 건지 모르겠지만 당장 그만둬. 마지막 경고다.

알버스는 아빠와 친구 사이에서 갈팡질팡한다.

알버스 난 못 해, 알았지?
스코피어스 뭘?
알버스 그냥— 우린 떨어져 있는 게 더 나을 거야, 알았지?

스코피어스는 멀어져 가는 알버스의 뒷모습을 바라본다. 마음이 아프다.

2막 10장

호그와트, 교장실

맥고나걸 교수는 몹시 못마땅한 얼굴이고, 해리는 무척 단호해 보이며, 지니는 어찌 해야 할지 갈피를 잡지 못한다.

맥고나걸 교수 도둑 지도는 그런 용도로 만들어진 게 아닐 텐데.
해리 둘이 같이 있는 모습이 보이면 최대한 빨리 가서서 둘을 떼어 놔 주세요.
맥고나걸 교수 해리, 정말 그게 옳은 결정이라고 생각하니? 켄타우로스의 지혜를 의심할 생각은 눈곱만큼도 없지만 베인은 분노에 가득 찬 켄타우로스야……. 이기적인 목적을 위해 별자리를 왜곡할 수도 있어.
해리 저는 베인을 믿습니다. 알버스는 스코피어스와 떨어져 있어야 해요. 자기를 위해서나 다른 사람들을 위해서나.

지니 그러니까 이 사람이 하려는 말은…….

해리 (단호하게) 교수님도 다 알아들으셨어.

　　　　　　지니는 해리의 말투에 놀라 해리를 쳐다본다.

맥고나걸 교수 알버스는 이 나라에서 최고로 꼽히는 마법사들에게 검사를 받았지만 어느 누구도 나쁜 주문이나 저주를 발견하거나 감지하지 못했어.

해리 그리고 덤블도어…… 덤블도어 교수님이 말씀하셨어요—

맥고나걸 교수 뭐라고?

해리 그분의 초상화요. 덤블도어 교수님과 얘기를 나눴어요. 그분이 해 주신 말씀도 일리가 있었죠—

맥고나걸 교수 덤블도어 교수님은 돌아가셨어, 해리. 그리고 내가 전에도 말했듯이 초상화가 보여 주는 모습은 원래 그 사람의 절반에도 미치지 못해.

해리 제가 사랑에 눈이 멀었다고 하시더라고요.

맥고나걸 교수 교장의 초상화는 일종의 회고록이야. 내 결정을 도와주는 장치가 될 수는 있지. 하지만 내가 교장직을 맡을 때 초상화를 그 사람 자체로 착각해선 안 된다는 조언을 들었네. 자네한테도 똑같은 조언을 해 줘야겠군.

해리   하지만 그분 말씀이 옳았어요. 이제 알겠어요.

맥고나걸 교수   해리, 그동안 중압감이 심했겠지. 알버스가 사라지고, 그 애를 찾아다니고, 흉터가 아픈 이유도 걱정해야 했으니까. 하지만 내 말 들어. 자넨 지금 실수하고 있는 거야—

해리   알버스는 원래 저를 좋아하지 않았어요. 앞으로도 그럴지 모르죠. 그래도 이젠 안전할 겁니다. 외람되지만 교수님, 교수님은 자식이 없으니—

지니   해리!

해리   —이해하지 못하시겠죠.

맥고나걸 교수   (몹시 상처받은 얼굴로) 그래도 평생 아이들을 가르치며 살았는데—

해리   이 지도를 보면 제 아들이 어디 있는지 실시간으로 확인할 수 있어요. 꼭 사용해 주세요. 사용하시지 않는다는 얘기가 들리면 마법 정부의 힘을 최대한 동원해 이 학교에 책임을 묻겠습니다. 알아들으셨죠?

맥고나걸 교수   (과격한 말에 당황하며) 알았네.

지니는 해리를 본다. 해리가 왜 이러는지 모르겠다

는 표정이다. 해리는 지니를 보지 않는다.

2막 11장

호그와트, 어둠의 마법 방어법 수업

알버스가 조금 쭈뼛거리며 교실에 들어선다.

헤르미온느 아이고, 이런. 기차에서 뛰어내린 우리의 도망자잖아. 드디어 우리 곁으로 돌아오셨네.
알버스 헤르미온느 숙모?

        알버스는 놀란 모습이다. 교실 앞에 헤르미온느가 서 있다.

헤르미온느 그레인저 교수님이라 불러야 할 텐데, 포터.
알버스 여기서 뭐 하세요?
헤르미온느 가르치고 있지. 나의 죄로 인해. 넌 여기 어쩐 일이니? 배우러 온 거면 좋겠구나.

알버스 하지만…… 하지만…… 마법 정부 총리시잖아요.

헤르미온느 요즘 또 이상한 꿈을 꾸니, 포터? 오늘 우리는 패트로누스 마법을 배울 거다.

알버스 (어리둥절해하며) 어둠의 마법 방어법을 가르치세요?

        킥킥거리는 소리가 들린다.

헤르미온느 더는 못 참겠구나. 어리석게 군 죄로 그리핀도르는 10점 감점이다.

폴리 채프먼 (몹시 억울해하며 일어선다) 안 돼요. 안 돼. 쟤는 일부러 저러는 거예요. 쟤는 그리핀도르를 싫어한다고요. 다 아는 사실이에요.

헤르미온느 점수 더 깎이기 전에 앉아라, 폴리 채프먼. (폴리가 한숨을 쉬며 자리에 앉는다) 그리고 너도 앉았으면 좋겠구나, 알버스. 수작 그만 부리고.

알버스 하지만 교수님은 이렇게 심술궂지 않으셨잖아요.

헤르미온느 알버스 포터에게 내가 얼마나 심술궂은지 확인시켜 주기 위해 그리핀도르에서 20점 감점하겠다.

얀 프레더릭스 알버스, 너 당장 앉지 않으면…….

알버스가 자리에 앉는다.

알버스 뭐 하나 여쭤—

헤르미온느 아니, 안 돼. 그냥 조용히 있어, 포터. 그러지 않으면 가뜩이나 없는 인기가 더 떨어질 테니까. 자, 패트로누스가 뭔지 아는 사람? 없어? 아무도 없다니. 너희처럼 실망스러운 아이들은 처음이다.

헤르미온느는 엷은 미소를 짓는다. 사실 헤르미온느는 조금 심술궂다.

알버스 이건 말도 안 돼요. 로즈는 어디 있어요? 로즈도 지금 교수님을 보면 기가 막힌다고 할걸요.

헤르미온느 로즈가 누구야? 네 투명 인간 친구니?

알버스 로즈 그레인저위즐리요! 교수님 딸이잖아요! (그러곤 문득 깨닫는다) 아 참…… 론 삼촌하고 결혼하지 않았다면 로즈도—

낄낄거리는 소리가 들린다.

헤르미온느 감히 무슨 소리를 하는 거야! 그리핀도르 50점 감점이다. 단언하건대, 누구라도 또 한 번 수업을 방해했다가는 그땐 100점 감점이야…….

헤르미온느는 교실 안을 둘러본다. 모두 꼼짝도 하지 않는다.

좋아. 패트로누스는 우리의 가장 긍정적인 감정들이 모두 투사된 일종의 마법 주문으로, 자신이 가장 친밀감을 느끼는 동물의 형태를 취한다. 빛의 선물이라고 할 수 있지. 패트로누스 마법을 쓰면 세상으로부터 자신을 보호할 수 있어. 조만간 우리 중 누군가에게 이 마법이 꼭 필요할 것 같구나.

2막 12장

호그와트, 계단

알버스가 계단을 오르고 있다. 그러면서 주위를 두리번거린다. 아무것도 보이지 않는다. 알버스가 퇴장한다. 계단들이 춤을 추듯이 움직인다.

스코피어스가 알버스의 뒤를 이어 등장한다. 스코피어스는 알버스를 봤다고 생각하지만 그곳에 없다는 사실을 깨닫는다.

스코피어스는 바닥에 털썩 주저앉고, 그가 앉은 계단이 돌아간다.

후치 선생이 들어와 그 계단을 올라간다. 계단 꼭대기에서 후치 선생은 스코피어스에게 비키라는 손짓을 한다.

스코피어스는 비킨다. 그러곤 슬며시 퇴장한다. 스코피어스에게서 절망적인 외로움이 뚜렷하게 엿보인다.

알버스가 들어와 계단 하나를 올라간다.

스코피어스가 들어와 다른 계단을 올라간다.

두 계단이 만난다. 두 소년은 서로를 본다.

절망과 희망이 동시에 오간다.

하지만 알버스가 시선을 피하자 그 순간이 끝나 버린다. 그와 함께 우정도 끝나 버린 듯하다.

이제 두 계단이 분리된다. 두 소년은 서로를 바라본다. 한 명은 죄책감에, 또 한 명은 괴로움에 시달리고 있다. 두 소년 모두 몹시 불행하다.

2막 13장

해리와 지니 포터의 집, 부엌

지니와 해리가 서로를 보며 경계하고 있다. 둘 다 논쟁을 치러야 한다는 사실을 안다.

해리 옳은 결정이었어.

지니 거의 확신하는 것 같네.

해리 당신은 나더러 그 애에게 솔직하라고 했지만 사실 난 나 자신에게 솔직해야 했어. 내 마음이 하는 말을 믿어야 했다고······.

지니 해리, 자긴 역대 마법사를 통틀어 가장 선한 마음을 가진 마법사인데, 그 마음이 그렇게 시켰다니 믿기지 않는다.

문 두드리는 소리가 들린다.

다행인 줄 알아.

지니가 퇴장한다.
잠시 후 드레이코가 들어온다. 머리끝까지 화가 났지만 잘 억누르고 있다.

드레이코 오래 있지는 않을 거야. 잠깐이면 돼.
해리 무슨 일로 왔지?
드레이코 싸우려고 온 건 아니야. 내 아들이 울고 있고 난 그 애의 아빠니까 네가 왜 잘 지내던 두 친구를 떼어 놓으려 하는지 물어보러 왔어.
해리 난 그 애들을 떼어 놓지 않았어.
드레이코 학교 시간표를 바꾸고 교수들과 알버스를 모두 협박했잖아. 이유가 뭐야?

해리는 조심스레 드레이코를 보다가 고개를 돌린다.

해리 내 아들을 보호해야 하니까.
드레이코 스코피어스에게서?

2막 13장

해리 베인이 내 아들의 주위에서 어둠이 느껴진다고 하더군. 내 아들 가까이에서 말이야.

드레이코 무슨 뜻으로 하는 말이지, 포터?

　　　해리는 고개를 돌려 드레이코의 눈을 똑바로 본다.

해리 정말…… 그 애가 자네 아들이라고 확신하나, 드레이코?

　　　지독한 침묵이 흐른다.

드레이코 그 말 취소해…… 당장.

　　　그러나 해리는 그러지 않는다. 그러자 드레이코가 지팡이를 꺼낸다.

해리 정말 해보겠다는 건 아니겠지.
드레이코 아니, 해보겠다는 거야.
해리 네가 다치는 걸 원치 않아, 드레이코.
드레이코 재미있군. 난 네가 다치길 원하거든.

두 사람이 대결 구도로 맞선다. 둘 다 지팡이를 휘두른다.

드레이코와 해리 엑스펠리아르무스!

그들의 지팡이가 서로 맞서다 분리된다.

드레이코 인카서러스!

해리는 드레이코의 지팡이가 내뿜는 불빛을 잽싸게 피한다.

해리 타란탤레그라!

드레이코가 얼른 몸을 피한다.

해리 연습 많이 했군, 드레이코.
드레이코 넌 많이 엉성해졌는데, 포터. 덴사우기오!

해리는 가까스로 피한다.

2막 13장

해리 릭투셈프라!

　　　　드레이코가 의자로 주문을 막는다.

드레이코 플리펜도!

　　　　해리가 빙글빙글 돌며 허공을 날아간다. 드레이코가 웃음을 터트린다.

　　　　연습 좀 해, 노인네야.
해리 우리 동갑이거든, 드레이코.
드레이코 내가 더 곱게 늙었지.
해리 브라키아빈도!

　　　　드레이코가 단단히 묶인다.

드레이코 정말 이게 최선이야? 에만시파레!

　　　　드레이코가 결박에서 풀려난다.

　　　　레비코르푸스!

해리는 얼른 피하지 않을 수 없다.

모빌리코르푸스! 이야, 이거 정말 재밌는데…….

드레이코가 해리를 탁자 위에서 위아래로 튕긴다. 해리가 굴러가자 드레이코는 탁자 위로 껑충 올라가 지팡이를 준비한다. 그러나 그사이 해리가 쏜 마법에 맞는다…….

해리 옵스큐로!

드레이코에게 눈가리개가 씌워지지만 그는 얼른 벗어 낸다.
해리와 드레이코는 대결 구도로 맞선다. 해리가 의자를 던진다.
드레이코는 자세를 낮춰 피하면서 지팡이로 의자의 속도를 늦춘다.

지니 내가 부엌을 나간 지 겨우 3분밖에 안 됐거든!

지니는 엉망이 된 부엌을 바라본다. 허공에 떠 있는

2막 13장

의자들을 본다. 그러곤 자신의 지팡이로 의자들을 내려놓는다.

(아주 냉담하게) 무슨 일이 있었던 거지?

2막 14장

호그와트, 계단

스코피어스가 시무룩하게 계단을 내려온다.
다른 쪽에서 델피가 종종걸음으로 들어온다.

델피 뭐, 엄밀히 말하면…… 난 여기 있으면 안 되지만.

스코피어스 델피?

델피 사실, 내가 여기 있으면 우리 계획이 위험해져……. 그 계획……. 어쨌든 원래 난 네가 아는 것처럼 위험을 무릅쓰는 타입이 아니거든. 난 호그와트에 와 본 적이 없어. 여기 보안이 좀 느슨한 것 같지 않니? 게다가 초상화도 너무 많아. 복도도 많고. 유령들은 또 어떻고! 목이 달랑달랑한 이상한 유령이 네가 어디에 있는지 알려 줬다니까. 이게 말이 되니?

2막 14장

스코피어스 호그와트에 와 본 적이 없다고요?

델피 어릴 때…… 몇 년 동안 몸이 안 좋았었거든. 다른 사람들은 학교에 갔겠지만 난 아니었어.

스코피어스 델피도…… 아팠어요? 저런, 몰랐네요.

델피 광고하고 다닐 일은 아니잖아. 난 비극적으로 보이는 건 별로거든. 알지?

> 이 말에 스코피어스는 동요한다. 스코피어스가 무슨 말을 하려고 고개를 들지만, 어떤 학생이 지나가는 바람에 델피는 얼른 몸을 숨긴다. 스코피어스는 그 학생이 지나갈 때까지 태연하게 보이려고 노력한다.

다들 갔니?

스코피어스 델피, 여기 있으면 너무 위험할 것 같아요—

델피 하지만…… 누군가는 나서야 할 것 같아서.

스코피어스 델피, 소용없었어요. 시간 여행 말이에요. 우린 실패했어요.

델피 알아. 알버스가 나한테 부엉이를 보냈거든. 역사책들이 바뀌긴 했지만 충분히 바뀌진 않았고 세드릭은 여전히 죽어 있다고. 오히려 첫 번째 과제에서 실패한 뒤 마음을 더 독하게 먹고 두 번째 과제를 성공하게 만들었으니.

스코피어스 론 아저씨랑 헤르미온느 아주머니는 완전히 어긋났던데 아직도 그 이유를 모르겠어요.

델피 그럼 세드릭은 좀 더 기다려야겠네. 모든 게 뒤죽박죽이니까 넌 그 타임 터너를 잘 갖고 있어야 해, 스코피어스. 아까 내가 한 말, 누군가는 나서야 한다는 말은 너희 둘 얘기였어.

스코피어스 아.

델피 너희는 단짝 친구잖아. 알버스가 나한테 부엉이를 보낼 때마다 너에 대한 그리움이 묻어나더라고. 타격이 큰 것 같아.

스코피어스 그래도 기대 울 어깨를 찾은 것 같네요. 대체 지금까지 알버스가 부엉이를 몇 번이나 보냈어요?

델피가 부드럽게 미소 짓는다.

죄송해요. 나쁜 뜻은 아니었어요. 그냥…… 왜 이렇게 됐는지 모르겠어요. 난 어떻게든 알버스를 만나서 얘기해 보려고 하는데 매번 그 애가 피해 버리거든요.

델피 있잖아. 난 네 나이 때 친한 친구가 없었어. 단짝 친구를 갖고 싶었지. 얼마나 간절했는지 몰라. 더 어릴 때는 상상의 친구를 만들기도 했지만—

스코피어스 저도 그랬어요. 이름이 플러리였죠. 곱스톤 규칙을 놓고 싸우다 사이가 틀어졌지만.

델피 알버스에겐 네가 필요해, 스코피어스. 그게 얼마나 멋진 일인데.

스코피어스 뭐 하러 제가 필요해요?

델피 원래 그런 거 아니니? 우정이라는 거. 그 애가 뭘 필요로 하는지는 모르지. 그저 그 애가 친구를 필요로 한다는 사실이 중요한 거야. 그 애한테 스코피어스를 되찾아 줘. 너희 둘, 너희는 함께 있어야 해.

2막 15장

해리와 지니 포터의 집, 부엌

해리와 드레이코가 멀찍이 떨어져 앉아 있다. 두 사람 사이에 지니가 서 있다.

드레이코   부엌을 어지럽혀서 미안해, 지니.
지니   아, 나한테 미안해할 필요 없어. 요리는 주로 이이가 하거든.

    침묵이 흐른다.

드레이코   (말 꺼내기가 쉽지 않다) 나도 그 녀석하고 통 얘기를 할 수가 없어. 스코피어스 말이야. 특히 애스토리아가 떠난 뒤로는 더 그래. 그 녀석이 엄마의 죽음을 어떻게 받아들이는지, 그런 얘기도 나눠 보지 못했어. 난 아무리 노력해도 그 애에게 가까이 갈 수가 없어. 넌 알버스와 얘기를 못 하지. 난 스코피어스와 대화를 못 하고 있어. 바로 그게 문제야. 내 아들이 사악한 존재라거나 그런 문제가 아니라고. 네가 설사 거만한 켄타우로스의 말을 곧이곧대로 믿는다 해도, 그래도 넌 우정의 힘을 알잖아.

해리 드레이코, 네가 어떻게 생각하든—

드레이코 난 항상 너희가 부러웠어. 너와 위즐리와 그레인저. 내게도 친구가 있긴 했지—

지니 크래브와 고일.

드레이코 둘 다 얼마나 바보 같은지 빗자루에 대해 아무것도 모른다니까. 너희는…… 너희 세 사람은 빛이 났어, 알아? 너희는 서로를 좋아했지. 늘 함께 즐겼고. 난 그런 우정이 세상 무엇보다도 부러웠어.

지니 나도 세 사람이 부러웠어.

해리는 놀라서 지니를 본다.

해리 난 알버스를 보호해야 해—

드레이코 우리 아버지는 당신이 날 보호한다고 생각했지. 거의 매 순간을 말이야. 사람들은 아이들 키우는 게 세상에서 가장 힘든 일이라고들 하지. 틀렸어. 커 가는 일이 더 힘들어. 그저 그게 얼마나 힘들었는지 잊어버릴 뿐이지.

해리는 아무리 부인하려 해도 이 말에 공감하지 않을 수 없다.

어느 시점이 되면 자신이 어떤 사람이 될지는 스스로 선택해야 한다고 생각해. 그리고 그때가 되면 부모나 친구가 필요할 테고. 만약 그 무렵에 부모를 미워하게 되고 게다가 친구까지 없다면…… 아무도 없는 혼자가 되지. 혼자가 되는 건…… 정말 힘든 일이야. 난 혼자였어. 그러다 보니 아주 어두운 곳을 찾아 들어가게 됐지. 아주 오랫동안 말이야. 톰 리들도 외로운 아이였어. 넌 이해하지 못하겠지만 난 알아. 아마 지니도 이해할 거야.

지니 맞아.

해리가 고개를 들고 지니를 본다.

드레이코 톰 리들은 그 어두운 곳에서 나오지 않았어. 그래서 톰 리들이 볼드모트 경이 된 거야. 어쩌면 베인이 본 검은 구름은 알버스의 외로움일 수도 있어. 그 아이의 고통. 그 아이의 증오겠지. 그 애를 잃지 마. 후회할 거야. 그 녀석도 후회할 거고. 그 애에겐 너와 스코피어스가 모두 필요하거든.

    해리는 드레이코를 보며 생각에 잠긴다.
    무슨 말을 하려고 입을 연다. 다시 생각한다.

지니 해리. 플루 가루 가져올래? 아니면 내가 할까?

2막 16장

호그와트, 도서관

스코피어스가 도서관에 들어온다. 스코피어스는 좌우를 살핀다. 그러다 알버스를 발견한다. 알버스도 스코피어스를 본다.

스코피어스 안녕.

알버스 스코피어스, 난 너랑 얘기할 수가…….

스코피어스 알아. 넌 이제 그리핀도르잖아. 이제 내가 보고 싶지 않겠지. 그래도 어쨌든 난 여기로 왔어. 너랑 얘기하려고.

알버스 그게, 난 그럴 수 없어. 그러니까…….

스코피어스 우린 얘기를 해야 해. 지금까지 일어난 일을 그냥 무시할 수 있다고 생각해? 세상이 엉망이 됐잖아. 모르겠어?

알버스 알아, 안다고. 론 삼촌이 이상해졌어. 헤르미온느 숙모는 교수가 됐고. 엉망진창이야. 하지만—

스코피어스 게다가 로즈는 존재하지도 않아—

알버스 알아. 나도 정확히 왜인지는 모르겠지만 넌 여기 있으면 안 돼.

스코피어스 —우리가 저지른 일 때문에 로즈는 태어나지도 않았어. 트라이위저드 크리스마스 무도회에 대해 들은 이야기 기억나? 트라이위저드 대표 선수 네 명 모두 파트너를 데려갔잖아. 너의 아빠는 파르바티 파틸을 데려갔고 빅토르 크룸은—

알버스 헤르미온느 숙모를 데려갔지. 론 삼촌은 질투가 나서 얼간이처럼 굴었고.

스코피어스 하지만 그게 아니었어. 리타 스키터가 그 두 사람에 대해 쓴 책을 찾았거든. 그런데 내용이 완전히 달라. 론 아저씨가 무도회에 헤르미온느 아주머니를 데려갔대.

알버스 뭐?

폴리 채프먼 쉬이잇!

스코피어스는 폴리를 보고 목소리를 낮춘다.

스코피어스 친구로서 말이야. 그러곤 그냥 편하게 춤을 추고 그럭저럭 좋았는데, 그 뒤에 론 아저씨가 파드마 파틸과 춤을 추었고 그게 훨씬 더 좋았대. 그래서 둘은 사귀기 시작했고 론 아저씨는 조금 변했고 그러다 결혼을 했고 그러는 사이 헤르미온느 아주머니는—

알버스 —사이코패스가 됐군.

스코피어스 헤르미온느 아주머니는 크룸하고 그 무도회에 갔어야 했잖아. 그런데 왜 그러지 않았는지 알아? 첫 번째 과제 직전에 만난 이상한 덤스트랭 소년 두 명이 세드릭의 지팡이가 사라진 일과 연관이 있지 않을까 하는 의심이 들었기 때문이래. 우리가 빅토르의 지시를 받아 세드릭의 첫 번째 과제를 망쳐 놨다고 생각한 거지…….

알버스 와.

스코피어스 크룸이 없으니까 론 아저씨는 질투를 하지 않은 건데, 사실은 그 질투가 핵심이었기 때문에 두 사람은 아주 좋은 친구로 남은 거야. 그래서 단 한 번도 사랑에 빠지지 않았고 결혼도 하지 않았고 *로즈를 낳지도 않은 거고.*

알버스는 재빨리 머릿속으로 이것저것 따져 본다.

2막 16장

알버스 그래서 우리 아빠도…… 우리 아빠도 이상해진 거야?

스코피어스 네 아빠는 완전히 똑같으신 것 같은데. 마법 사법부 수장이시고. 네 엄마와 결혼하셨고. 아이도 셋이고.

알버스 그런데 왜 그렇게—

　　　　도서관 안쪽에 사서가 등장한다.

스코피어스 내 얘기 듣고 있는 거야, 알버스? 너랑 네 아빠의 문제가 아니야. 크로우커 교수의 법칙에 따르면, 시간여행에서 여행자 자신이나 시간 자체에 심각한 훼손을 입히지 않고 되돌릴 수 있는 시간은 최대 다섯 시간이야. 우리는 수년 전으로 돌아갔어. 아주 짧은 순간, 아주 작은 변화가 파문을 일으켜. 우린 아주 심각한 파문을 일으켰다고. 우리가 저지른 일 때문에 로즈가 태어나지도 않았어. 로즈 말이야.

사서 쉬이잇!

　　　　알버스가 빠르게 머리를 굴린다.

알버스 좋아. 다시 돌아가서 바로잡자. 세드릭과 로즈를 되찾아오는 거야.

스코피어스 ……그건 정답이 아니야.

알버스 너 아직 타임 터너 갖고 있지? 아직 아무한테도 안 들켰지?

스코피어스가 호주머니에서 타임 터너를 꺼낸다.

스코피어스 응, 하지만…….

알버스가 스코피어스의 손에서 타임 터너를 낚아챈다.

아니야. 안 돼…… 알버스. 상황이 얼마나 나빠질 수 있는지 이해 못 한 거야?

스코피어스가 타임 터너를 도로 빼앗으려 하지만 알버스가 스코피어스를 밀어낸다. 스코피어스와 알버스는 서툴게 몸싸움을 벌인다.

알버스 전부 바로잡아야 해, 스코피어스. 아직 세드릭도 구하지 못했어. 로즈도 다시 찾아와야 해. 우리가 좀 더 신중하면 돼. 크로우커가 뭐라고 했든 날 믿어. 우리를 믿자고. 이번엔 잘할 수 있어.

스코피어스 아니야. 그럴 수 없을 거야. 그거 이리 내, 알버스! 이리 내!

알버스 안 돼. 이건 너무 중요한 일이야.

스코피어스 그래, 너무 중요한 일이지……. 우리가 건드리기엔 너무 중요해. 우린 이 물건을 잘 다루지 못하잖아. 또 실수를 할 거야.

알버스 우리가 또 실수할 거라고 누가 그래?

스코피어스 *내가. 우리가 하는* 일이 그렇잖아. 늘 사고만 치지. 실패하고. 우린 불량이야. 진짜 패자라고. 아직 몰랐어?

　　마침내 알버스가 위에 올라타 스코피어스를 바닥으로 내리누른다.

알버스 글쎄, 난 널 만나기 전에는 그렇지 않았어.

스코피어스 알버스, 네가 아빠한테 뭔가 보여 주고 싶은가 본데…… 이런 방법은 아니야—

알버스 아빠한테 뭔가 보여 주려는 게 아니야. 난 세드릭을 구하고 로즈를 구해야 해. 네가 날 막지만 않으면 제

대로 해낼 수 있어.

스코피어스 나만 없으면 된다고? 아, 불쌍한 알버스 포터. 피해의식에 절었군. 불쌍한 알버스 포터. 정말 슬프다.

알버스 대체 무슨 말이야?

스코피어스 (폭발한다) 내 삶을 봐! 사람들이 널 쳐다보는 건 네 아빠가 그 유명한 해리 포터, 마법 세계의 구원자이기 때문이지. 사람들이 날 쳐다보는 건 내가 볼드모트의 자식이라고 생각하기 때문이야. 볼드모트.

알버스 무슨 그런―

스코피어스 그게 어떤 건지 눈곱만큼이라도 상상할 수 있어? 상상해 보려고 한 적이나 있냐고! 없겠지. 넌 자기밖에 모르니까. 너에겐 아빠와의 시시한 문제밖에 보이지 않으니까. 네 아빠가 해리 포터라는 사실은 바뀌지 않아. 너도 알잖아? 넌 언제까지고 해리 포터의 아들이야. 쉽지 않다는 거 알아. 다른 애들이 얼마나 못되게 구는지도 알고. 그래도 만족할 줄 알아야 해. 왜냐면…… 그보다 더한 경우도 있으니까. 알았어?

사이.

사실 난 잠깐 들뜨기도 했어. 이제 우린 다른 시간에 살고 있다는 사실을 깨닫고 어쩌면 우리 엄마가 병에 걸리지 않았을지도 모른다고 생각했지. 어쩌면 엄마가 죽지 않았을지도 모른다고. 하지만 아니었어. 엄마는 여전히 세상에 없더라. 난 여전히 볼드모트의 자식인 데다, 고마운 줄도 모르는 자식을 그저 가여워해 줄 엄마도 없어. 내가 네 삶을 망쳤다면 미안해. 단언컨대, 네겐 내 삶을 망칠 기회가 없을 테니까. 내 삶은 이미 망가졌거든. 넌 그 망가진 삶에 조금도 보탬이 되지 않았어. 넌 형편없는, 세상에서 가장 형편없는, 친구니까.

  알버스는 스코피어스에 대해 생각해 본다. 그러곤 자신이 친구에게 무슨 짓을 했는지 깨닫는다.

맥고나걸 교수 (무대 밖에서) 알버스? 알버스 포터. 스코피어스 말포이. 너희 여기 같이 있니? 둘이 붙어 있지 않는 게 좋을 거야.

  알버스는 스코피어스를 쳐다보고 가방에서 투명 망토를 꺼낸다.

알버스 빨리. 우리 숨어야 해.

스코피어스 뭐?

알버스 스코피어스, 날 봐.

스코피어스 그건 투명 망토잖아? 제임스 형 것 아니야?

알버스 교수님이 우리를 찾으면 우린 영원히 떨어져야 해. 어서. 내가 미처 몰랐어. 어서 숨자.

맥고나걸 교수 (무대 밖에서, 그들에게 충분한 기회를 주려고 애쓰며) 나 곧 들어간다.

> 맥고나걸 교수가 두 손으로 도둑 지도를 들고서 도서관 안으로 들어온다. 두 소년은 망토 속으로 사라진다. 맥고나걸 교수는 몹시 화난 모습으로 주위를 둘러본다.

어디로 갔나……. 이런 일은 하고 싶지 않았는데, 이젠 이게 나를 갖고 노는군.

> 맥고나걸 교수는 생각한다. 다시 지도를 본다. 알버스와 스코피어스가 있어야 할 곳을 가늠해 본다. 그러곤 주위를 둘러본다.
> 투명 망토 속으로 들어간 아이들이 지나가자 사물들

2막 16장

이 움직인다. 맥고나걸 교수는 알버스와 스코피어스가 어디로 향하는지 보고 그들을 막으려 한다. 그러나 아이들은 맥고나걸 교수를 돌아서 피해 간다.

마지막으로 책 한 권이 떨어지자, 맥고나걸 교수는 아이들이 무얼 하는지 (그리고 무얼 사용하는지) 알아차린다.

네 아빠의 망토로구나.

맥고나걸 교수는 다시 지도를 보고 소년들을 본다. 그러곤 생각한다. 혼자 미소 짓는다.

내 눈에 안 보이면 난 못 본 거야.

그녀가 퇴장한다. 두 소년은 망토를 벗는다. 그러곤 잠시 그대로 앉아 아무 말도 하지 않는다.

알버스 맞아, 제임스 형한테서 훔쳐 왔어. 형 물건 훔치는 건 일도 아니야. 트렁크 비밀번호가 형이 처음 빗자루를 갖게 된 날짜거든. 이 망토가 있으면 괴롭힘을 피하기가 좀 수월하더라고.

스코피어스는 고개를 끄덕인다.

네 엄마 일은 정말 마음이 아파. 알아, 우리는 그 일에 대해 충분히 얘기하지 않았지. 그래도 네가 알아주길 바라. 나도 마음이 아프다는 걸. 정말 말도 안 되는 일이야. 엄마가 그렇게 되신 거. 네가 그런 일을 겪은 거.

스코피어스 고마워.

알버스 아빠가 그랬거든. 내 주위에 검은 구름이 있는데, 그게 너라고. 그래서 너랑 붙어 있으면 안 된다는 거야. 나도 어쩔 수 없었어. 그러지 않으면 아빠가—

스코피어스 네 아빠도 소문이 사실이라고 생각하시는 거야? 내가 볼드모트의 아들이라고?

알버스 (고개를 끄덕이며) 지금 아빠 부서에서 조사 중이야.

스코피어스 잘됐네. 하라고 해. 가끔은…… 가끔은 나도 그런 생각이 들거든. 그게 사실일지도 모른다는.

알버스 아냐. 그렇지 않아. 이유를 말해 볼까? 볼드모트는 착한 아들을 낳을 수 없을 거야. 그런데 넌 착하잖아, 스코피어스. 속속들이, 손끝까지 착해. 볼드모트는, 볼드모트는 절대 너 같은 자식을 낳을 수 없다고 난 진심으로 믿어.

사이. 스코피어스는 이 말에 뭉클해진다.

스코피어스 고마워. 그렇게 말해 줘서 정말 고마워.

알버스 진작 얘기했어야 했는데. 그리고 네가 내 발목을 잡는다는 것도 거짓말이야. 그럴 수가 없지. 오히려 너는 날 더 강하게 만들어 주는 사람이야. 그래서 아빠가 우리를 억지로 떼어 놓았을 때…… 네가 없으니까—

스코피어스 나도 네가 없는 삶은 별로였어.

알버스 난 언제까지고 해리 포터의 아들이라는 거, 늘 머릿속으로 그 사실과 씨름해야 한다는 거 나도 알아. 너랑 비교하면 내 삶이 그럭저럭 괜찮은 편이고 아빠랑 나는 비교적 운이 좋은 편이라는 것도—

스코피어스 (알버스의 말을 끊으며) 알버스, 사과치고는 끝내주게 오글거리는데, 게다가 넌 또 *내* 얘기보단 *네* 얘기를 더 많이 하기 시작했으니까 이쯤에서 그만하는 게 좋겠다.

알버스는 미소를 지으며 손을 내민다.

알버스 우리 친구지?

스코피어스 언제나.

> 스코피어스도 손을 내밀자 알버스는 스코피어스를 일으켜 포옹을 한다.

이런 거 두 번째네.

> 두 소년은 떨어져서 미소를 짓는다.

알버스 그런데 우리 싸우길 잘한 것 같아. 덕분에 정말 좋은 생각이 떠올랐거든.
스코피어스 무슨 생각?
알버스 두 번째 과제에 관한 거야. 굴욕을 이용하자는 거지.
스코피어스 아직도 과거로 가는 얘기야? 우리 그 얘긴 이미 하지 않았나?
알버스 네 말이 맞아. 우린 패자야. 우리는 지는 데 1등이니까 그런 재주를 활용해야 해. 우리의 강점 말이야. 패자는 패자로 길러지는 거야. 패자를 양성하는 방법은 하나뿐이지. 그 방법이 뭔지 우린 누구보다도 잘 알잖아. 바로 창피당하는 거야. 우린 그에게 굴욕을 줘야 해. 두 번째 과제에선 이 방법을 써 보자.

2막 16장

스코피어스는 오랫동안 생각한 뒤, 미소 짓는다.

스코피어스 정말 좋은 전략이네.

알버스 그렇다니까.

스코피어스 아니 정말, 꽤 극적인데. 세드릭을 구하기 위해 세드릭에게 굴욕을 준다. 똑똑해. 그럼 로즈는?

알버스 로즈는 불꽃 튀는 깜짝 이벤트로 구할 거야. 네가 없어도 할 수 있지만…… 네가 같이 있어 줬으면 좋겠어. 우리가 같이 했으면 좋겠거든. 같이 상황을 바로잡는 거야. 그러니까…… 같이 가 줄래?

스코피어스 그런데 잠깐, 두 번째 과제는 호수에서 치러졌어. 넌 학교 건물을 벗어나선 안 되잖아?

알버스는 빙긋 웃는다.

알버스 맞아. 그래서 말인데…… 우린 1층 여자 화장실을 찾아가야 해.

2막 17장

호그와트, 계단

론이 지친 모습으로 계단을 내려가다 헤르미온느를 발견하고는 표정이 완전히 바뀐다.

론 그레인저 교수.

> 헤르미온느가 건너다본다. 헤르미온느의 심장도 조금 쿵쾅거린다(자신은 인정하지 않으려 하지만).

헤르미온느 론, 여긴 어쩐 일이야?
론 판주가 마법약 수업에서 작은 사고를 쳤거든. 당연히 건방 떨다가 그랬지. 섞어서는 안 될 재료를 섞는 바람에 눈썹이 없어지고 콧수염이 기다랗게 자란 모양이야. 녀석한테는 잘 안 어울리더군. 난 오고 싶지 않았는데, 파드마가 사내아이들은 수염이 자랄 때 아빠가 필요하대서. 혹시 헤어스타일 바꿨어?

헤르미온느 그냥 빗었을 뿐이야.

론 아…… 빗으니까 잘 어울리네.

헤르미온느는 조금 서먹하게 론을 본다.

헤르미온느 론, 그렇게 보지 말아 줄래?

론 (용기를 내어) 있잖아, 해리 아들 알버스 말이야. 그 녀석이 요전에 하는 말이 글쎄, 나더러 내가 너랑…… 결혼하지 않았느냐고 하는 거야. 하하. 하. 하. 웃기지, 나도 그래.

헤르미온느 엄청 웃기네.

론 심지어 우리 사이에 딸이 있다고 생각하더라고. 정말 그러면 이상하겠지?

두 사람의 시선이 마주친다. 헤르미온느가 먼저 시선을 돌린다.

헤르미온느 이상한 정도가 아니지.

론   그러니까. 우린…… 그냥 친구잖아.

헤르미온느   그럼. 그냥…… 친구지.

론   그냥…… 친구라. 재밌는 말이야. 친구. 그렇게 재미있진 않다. 그냥 평범한 단어지, 뭐. 친구 사이. 친구. 재밌는 친구. 넌 나의 재밌는 친구야. 나의 헤르미온느. 아니, *나의* 헤르미온느는 아니고. 알지? **나의** 헤르미온느는 아니야. **내 건** 아니지. 알잖아, 다만…….

헤르미온느   알아.

짧은 정적. 둘 다 미동도 하지 않는다. 이 순간이 너무도 중요하게 느껴져서 움직일 수가 없다. 이윽고 론이 기침을 한다.

론   이제 그만 가야겠다. 판주한테 가 봐야 해. 콧수염을 좀 더 멋지게 다듬는 법을 가르쳐 줘야지.

론은 계속 걸어가다 고개를 돌려 헤르미온느를 본다. 헤르미온느도 론을 보자 론은 다시 걸음을 재촉한다.

2막 17장

오늘 머리 정말 잘 어울려.

2막 18장

호그와트, 교장실

무대에는 맥고나걸 교수뿐이다. 그녀는 지도를 보고 있다. 혼자 얼굴을 찌푸린다. 지팡이로 지도를 톡톡 두드린다. 적절한 결정을 내렸다는 생각에 혼자 미소 짓는다.

맥고나걸 교수 장난 성공.

> 덜거덕 소리가 들린다.
> 무대 전체가 진동하는 듯하다.
> 지니가 먼저 벽난로를 통과해 나오고 해리가 뒤따라 나온다.

지니 교수님, 이건 아무래도 품위를 지키기가 힘드네요.

2막 18장

맥고나걸 교수 포터. 또 왔군. 결국 내 양탄자를 못 쓰게 만든 것 같은데.

해리 제 아들을 찾아야 합니다. 빨리 찾아야 해요.

맥고나걸 교수 해리, 생각해 봤는데 난 이 일에 관여하지 않기로 했네. 자네가 어떤 협박을 하든 난—

해리 교수님, 저는 평화를 되찾으러 온 것이지, 전쟁을 하러 온 게 아니에요. 교수님께 그런 식으로 말씀드리면 안 되는 거였어요.

맥고나걸 교수 난 우정에 끼어들어선 안 된다고 생각하고 또 내가 믿는 건—

해리 교수님께 사과드리고 싶습니다. 알버스한테도 그렇고요. 저한테 기회를 주시겠어요?

　　그들 뒤에서 드레이코가 엄청난 그을음을 일으키며 도착한다.

맥고나걸 교수 드레이코?

드레이코 해리도 아들을 만나야 하고 저도 제 아들을 만나야 합니다.

해리 말씀드렸다시피 전쟁이 아니라 평화를 위해서예요.

맥고나걸 교수가 해리의 얼굴을 살피고, 그 안에서 간절한 진심을 엿본다. 맥고나걸 교수는 주머니에서 지도를 다시 꺼낸다. 그러곤 지도를 펼친다.

맥고나걸 교수 뭐, 평화라면 내가 확실히 도와줄 수 있지.

그녀는 지팡이로 지도를 두드린다. 한숨을 쉬며.

나는 못된 짓을 꾸미고 있음을 엄숙히 맹세합니다.

지도가 환하게 켜지며 움직이기 시작한다.

흠, 둘이 같이 있군.
드레이코 1층 여자 화장실인데요. 대체 저기서 뭘 하는 거죠?

2막 19장

호그와트, 여자 화장실

스코피어스와 알버스가 화장실로 들어온다. 화장실 한가운데 커다란 빅토리아풍의 세면대가 설치되어 있다.

스코피어스   그러니까 정리해 보면…… 부풀리기 마법을 쓰자는 거구나…….

알버스   맞아. 스코피어스, 저기 비누 좀…….

      스코피어스는 세면대에서 비누를 집는다.

엔고르지오!

      알버스의 지팡이에서 나온 불빛이 화장실을 가로지

른다. 비누가 네 배 크기로 부푼다.

스코피어스 잘했어. 감동이 부풀어 오르는군.

알버스 두 번째 과제는 호수에서 치러졌어. 잃어버린 것을 찾아오는 임무였지. 알고 보니 그들이 잃어버린 것은—

스코피어스 —사랑하는 사람이었지.

알버스 세드릭은 호수 속에서 헤엄치기 위해 거품 머리 마법을 사용했어. 우린 그 호수로 가서 그를 따라가 부풀리기 마법으로 그를 커다랗게 부풀려 놓으면 되는 거야. 타임 터너에 시간제한이 있으니까 서둘러야 해. 세드릭에게 가서 그의 머리를 부풀린 다음, 그가 호수 밖으로 떠올라 과제를, 그러니까 시합을 포기하는 것을 확인하고…….

스코피어스 하지만…… 우리가 그 호수까지 어떻게 갈지는 아직 알려 주지 않았잖아…….

갑자기 세면대에서 물이 뿜어져 나오고 뒤이어 흠뻑 젖은 울보 머틀이 올라온다.

울보 머틀 우아. 기분 괜찮네. 원래는 이런 걸 좋아하지 않았는데. 하지만 내 나이가 되면 가진 것에 그럭저럭 만족해야지…….

스코피어스 역시, 넌 천재야. 울보 머틀…….

울보 머틀이 스코피어스에게로 휙 내려온다.

울보 머틀 방금 날 뭐라고 불렀어? 내가 우니? 지금 내가 울고 있어? *그래? 그렇니?*

스코피어스 아니.

울보 머틀 내 이름이 뭐라고?

스코피어스 머틀.

울보 머틀 맞았어. 머틀이야. 머틀 엘리자베스 워런. 예쁜 이름이지. 내 이름. '울보'란 별명은 필요 없어.

머틀은 킬킬거린다.

오랜만이네. 남자애들이 내 화장실에 온 거. 여긴 여자 화장실인데. 그래선 안 되지……. 하지만 사실 난 예전부터 포터가 애들한텐 약했거든. 그리고 말포이가의 한 아이를 좀 좋아하기도 했고. 이번엔 너희를 어떻게 도와줄까?

알버스 넌 호수에 가 봤잖아, 머틀. 너에 대한 글을 봤어. 이 배관을 타고 나가는 길이 있는 모양이던데.

울보 머틀 난 전부 다 가 봤지. 그런데 정확히 어디를 말하는 거야?

알버스 두 번째 과제. 호수 과제가 치러진 곳. 트라이위저드 대회에서 말이야. 25년 전에. 해리 포터와 세드릭 디고리가 출전한 시합.

울보 머틀 그렇게 잘생긴 아이가 죽어서 정말 안타까웠지. 그렇다고 네 아빠가 잘생기지 않았다는 말은 아니고. 하지만 세드릭 디고리는…… 내가 바로 이 화장실에서 여자애들이 사랑의 주문을 건다느니 어쩐다느니 하는 얘기를 얼마나 많이 들었는지 모를 거야……. 그리고 그가 사라졌을 땐 또 여기 와서들 얼마나 울던지.

알버스 우리를 도와줘, 머틀. 바로 그 호수에 들어가게 도와줘.

울보 머틀 내가 시간 여행을 보내 줄 수 있다고 생각해?

알버스 비밀은 꼭 지켜야 해.

울보 머틀 내가 비밀을 얼마나 좋아한다고. 아무한테도 말하지 않을게. 가슴에 십자가를 긋고 목숨을 걸지. 아니, 그 비슷한 걸 걸어야겠다. 유령한테 목숨에 해당하는 거.

	알버스가 스코피어스에게 고갯짓을 하자 스코피어스가 타임 터너를 꺼낸다.

알버스	우린 시간 여행을 할 수 있어. 넌 우리가 배관을 타고 나가게 도와주면 돼. 우린 세드릭 디고리를 구할 거야.
울보 머틀	(빙긋 웃으며) 와, 재미있겠는데.
알버스	그리고 우린 지금 시간이 별로 없어.
울보 머틀	바로 이 세면대야. 이 세면대의 물이 곧장 그 호수로 나가지. 규정에 어긋나긴 하지만 이 학교는 워낙 오래됐잖아. 이리로 들어가면 바로 그 호수로 나갈 수 있어.

	알버스는 세면대 안으로 들어가며 망토를 내던진다.
	스코피어스도 똑같이 한다.
	알버스는 스코피어스에게 봉투에 든 초록색 이파리를 건넨다.

알버스	나 조금, 너 조금.

스코피어스 아가미풀? 아가미풀을 사용하는 거야? 물속에서 숨을 쉬려고?

알버스 우리 아빠도 그렇게 했어. 자, 준비됐지?

스코피어스 잊으면 안 돼. 이번에는 시간제한에 걸리면 안 된다는 거…….

알버스 5분, 우리에게 허용된 시간은 딱 5분이야. 시간이 지나면 우린 현재로 끌려올 거야.

스코피어스 잘될 거라고 말해 줘.

알버스 (빙긋 웃으며) 다 잘될 거야. 준비됐지?

알버스가 아가미풀을 갖고 아래로 사라진다.

스코피어스 안 돼, 알버스— 알버스—

스코피어스가 고개를 든다. 스코피어스와 울보 머틀, 단둘만 남았다.

울보 머틀 난 용감한 남자가 좋더라.

스코피어스 (조금 겁을 먹은 채 아주 조금 용기를 내어) 그럼 나도 준비됐어. 무슨 일이 벌어지든 간에.

2막 19장

스코피어스가 아가미풀을 갖고 아래로 사라진다.

무대에는 울보 머틀 혼자 남는다.

쉭 하고 거대한 빛이 지나가고 요란한 소리가 난다.

시간이 정지한다. 이윽고 시간이 방향을 틀더니 잠시 주춤하다 뒤로 감기기 시작한다…….

두 소년은 사라졌다.

해리가 잔뜩 인상 쓴 얼굴로 달려 들어온다. 드레이코와 지니, 맥고나걸 교수가 뒤따라 들어온다.

해리 알버스…… 알버스…….

지니 가 버렸어.

그들은 바닥에서 두 소년의 망토를 발견한다.

맥고나걸 교수 (지도를 살피며) 사라졌어. 아니야, 호그와트 지하로 이동하고 있는데, 아니, 사라졌어—

드레이코 어떻게 그럴 수 있죠?

울보 머틀 어떤 작고 예쁜 장신구 같은 걸 사용하던데.

해리 머틀!

울보 머틀 어머나, 걸렸네. 들키지 않으려고 엄청 노력했는데. 안녕, 해리. 안녕, 드레이코. 너희 또 말썽을 피웠니?

해리 어떤 장신구였어?

울보 머틀 그건 비밀이었던 것 같은데. 하지만 내가 또 해리 너한테는 아무것도 숨길 수가 없잖아. 어쩜 넌 나이를 먹을수록 점점 더 멋있어지니?

해리 내 아들이 위험에 빠졌어. 네 도움이 필요해. 그 애들이 뭘 하고 있었어, 머틀?

울보 머틀 매력적인 소년을 구하러 갔어. 세드릭 디고리라는 애.

해리는 그 즉시 무슨 일인지 파악하고 기겁한다.

맥고나걸 교수 하지만 세드릭 디고리는 여러 해 전에 죽었잖아…….

울보 머틀 자기가 그 일을 되돌릴 수 있다고 꽤 자신하는 것 같던데요. 자신감이 대단하더라, 해리. 꼭 너처럼.

해리 제가 에이머스 디고리와 얘기하는 걸 들은 모양이에요……. 혹시…… 마법 정부의 타임 터너를 가져갔나? 아니야, 그건 불가능한데.

맥고나걸 교수 마법 정부에 타임 터너가 있어? 타임 터너는 전부 못쓰게 된 줄 알았는데?

2막 19장

울보 머틀   애들이 말을 참 안 듣죠?

드레이코   어떻게 된 일인지 제발 누가 좀 설명해 줄래?

해리   알버스와 스코피어스는 사라졌다 나타났다 하는 게 아니야. 그 애들은 여행을 하고 있어. 시간 여행.

2막 20장

1995년 호수, 트라이위저드 대회

루도 배그먼 신사 숙녀, 소년 소녀 여러분, 세계 최고의 시합, 그 무엇도 따라올 수 없는 굉장한 시합, 세계 유일의 **트라이위저드 대회**를 시작하겠습니다. 호그와트 여러분, 환호해 주세요.

커다란 환호성이 터진다.
이제 알버스와 스코피어스가 호수 속을 헤엄치고 있다. 두 사람은 우아하고 편안하게 물을 가르며 내려간다.

덤스트랭 여러분, 환호해 주세요.

2막 20장

커다란 환호성이 터진다.

그리고 보바통 여러분, 환호해 주세요.

조금 덜 시원찮은 환호성이 터진다.

프랑스 학생들도 점점 열의를 갖기 시작했군요. 대표 선수들이 출발했습니다……. 빅토르는 상어가 됐군요. 당연히 그렇겠죠. 플뢰르의 모습도 아주 인상적입니다. 언제나 용맹스러운 해리는 아가미풀을 사용하는군요. 영리하네요, 해리. 아주 영리합니다. 그리고 세드릭은…… 아아, 세드릭도 굉장하네요, 신사 숙녀 여러분. 세드릭은 거품 머리 마법을 사용해 호수 속을 유영하는군요.

머리에 거품 보호막을 쓴 세드릭 디고리가 물을 가르며 알버스와 스코피어스에게 다가온다. 알버스와 스코피어스가 함께 지팡이를 들어 올려 물속에서 부풀리기 마법을 쏜다.
세드릭이 고개를 돌려 어리둥절한 표정으로 알버스와 스코피어스를 본다. 그때 마법이 세드릭을 강타

한다. 주변의 물이 황금빛으로 반짝거린다.

이윽고 세드릭이 부풀어 오르기 시작한다. 더 크게, 더 크게, 그것보다 더 크게 부풀어 오른다.

그는 몹시 당황해 주위를 두리번거린다. 두 소년은 세드릭이 속수무책으로 물을 가르고 올라가는 모습을 지켜본다.

아니, 그런데 어찌 된 일인가요……. 세드릭 디고리가 수면 위로 올라오고 있습니다. 이대로 경쟁을 끝내려는 것 같은데요. 아, 신사 숙녀 여러분, 우승자가 아니라 패배자네요. 세드릭 디고리가 풍선처럼 변해 금방이라도 날아오르려 하는군요. 정말 날아갈 것 같습니다, 신사 숙녀 여러분. 날아오르겠어요. 이번 과제는 물론이고 아예 시합을 포기해야 할 모양입니다……. 아, 그런데 또 진풍경이 *펼쳐지네요*. 세드릭 주위에서 "론은 헤르미온느를 사랑합니다"라는 폭죽이 터집니다. 관객 여러분이 아주 좋아하는데요. 아아, 신사 숙녀 여러분, 세드릭의 얼굴 좀 보십시오. 정말 가관입니다. 볼 만한데요. 이 무슨 비극이란 말입니까. 정말 굴욕이군요. 달리 표현할 말이 없네요.

알버스가 활짝 미소 지으며 물속에서 스코피어스와 하이파이브를 한다.

알버스가 위를 가리키자 스코피어스가 고개를 끄덕이고, 두 사람이 함께 헤엄쳐 올라가기 시작한다. 세드릭이 물 위로 올라오자 사람들은 웃음을 터트리고, 주위가 변한다.

온 세상이 어두워진다. 사실상 세상이 거의 암전으로 변한다.

그리고 섬광이 번쩍한다. 쿵 하는 소리가 들린다. 타임 터너가 재깍거리다 멈춘다. 무대는 다시 현재로 돌아와 있다.

갑자기 스코피어스가 나타나 물 위로 솟아오른다. 의기양양한 모습이다.

스코피어스　우우우…… 후우우우!

그는 어리둥절해하며 주위를 두리번거린다. 알버스는 어디 있는 거지? 스코피어스는 허공으로 두 팔을 들어 올린다.

우리가 해냈어!

한 박자 더 기다린다.

알버스?

알버스는 여전히 나타나지 않는다. 스코피어스는 물속에서 선헤엄을 치며 생각하다 다시 물속으로 들어간다.

스코피어스가 다시 물 밖으로 나온다. 이제 몹시 당황해 어쩔 줄 몰라 한다. 그는 주위를 둘러본다.

알버스…… **알버스**…… **알버스**…….

뱀의 말로 속삭이는 소리가 들린다. 속삭임이 빠른 속도로 관객을 에워싼다. 그가 오고 있다. 그가 오고 있다. 그가 오고 있다.

덜로리스 엄브리지 스코피어스 말포이. 호수에서 나와. 호수에서 나와라. 당장.

그녀가 스코피어스를 물에서 끌어낸다.

스코피어스 저기요. 도움이 필요해요. 제발요.

덜로리스 엄브리지 '저기요'라고? 난 엄브리지 교수다. 너희 학교 교장이지, '저기요'가 아니라고.

스코피어스 교장이라고요? 하지만 저는……

덜로리스 엄브리지 나는 교장이고, 너희 가문이 아무리 대단하다고 해도 그렇게 꾸물거리며 버릇없이 구는 꼴은 못 본다.

스코피어스 이 호수에 아이가 빠졌어요. 도움을 청해 주세요. 제 친구를 찾고 있어요. 저기, 교수님. 교장 선생님. 그 아이도 호그와트 학생이에요. 알버스 포터를 찾고 있다고요.

덜로리스 엄브리지 포터? 알버스 포터? 그런 학생은 없는데. 사실, 호그와트에는 수년 동안 포터라는 이름이 없었지. 그리고 걔 알고 보니 그리 대단하지도 않았어. 해리 포터는 편안히 잠들지도 못했다. 결국 영원한 절망 속에 잠들어 버렸으니까. 완전히 골칫덩어리였다니까.

스코피어스 해리 포터가 죽었다고요?

갑자기 객석 주위에서 바람의 기운이 느껴진다. 검은 망토들이 사방에서 올라온다. 그것이 검은 형체들로 변한다. 그리고 결국 디멘터들로 변한다.

디멘터들이 객석을 날아다닌다. 죽음을 상징하는 검은 형체들, 죽음을 상징하는 검은 세력. 디멘터들은 너무도 두려운 존재이다. 그들이 이 공간의 혼을 빨아들인다.

바람이 계속 분다. 이곳은 지옥이다. 이윽고 객석 뒤에서 속삭이는 소리가 흘러나와 모두를 에워싼다. 누구나 알아챌 그 목소리. 볼드모트의 목소리다……

해애리 포오터…….

해리의 꿈이 현실이 되었다.

덜로리스 엄브리지 그 안에서 못 먹을 거라도 삼켰니? 우리 모르게 머드블러드라도 되었어? 해리 포터는 20년도 더 전에 죽었어. 실패로 끝난 학교 쿠데타에서 말이야. 덤블도어 반군의 일원이었지만, 우린 그 호그와트 전투에서 그들을 용감하게 타도했지. 그만 가자꾸나. 네가 무슨 장난을 치는 건지는 모르겠지만 어쨌든 넌 지금 디멘터들의 기분을 상하게 하고, 볼드모트의 날을 망치고 있잖니.

뱀의 말로 속삭이는 소리가 점점 커진다. 엄청나게 큰 소리로 변한다. 그리고 뱀 문장(紋章)이 그려진 거대한 현수막이 무대 위로 내려온다.
이 무시무시한 장면의 한가운데 스코피어스가 있다.

스코피어스 볼드모트의 날요?

무대가 암전된다.

1부 끝.

2부

2부

3막

3막 1장

호그와트, 교장실

이제 우리는 완전히 뒤바뀐 세상에 있다.
이곳은 어둠의 세상이다.
마치 한 층의 재가 온 지구를 뒤덮은 듯, 불확실성과 두려움이 뿌옇게 내려앉았다.
무대 디자인에, 그리고 음악에 이 모든 것이 반영되어 있다. 그러나 무엇보다도 이곳에서 내려지는 모든 결정이 이러한 분위기를 뚜렷하게 반영한다.
해리는 죽었다. 볼드모트가 살아서 세상을 지배하고 있다. 그 무엇도 마땅치 않은 상황이다.
스코피어스가 덜로리스 엄브리지의 교장실로 들어간다. 그는 더 어둡고 더 검은 망토를 입고 있다. 얼굴에는 수심이 가득하다. 사방에서 위험을 느끼며 줄곧 몸을 움츠린 채 잔뜩 경계하고 있다.

덜로리스 엄브리지 스코피어스. 와 줘서 정말 고맙구나.

스코피어스 교장 선생님.

덜로리스 엄브리지 스코피어스, 너도 알다시피 난 오래전부터 네가 학생 회장의 자질을 갖췄다고 생각했단다. 순수 혈통인 데다 타고난 지도력, 놀라운 운동 신경…….

스코피어스 운동 신경요?

덜로리스 엄브리지 겸손 떨 필요 없어, 스코피어스. 퀴디치 경기장에서 널 봤는데 스니치를 잡지 못하는 일이 거의 없더구나. 넌 아주 소중한 인재야. 교수진도 그렇게 생각한단다. 특히 내가 말이야. 어거레이 님께 보고를 올릴 때에도 네 칭찬을 얼마나 늘어놓는지 몰라. 우리가 함께 노련하지 못한 학생들을 추려 낸 덕분에 이 학교는 보다 안전하고…… 보다 순수한 곳이 되었잖니.

스코피어스 그랬나요?

무대 밖에서 비명이 들린다. 스코피어스는 그쪽을 돌아본다. 그러나 얼른 유혹을 떨쳐 버린다. 이제 그는 정신을 바짝 차려야 한다. 절대 흐트러지지 않을

작정이다.

덜로리스 엄브리지 하지만 볼드모트의 날에 호수에서 널 발견한 뒤로 지난 사흘 동안 넌 뭐랄까…… 점점 이상해지더구나. 특히 갑자기 해리 포터에 집착하고…….

스코피어스 아니에요…….

덜로리스 엄브리지 보는 사람마다 붙잡고 호그와트 전투에 대해 캐묻는다고 하던데. 해리 포터가 어떻게 죽었냐. 포터가 왜 죽었냐. 게다가 난데없이 세드릭 디고리한테 흥미를 보이질 않나. 스코피어스, 혹시 네가 해로운 마법이나 저주에 걸렸나 싶어 검사해 봤는데 아무 이상이 없더구나. 그래서 말인데, 혹시 내가 도와줄 게 있다면 얘기해 보렴. 널 예전으로 되돌리기 위해서…….

스코피어스 아뇨. 아니에요. 전 예전으로 돌아왔어요. 잠깐의 일탈이었어요. 그뿐이에요.

덜로리스 엄브리지 그럼 전처럼 계속 협조할 거니?

스코피어스 그럼요.

덜로리스가 가슴에 한 손을 얹고 그 위에 다른 손을 얹어 손목을 교차시킨다.

덜로리스 엄브리지 볼드모트와 용맹함을 위하여.

스코피어스 (따라 하려고 애쓰며) 그러니까…… 어…… 위하여.

3막 2장

호그와트, 교내

무대가 빙글빙글 돌아가기 시작하고 그와 함께 스코피어스도 돌아간다. 자신이 처한 이 혼란스러운 상황의 답을 찾기 위해 필사적으로 애쓰고 있다.
칼 젱킨스와 얀 프레더릭스는 활기와 열의가 넘치는 모습이다. 두 사람이 당당하게 스코피어스에게 다가온다.

칼 젱킨스   어이, 스콜피언 킹.

　　　　　스코피어스는 하이파이브를 받아 준다. 괴롭지만 참
　　　　　는다.

얀 프레더릭스 우리 그거 하는 거지? 내일 밤에?

칼 젱킨스 우린 적당한 머드블러드를 잡아 탈탈 털 준비가 됐거든.

칼 젱킨스와 얀 프레더릭스가 퇴장한다.

폴리 채프먼 스코피어스.

폴리 채프먼이 계단에 서 있다. 스코피어스는 휙 그녀를 돌아본다.

스코피어스 폴리 채프먼?
폴리 채프먼 바로 본론부터 얘기해도 될까? 다들 네가 누구한테 같이 가자고 할지 궁금해해. 뭐, 어차피 너도 누군가에겐 파트너 신청을 해야 하잖아. 난 벌써 세 명한테 신청을 받았는데, 그 애들을 전부 거절한 게 나뿐만은 아닐 거야. 혹시 네가 나한테 같이 가자고 할 수 있으니까.
스코피어스 그렇구나.
폴리 채프먼 그래 준다면 참 좋을 것 같아. 네가 마음이 있다면 말이야. 소문에 따르면 그렇다고 하던데. 나도 그냥 여기서 분명하게 얘기할게. 나도 마음이 있어. 그리고 이건 소문이 아니야. 사—아—실, 확실한 사실이라고.

스코피어스 그거야…… 어…… 좋지. 그런데 어딜 같이 가?

폴리 채프먼 어디긴, 혈통 무도회지. 스콜피언 킹이 혈통 무도회에 파트너로 누구를 데려갈지 얘기하고 있잖아.

스코피어스 너, 그러니까 폴리 채프먼이 나더러 무도회에 데려가 달라고 하는 거야?

　　　스코피어스의 뒤에서 비명이 들린다.

이 비명은 뭐야?

폴리 채프먼 당연히 머드블러드들의 소리지. 지하 감옥에 갇힌 머드블러드들 말이야. 네가 제안한 일 아니야? 무슨 일 있니? 빌어먹을 포터 같으니, 내 신발에 또 피가 묻었잖아…….

　　　폴리 채프먼은 허리를 굽혀 신발에 묻은 피를 조심스레 닦아 낸다.

어거레이 님께서 주장하시듯 미래는 우리가 만드는 거야. 나는 너와 함께 미래를 만들 거야. 볼드모트와 용맹함을 위하여.

스코피어스 볼드모트와 그걸 위하여.

폴리가 가고 스코피어스는 괴로운 얼굴로 폴리의 뒷모습을 바라본다. 이 세상은 대체 어떤 세상이고, 그 안에서 스코피어스는 어떤 존재일까?

그가 회전하며 다음 장면으로 들어간다.

3막 3장

마법 정부, 마법 사법부 수장의 사무실

드레이코는 지금껏 우리가 봐 온 것과 너무도 다른 모습이다. 권력의 냄새를 한껏 뿜어내고 있으며, 온몸에 권위가 배어 있다. 마치 파시스트 깃발처럼 새 모양의 문장이 찍힌 어거레이 깃발이 사무실 양쪽에서 펄럭거리고 있다.

드레이코   늦었구나.

스코피어스   여기가 아빠 사무실이에요?

드레이코   늦었는데 사과도 하지 않다니. 일을 크게 만들려고 작정한 모양이구나.

스코피어스   아빠가 마법 사법부 수장이에요?

드레이코   버르장머리하고는! 감히 내 얼굴에 먹칠한 것도 모자라 기다리게 해 놓고 사과도 하지 않다니!

스코피어스 잘못했어요.

드레이코 죄송합니다.

　　　　　스코피어스는 고개를 들고 아빠가 왜 그러는지 이해하려 애쓴다.

스코피어스 죄송합니다.

드레이코 난 널 그렇게 칠칠치 못한 놈으로 키우지 않았다, 스코피어스. 호그와트에서 날 망신 주라고 가르치지도 않았고.

스코피어스 망신이라고요?

드레이코 창피한 일이 한두 가지가 아니지. 특히 해리 포터. 네가 해리 포터에 대해 물어보고 다닌다던데. 감히 말포이 가문에 먹칠을 하다니.

　　　　　음울한 생각이 스코피어스의 머리를 스친다.

스코피어스 설마. 혹시 아빠가 그러셨어요? 아니시겠죠. 아니죠. 그럴 리가 없어요.

드레이코 스코피어스······.

스코피어스 오늘 《예언자일보》에 나온 사건 말이에요. 마법사

세 명이 지팡이를 한 번 휘둘렀을 때 얼마나 많은 머글이 죽는지 보려고 다리들을 폭파했다고 하던데, 혹시 아빠가 그러셨어요?

드레이코 함부로 말하지 마라.

   스코피어스가 아빠에게로 다가간다. 한 걸음 한 걸음에 원망이 담겨 있다.

스코피어스 '머드블러드' 죽음의 수용소, 고문, 반대자 화형. 그중 아빠가 주도하는 일이 얼마나 되죠? 엄마가 늘 아빠에 대해 말하길 알고 보면 훨씬 더 좋은 분이라고 하셨지만, 사실은 이게 아빠의 본모습 아닌가요? 살인자, 고문하는 사람, 그리고—

   드레이코가 일어나 스코피어스를 세게 잡아끌어 탁자에 내리꽂는다. 예상치 못한, 치명적인 폭력이다.

드레이코 엄마를 함부로 들먹이지 마라, 스코피어스. 그런 식으로 날 이겨 먹을 생각은 하지 마. 엄마는 그렇게 이용해도 되는 사람이 아니야.

스코피어스는 아무 말도 하지 않는다. 충격과 공포에 빠졌다. 드레이코도 알아차린다. 드레이코가 스코피어스의 머리를 놓아 준다. 그는 아들을 다치게 하고 싶지 않다.

그리고 아니란다. 머저리들이 머글들을 날려 버린 일, 그건 내가 시킨 일이 아니야. 어거레이 님께서 머글 총리를 금으로 매수하라고 시킬 사람은 내가 되겠지만……. 그런데 네 엄마가 정말 나에 대해 그렇게 말했니?

스코피어스 할아버지가 엄마를 별로 좋아하지 않아서 두 분의 결혼을 반대하셨다고 했어요. 할아버지는 엄마가 머글들에게 너무 우호적이고 너무 약하다고 생각하셨지만, 아빠가 할아버지를 거역하고 엄마를 선택했다고요. 엄마에겐 그런 행동이 세상에서 가장 용감해 보였대요.

드레이코 아주 쉽게 용기를 내도록 만드는 사람이었지, 네 엄마는.

스코피어스 하지만 그때 아빠는…… 지금과 다른 사람이었죠.

스코피어스는 아빠를 바라본다. 그의 아빠도 인상을

쓰며 그를 본다.

저도 나쁜 짓을 많이 했지만 아빠는 저보다 더했더군요. 우린 대체 어떤 존재가 된 거예요, 아빠?

드레이코 우린 변하지 않았어. 평소와 똑같잖아.

스코피어스 말포이 가문. 아빠는 언제든 그 가문에 의존해 세상을 더 음울한 곳으로 만들려 하는군요.

이 말이 드레이코의 정곡을 찌른다. 드레이코는 주의 깊게 스코피어스를 바라본다.

드레이코 학교에서 있었던 일 말이다. 대체 이유가 뭐냐?

스코피어스 저는 지금의 제 모습이 싫어요.

드레이코 왜 그런 생각을 하게 됐지?

스코피어스는 어떻게 하면 자신의 이야기를 설명할 수 있을까 열심히 생각해 본다.

스코피어스 저의 다른 모습을 보았거든요.

드레이코 내가 네 엄마의 어떤 점을 가장 사랑했는지 아니? 네 엄마는 언제나 내가 어둠 속에서 빛을 찾게 해 주

있어. 이 세상을, 어쨌든 나의 세상을…… 네 표현을 빌리자면 덜 '음울하게' 만들어 주었지.

스코피어스 그랬어요?

드레이코는 아들의 얼굴을 살핀다.

드레이코 넌 내가 생각했던 것보다 엄마를 더 많이 닮았구나.

사이. 드레이코는 주의 깊게 스코피어스를 본다.

뭘 하는지는 몰라도 몸조심해라. 너까지 잃을 수는 없다.

스코피어스 알겠습니다.

드레이코는 마지막으로 한 번 더 아들을 보며 아들의 머릿속을 이해하려고 애쓴다.
그러곤 우리가 앞에서 익히 보았던 방식으로 손을 움직여 두 손목을 교차시킨다.

드레이코 볼드모트와 용맹함을 위하여.

3막 3장

　　　　스코피어스는 드레이코를 보며 뒷걸음질로 사무실을 나온다.

스코피어스　볼드모트와 용맹함을 위하여.

3막 4장

호그와트, 도서관

스코피어스가 도서관에 들어와 필사적으로 책들을 훑어보기 시작한다. 그는 역사책 한 권을 발견한다.

스코피어스 세드릭이 어떻게 죽음을 먹는 자가 됐지? 내가 놓친 게 뭐야? 내게 어둠 속의 빛이 되어 줘.

크레이그 보커 2세 여긴 어쩐 일이야?

스코피어스는 고개를 돌려 꽤 절박해 보이는 크레이그를 본다.

스코피어스 내가 여기 오면 안 돼?

크레이그 보커 2세 아직 준비가 안 됐거든. 최대한 빨리하려고 노력 중이야. 하지만 스네이프 교수님이 숙제를 워낙 많이 내 주시는 데다, 작문 숙제를 두 가지 방식으로 하는 건, 아니, 불평하는 건 아니야……. 미안.

스코피어스 다시 말해 봐. 처음부터 다시. 뭐가 준비되지 않았다는 거야?

크레이그 보커 2세 네 마법약 숙제 말이야. 난 기쁜 마음으로 하고 있어. 오히려 감사하지. 넌 숙제랑 책을 싫어하잖아. 그리고 난 절대 널 실망시키지 않아. 너도 알잖아.

스코피어스 내가 숙제를 '싫어'해?

크레이그 보커 2세 넌 스콜피언 킹이야. 당연히 숙제를 싫어하지. 그런데 《마법의 역사》를 가지고 뭐 하는 거야? 그 숙제도 내가 할까?

사이. 스코피어스는 잠시 크레이그를 본 뒤 그에게 《마법의 역사》 책을 던진다. 크레이그가 그 책을 받아 들고 퇴장한다.

잠시 후 스코피어스가 무언가를 떠올리고 인상을 쓴다.

스코피어스 방금 쟤가 스네이프라고 한 거야?

3막 5장

호그와트, 마법약 교실

스코피어스가 마법약 교실로 달려 들어온다. 열어젖힌 문이 벽에 쾅 부딪친다. 세베루스 스네이프가 고개를 들어 그를 본다.

스네이프 노크하라고 아무도 안 가르쳐 줬나 보군?

>스코피어스는 고개를 들어 스네이프를 본다. 살짝 숨이 차고 살짝 불안하지만 한편으론 살짝 기쁘다.

스코피어스 세베루스 스네이프, 정말 영광이에요.
스네이프 스네이프 교수님이라고 부르는 게 좋을 텐데. 말포이, 네가 이 학교에서 왕 노릇을 한다고 해서 모두 네 신하라고 생각하면 안 된다.

스코피어스 하지만 교수님이 답을 갖고 계신걸요…….

스네이프는 늘 그랬듯이 빈정대는 모습이다.

스네이프 대단히 기쁜 일이구나. 할 얘기가 있으면 어서 하고……. 할 얘기가 없으면 가는 길에 문 좀 닫고.
스코피어스 교수님 도움이 필요해요.
스네이프 나야 돕기 위해 존재하는 사람이지.
스코피어스 그런데 정확히 어떤 도움이 필요한지…… 모르겠어요. 혹시 아직도 첩보 활동을 하세요? 지금도 비밀리에 덤블도어를 위해 일하세요?
스네이프 덤블도어? 그분은 돌아가셨다. 그리고 내가 그분을 위해 일한 건 공공연한 사실이야. 난 그분의 학교에서 학생들을 가르쳤으니까.
스코피어스 아뇨. 그 일만 하신 게 아니잖아요. 덤블도어 편에서 죽음을 먹는 자들을 감시하셨잖아요. 조언을 해 드리기도 하고요. 모두들 교수님이 그분을 죽였다고 생각했지만 사실은 그분을 도왔던 것으로 밝혀졌죠. 교수님은 세상을 구하셨어요.

스네이프는 두려움과 분노로 으르렁거린다.

스네이프 아주 위험한 발언을 하는구나. 네가 말포이 가문이라고 해서 내가 벌주지 못할 거라고 생각하진 마라.

스코피어스 혹시 다른 세상이 있다면 믿으시겠어요? 볼드모트가 호그와트 전투에서 패하고 해리 포터와 덤블도어의 군대가 승리를 거둔, 그런 세상이 실제로 존재한다면······.

스네이프 호그와트의 총아 스콜피언 킹이 요즘 제정신이 아니라는 소문이 돌던데, 충분히 근거 있는 소문이었군.

스코피어스 훔친 타임 터너가 있어요. 제가 타임 터너를 훔쳤거든요. 알버스와 함께요. 우리는 죽은 세드릭 디고리를 살려 내려 했어요. 그 세상에선 세드릭 디고리가 죽었거든요. 우린 그가 트라이위저드 대회에서 우승하지 못하게 하려 했죠. 그러다 그만, 그를 완전히 다른 사람으로 바꿔 버린 거예요.

스네이프 그 트라이위저드 대회의 우승자는 해리 포터였다.

스코피어스 해리 포터 혼자서 우승한 게 아니었어요. 세드릭이 공동 우승을 했어야 했죠. 그런데 저희가 세드릭에게 망신을 줘서 시합을 포기하게 했어요. 그 결과, 굴욕을 당한 그는 죽음을 먹는 자가 되었고요. 그런데 그 사람이 호그와트 전투에서 뭘 어떻게 했는지 모르겠어요. 그가 누굴 죽이기라도 했나요? 분명히

3막 5장

그가 뭔가를 해서 모든 게 바뀌었거든요.

스네이프 세드릭 디고리가 죽인 마법사는 한 명이었다. 그렇게 중요한 마법사도 아니었지. 네빌 롱보텀이라고.

스코피어스 아, 역시, 그거였어요! 롱보텀 교수님이 볼드모트의 뱀 내기니를 죽였어야 하거든요. 내기니가 죽어야 볼드모트가 죽을 수 있죠. 그거였어요! 의문이 풀렸네요! 우리가 세드릭을 망쳐 놓았고, 세드릭이 롱보텀 교수님을 죽이는 바람에 볼드모트가 전투에서 승리한 거예요. 아시겠죠? 이해하셨죠?

스네이프 말포이, 네가 수작을 부리고 있다는 건 충분히 이해했다. 너의 아빠한테 알려서 더 크게 혼나기 전에 그만 나가거라.

스코피어스는 잠시 생각한 뒤에 필사적인 마음으로 마지막 카드를 꺼낸다.

스코피어스 교수님은 그분의 어머니를 사랑하셨잖아요. 전부다 기억하진 못해요. 하지만 교수님이 그분의 어머니를 사랑하셨다는 사실은 알아요. 해리 포터의 어머니 말이에요. 릴리라는 분. 교수님이 수년 동안 첩자로 활동하신 것도 알아요. 교수님이 아니었다면 그 전쟁에서 절대 승리할 수 없었다는 것도 알고요. 제가 또 다른 세상을 보지 않았더라면 어떻게 이 모든 걸 알고 있겠어요……?

스네이프는 아무 말도 하지 않는다. 당황한다.

그걸 아는 사람은 덤블도어뿐이었지요. 그렇지 않아요? 그분이 세상을 떠난 뒤로 교수님은 무척 외로우셨겠죠. 저는 교수님이 좋은 분이란 걸 알아요. 해리 포터 아저씨가 아들한테 교수님이 훌륭하신 분이라고 말했거든요.

스네이프는 스코피어스를 본다. 도대체 어떤 상황인지 확신이 서지 않는다. 속임수일까? 스네이프는 정말 갈피를 잡지 못한다.

스네이프 해리 포터는 죽었다.
스코피어스 제가 사는 세상에선 아니에요. 그분은 교수님이 세상에서 가장 용감한 분이었다고 하셨어요. 그분은 교수님의 비밀을 다 알았거든요. 교수님이 덤블도어를 위해 무슨 일을 했는지 말이에요. 그분은 교수님을 무척 존경하고 있어요. 그래서 아들에게도 두 분의 이름을 붙였죠. 알버스 세베루스 포터. 저랑 제일 친한 친구예요.

　　스네이프는 멈칫한다. 깊이 감동했다.

부탁이에요. 릴리라는 분을 위해서, 이 세상을 위해서 저를 도와주세요.

　　스네이프는 잠시 생각한 뒤 스코피어스에게 걸어가며 지팡이를 꺼낸다. 스코피어스는 겁을 먹고 물러선다. 스네이프는 지팡이로 문을 겨눈다.

스네이프　　콜로포터스!

　　보이지 않는 자물쇠가 채워진다. 스네이프는 교실 뒤편에 있는 해치를 연다.

자, 이리 와라…….
스코피어스　　하나만 여쭐게요. 정확히…… 어디로 가는 거죠?
스네이프　　우리는 수차례 장소를 옮겨야 했다. 새로운 곳을 찾을 때마다 그들이 파괴해 버렸으니까. 이리로 들어가면 후려치는 버드나무의 뿌리 속에 숨겨진 방이 나오지.

스코피어스 '우리'는 누구예요?

스네이프 아, 보면 안다.

3막 6장

작전 본부

이곳은 지하이다. 흙과 먼지 냄새, 무력한 (그러나 결코 포기할 수 없는) 저항 시도의 기운이 곳곳에 배어 있다.

스코피어스는 참으로 위풍당당한 모습의 헤르미온느에게 붙들려 꼼짝없이 탁자에 붙어 있다. 그녀는 빛바랜 옷을 입었을지언정 눈은 이글이글 타오르고 있다. 온전한 전사의 모습이고 그 모습이 썩 잘 어울린다.

헤르미온느   여기서 조금이라도 움직이면 너의 뇌는 개구리로, 두 팔은 고무로 변할 줄 알아.

        스네이프가 스코피어스를 따라 본부 안으로 들어온다.

스네이프 그만해. 안심해도 된다. (사이) 도통 남의 말을 들으려 하지 않는다니까. 예전에도 지독하게 고리타분한 학생이더니, 여전히 지독하게 고리타분한— 뭐가 됐든 말이다.

헤르미온느 전 뛰어난 학생이었어요.

스네이프 그저 그런 학생이었다. 그 앤 우리 편이라고!

스코피어스 정말이에요, 헤르미온느.

헤르미온느는 여전히 의심 가득한 얼굴로 스코피어스를 본다.

헤르미온느 대부분의 사람들은 나를 그레인저로 알고 있어. 그리고 난 네가 하는 말이라면 한 마디도 믿지 않아, 말포이.

스코피어스 다 제 잘못이에요. 제 잘못. 알버스의 잘못이기도 하고요.

헤르미온느 알버스? 알버스 덤블도어? 알버스 덤블도어가 무슨 상관이 있지?

스네이프 덤블도어를 말하는 게 아니야. 일단 좀 앉아.

론이 달려 들어온다. 뾰족뾰족한 머리칼. 꾀죄죄한

3막 6장

　　　　옷차림. 헤르미온느에 비하면 그다지 멋진 반군의
　　　　모습은 아니다.

론　　스네이프 교수님, 친히 행차를— (스코피어스를 보고
　　　　바로 경계하며) 저 녀석이 왜 여기 있는 거예요?

　　　　론이 더듬더듬 지팡이를 꺼낸다.

　　　　난 무장했고…… 아주 위험한 사람이다. 진지하게
　　　　조언하는데—

　　　　론은 지팡이를 반대로 들었다는 사실을 깨닫고 바로
　　　　잡는다.

　　　　조심하는 게 좋을 거야—

스네이프　이 아인 안심해도 된다, 론.

　　　　론이 헤르미온느를 보자 헤르미온느는 고개를 끄덕
　　　　인다.

론　　덤블도어 교수님께 감사드립니다.

3막 7장

작전 본부

헤르미온느는 앉아서 타임 터너를 살펴보고 있고, 그사이 론은 상황을 파악하려 애쓴다.

론 그러니까 지금 모든 역사가…… 네빌 롱보텀한테 달려 있단 말이야? 그건 좀 의외인데.

헤르미온느 사실이야, 론.

론 그렇군. 그리고 네가 그렇게 확신하는 이유는…….

헤르미온느 저 애가 스네이프 교수님에 대해, 우리 모두에 대해 많은 걸 알고 있거든. 그걸 알 수 있는 방법이…….

론 혹시 찍기를 정말 잘하는 게 아닐까?

스코피어스 그건 아니에요. 도와주실 거죠?

론 도울 수 있는 사람은 우리밖에 없어. 덤블도어의 군대는 전성기 이후에 크게 줄었지. 사실 ―

> 잠시 뜸을 들인다. 그에게는 괴로운 이야기이다.

―남아 있는 사람은 우리가 전부라고 봐도 돼. 그래도 계속 저항하고 있어. 코앞에 숨어서. 우리는 최선을 다해 그들의 코털을 간질이고 있지. 여기 그레인저는 수배자야. 나도 그렇고.

스네이프 (냉정하게) 넌 그렇게 중요한 수배자는 아니지.
헤르미온느 확실하게 짚어 보자. 네가 말한 그 다른 세상 말이야……. 네가 끼어들기 전에는 어땠다고?
스코피어스 볼드모트는 죽었어요. 호그와트 전투에서 목숨을 잃었죠. 해리 아저씨는 마법 사법부 수장이고요. 헤르미온느 아주머니는 마법 정부 총리예요.

> 헤르미온느는 이 놀라운 소식에 멈칫한다. 그러곤 미소를 지으며 고개를 든다.

헤르미온느 내가 마법 정부 총리라고?
론 (자신에게도 좋은 소식이 있길 기대하며) 굉장한데. 난 뭐야?

스코피어스 아저씨는 위즐리 형제의 위대하고 위험한 장난감 가게를 운영하세요.

론의 얼굴이 침울해진다.

론 아, 그러니까 헤르미온느는 마법 정부 총리가 됐는데 난— 장난감 가게를 운영한다고?

스코피어스는 실망한 론의 얼굴을 바라본다.

스코피어스 아저씨는 주로 자녀 양육에 힘쓰고 계세요.
론 좋아. 그럼 애들 엄마가 끝내주게 매력적인가 보군.
스코피어스 (얼굴이 붉어지며) 어…… 그게…… 생각하기 나름인데요……. 사실은, 말하자면, 두 분이 같이 아이들을 낳았거든요. 아들 하나, 딸 하나.

두 사람은 놀라서 고개를 든다.

결혼했어요. 서로 사랑하고요. 또 다른 세상에서도 두 분이 놀라시더라고요. 거기서는 헤르미온느 아주머니가 어둠의 마법 방어법을 가르쳤고 론 아저씨는 파드마라는 분과 결혼했거든요. *계속 놀라시네요.*

헤르미온느와 론은 서로를 본 뒤 고개를 돌린다. 이윽고 론이 다시 헤르미온느를 본다. 론은 여러 번 헛기침을 한다. 헛기침 소리가 점점 약해진다.

헤르미온느 날 볼 때는 입 좀 다물어 줘, 위즐리.

론이 입을 다문다. 그러나 여전히 혼란스러운 모습이다.

그럼 스네이프 교수님은? 그 다른 세상에서 스네이프 교수님은 뭘 하고 계셔?

스네이프 난 죽은 모양이다.

스네이프는 스코피어스를 본다. 스코피어스는 어떻게든 진실을 감춰 보려 하지만, 표정을 숨길 수가 없다. 스네이프는 힘없이 미소 짓는다.

날 보고 지나치게 놀라더구나. 어떻게 죽었지?

스코피어스 용감하게요.

스네이프 누구한테?
스코피어스 볼드모트.
스네이프 아주 짜증 나는군.

> 스네이프가 이 사실을 받아들이는 동안 잠시 정적이 흐른다.

그래도 어둠의 왕에게 직접 당했다면 명예로운 죽음이었겠지.

헤르미온느 안타깝네요, 스네이프 교수님.

> 스네이프는 헤르미온느를 보고 고통을 삼킨다. 그러곤 머리를 까딱 움직여 론을 가리킨다.

스네이프 뭐, 적어도 이 녀석이랑 결혼하진 않았으니까.
헤르미온느 넌 어떤 마법을 사용했지?
스코피어스 첫 번째 과제엔 엑스펠리아르무스, 두 번째 과제엔 엔고르지오를 사용했어요.
론 방패 마법을 사용하면 둘 다 간단하게 되돌릴 수 있겠네.
스네이프 그리고 나서 떠났나?

3막 7장

스코피어스 타임 터너가 우리를 되돌려 보냈어요. 그렇게 되더라고요. 이 타임 터너로는 과거에 딱 5분만 머물 수 있어요.

헤르미온느 그럼 장소는 그대로고 시간만 바뀌는 거야?

스코피어스 네, 맞아요. 그러니까…… 지금 있는 자리에서 과거로 돌아가요.

헤르미온느 흥미롭군.

스네이프와 헤르미온느 둘 다 그것이 어떤 의미인지 알고 있다.

스네이프 그럼 나하고 저 아이만 가마.

헤르미온느 스네이프 교수님, 기분 나쁘게 듣진 마세요. 저는 이 일을 다른 사람에게 맡길 수가 없어요……. 너무 중요한 일이에요.

스네이프 헤르미온느, 넌 마법 세계에서 1급 지명 수배가 내려진 반군이다. 이 일을 하려면 밖으로 나가야 해. 마지막으로 밖에 나간 게 언제지?

헤르미온느 오래되긴 했지만—

스네이프 밖에 나갔다 발각되면 디멘터들한테 입맞춤을 당할 거다. 그들은 네 영혼을 모조리 빨아들일 테고…….

헤르미온느 교수님, 먹다 남은 음식으로 연명하며 승산 없는 반란을 시도하는 건 이제 지긋지긋해요. 이건 세상을 바꿀 수 있는 기회예요.

그녀가 론에게 고갯짓하자 론이 지도를 당겨 내린다.

트라이위저드 대회의 첫 번째 과제는 금지된 숲 언저리에서 치러졌어요. 그러니까 여기서 과거로 돌아간 다음 그 시합 장소로 가서 주문을 막고 안전하게 돌아오면 돼요. 제대로만 하면 현재에선 밖에 얼굴을 내밀 필요가 전혀 없어요. 그런 다음 다시 시간을 돌려 호수로 가서 두 번째 과제를 되돌려 놓으면 되잖아요.

스네이프 넌 모든 걸 걸어야 해ㅡ

헤르미온느 우리가 성공하면 해리는 살아 있고, 볼드모트는 죽고 어거레이도 사라져요. 그런 세상을 위해서라면 어떤 위험도 감수할 수 있어요. 교수님을 잃어야 한다는 사실이 안타깝긴 하지만.

스네이프 때로는 대가를 감수해야 하는 법이지.

두 사람은 서로를 본다. 스네이프가 고개를 끄덕이

3막 7장

자 헤르미온느도 고개를 끄덕인다. 스네이프의 얼굴이 조금 굳는다.

내가 방금 덤블도어의 말을 인용한 건 아니지?

헤르미온느 (미소 지으며) 네, 100퍼센트 세베루스 스네이프의 말씀이었을 거예요.

헤르미온느는 스코피어스를 돌아보며 타임 터너를 가리킨다.

말포이.

스코피어스가 헤르미온느에게 타임 터너를 가져다준다. 그녀는 그것을 보며 미소 짓는다. 다시 타임 터너를 사용하게 되다니, 게다가 이런 목적으로 사용하게 되다니, 그녀는 몹시 흥분한다.

성공하길 기원해야죠.

그녀가 타임 터너를 받아 든다. 타임 터너가 덜덜 떨리는가 싶더니 이윽고 격렬하게 움직이기 시작한다.

쉭 하고 거대한 빛이 지나간다. 요란한 소리가 난다. 시간이 정지한다. 이윽고 시간이 방향을 틀더니 잠시 주춤하다 뒤로 감기기 시작한다. 처음에는 느리게……

쿵 하는 소리, 번쩍하는 섬광과 함께 주인공들이 사라진다.

3막 8장

1994년 금지된 숲 언저리

1부의 장면이 재연되는데, 이번엔 무대 앞쪽이 아니라 무대 뒤쪽이다. 텀스트랭 로브를 걸친 알버스와 스코피어스가 보인다. 시종일관 '뛰어난 사회자(역시 자칭)' 루도 배그먼의 목소리가 들린다.

스코피어스와 헤르미온느, 론, 스네이프가 초조하게 지켜보고 있다.

루도 배그먼 세드릭 디고리가 무대로 올라왔습니다. 준비가 된 것 같네요. 겁먹었지만 준비는 되었어요. 피했습니다. 또 한 번 피하는군요. 그가 몸을 숨기려고 뛰어들 때마다 여학생들이 쓰러지는데요. 여학생들이 한마음으로 외칩니다. 용아, 제발 우리 디고리를 해치지 말아 줘. 세드릭이 왼쪽으로 피한 뒤 오른쪽으로 뛰어듭니다. 지팡이를 준비하는데요—

스네이프 너무 오래 걸린다. 타임 터너가 돌고 있어.

루도 배그먼 이 젊고 용감하며 잘생긴 청년은 과연 어떤 재주를 준비했을까요?

알버스가 세드릭의 지팡이를 소환하려 하자 헤르미온느가 그의 마법을 막는다. 알버스는 왜 말을 듣지 않을까 의아해하며 자신의 지팡이를 암담하게 바라본다.

이때 타임 터너가 돌아간다. 그 모습을 본 네 사람은 몹시 당황하며 안으로 빨려 들어간다.

개입니다. 세드릭은 돌을 개로 변하게 했네요. 멋쟁이 개 세드릭 디고리, 개처럼 패기가 넘치는군요.

3막 9장

금지된 숲 언저리

시간 여행을 떠났던 네 사람이 숲 언저리로 돌아온다. 론은 몹시 고통스러워한다. 스네이프는 주위를 둘러보고 위험한 상황임을 즉각 알아차린다.

론 아야. 아. 아야야야.

헤르미온느 론…… 론…… 왜 그래? 무슨 일이야?

스네이프 아아, 이럴 줄 알았다.

스코피어스 알버스도 이 타임 터너 때문에 다쳤어요. 맨 처음 과거로 갔다 돌아왔을 때.

론 그걸 이제서야 말해 주다니…… 아야…… 아주 유용하군.

스네이프 여긴 지상이다. 움직여야 해. 당장.

헤르미온느 론, 그래도 걸을 수는 있을 거야. 일어나 봐…….

론이 일어서려다 고통스러워하며 소리를 지른다. 스네이프가 지팡이를 들어 올린다.

스코피어스 성공한 거예요?

헤르미온느 무장해제 마법은 막았어. 세드릭이 지팡이를 그대로 갖고 있었어. 그래, 성공한 셈이지.

스네이프 하지만 여기로 돌아올 계획은 아니었다. 여긴 밖이야. 넌 지금 밖에 있다고.

론 다시 타임 터너를 사용해야 해, 여기를 벗어나서—

스네이프 숨을 곳을 찾아야 해. 우린 완전히 노출되었어.

갑자기 객석 주위에서 얼음처럼 차가운 바람의 숨결이 느껴진다.

관객 주위에서 검은 망토들이 올라오더니 검은 형체들로 변한다. 그리고 결국 디멘터들로 변한다.

헤르미온느 너무 늦었어요.

스네이프 야단났군.

헤르미온느 (자신이 무엇을 해야 하는지 깨닫는다) 저들이 쫓는 건

저 하나예요. 여러분이 아니라고요.

론. 사랑해. 오래전부터 사랑했어. 어쨌든 세 사람은 이제 도망쳐야 해요. 가세요. 어서.

론 뭐?

스코피어스 뭐라고요?

론 사랑 얘기부터 짚고 넘어가면 안 될까?

헤르미온느 여긴 아직 볼드모트의 세상이야. 난 이제 됐어. 두 번째 과제를 되돌려 놓으면 모든 게 바뀔 거야.

스코피어스 하지만 디멘터들이 입맞춤할 거예요. 영혼을 빨아들일 거라고요.

헤르미온느 그래도 네가 과거를 바꿀 거잖아. 그럼 없던 일이 돼. 가. 어서.

디멘터들이 그들의 존재를 감지한다. 사방에서 시커먼 형체들이 비명을 지르며 내려온다.

스네이프 가자! 우린 가야 한다.

스네이프가 스코피어스의 팔을 끌어당긴다. 스코피어스는 마지못해 그와 함께 간다.
헤르미온느가 론을 본다. 론은 자리를 지키고 있다.

헤르미온느 너도 가.

론 사실 디멘터들이 나도 쫓고 있거든. 어느 정도는 말이야. 게다가 정말이지, 지금은 너무 아프다고. 그리고 난 그냥 여기 있고 싶어. 엑스펙토—

> 론이 손을 뻗어 올리며 주문을 외우려고 하자 헤르미온느가 그의 팔을 잡는다.

헤르미온느 우리가 디멘터들을 잡고 있어야 저 애가 성공할 확률이 높아지지.

> 론이 그녀를 보고 서글프게 고개를 끄덕인다.

헤르미온느 딸도 있고 아들도 있대.

> 론이 그녀를 보고 부드럽게 미소 짓는다. 그들은 온전히, 진심으로 서로를 사랑하고 있다.

론 아들이 있다니. 나도 그 부분이 마음에 들더라.

3막 9장

론은 주위를 둘러본다. 자신의 운명을 알고 있다.

난 무서워.

헤르미온느 키스해 줘.

론은 잠시 생각하다가 헤르미온느에게 입을 맞춘다. 디멘터들이 내려오고 두 사람은 홱 잡아당겨져 서로에게서 떨어진다. 바닥으로 내리꽂혔다가 허공으로 끌려 올라간다. 두 사람의 몸에서 황금빛의 희끄무레한 아지랑이가 새어 나오는 광경이 보인다. 그들의 영혼이 빨려 나온 것이다. 무시무시한 광경이다. 무대 뒤쪽에 스코피어스와 스네이프가 다시 나타난다. 그들은 두 사람이 이미 희생되었음을 깨닫는다.

스네이프 어서 호수로 내려가자. 걸어. 달리지 말고.

스네이프는 스코피어스를 본다.

마음을 가라앉혀, 스코피어스. 디멘터들은 앞을 보지 못하지만 두려움은 감지할 수 있거든.

스코피어스 저들이 방금 두 분의 영혼을 빨아들였어요.

디멘터 하나가 그들 위로 휙 하고 낮게 내려와 스코피어스 앞에 자리 잡는다.

스네이프 다른 걸 생각해라, 스코피어스. 다른 생각으로 네 머릿속을 채워.

그러나 스코피어스는 다른 생각을 떠올릴 수 없다.

스코피어스 추워요. 아무것도 보이지 않아요. 머릿속에…… 주위에 온통 안개가 껴 있어요.
스네이프 넌 스콜피언 킹이고 난 교수다. 저들은 합당한 이유가 있어야만 공격해. 네가 사랑하는 사람들, 네가 이 일을 하는 이유를 생각해라.
스코피어스 (완전히 사로잡혀서) 엄마 목소리가 들려요. 엄마는 나를…… 내 도움을 원하지만 내가 도울 수 없다는 걸 알아요.
스네이프 내 말 잘 들어라, 스코피어스. 알버스를 생각해. 넌 알버스를 위해 네 왕국을 포기하는 거다. 그렇지?

스코피어스는 속수무책이다. 디멘터가 유도하는 감정에 완전히 사로잡혀 있다. 스네이프는 스코피어스를 구제하려면 그의 마음을 열어야 한다는 사실을 안다.

스네이프 한 사람. 딱 한 사람만 있으면 된다. 난 릴리를 위해 해리를 구하려 했지만 그러지 못했다. 그래서 지금 릴리가 믿었던 대의에 전념하고 있지. 그러다 보니 나 스스로도 그 대의를 믿기 시작한 것 같구나.

스코피어스는 디멘터에게서 단호하게 물러선다.

스코피어스 세상이 바뀌면 우리도 함께 바뀌어요. 저한텐 이쪽 세상이 더 유리하죠. 하지만 이 세상이 더 좋은 건 아니에요. 저는 이런 세상을 원치 않아요.

갑자기 스코피어스와 스네이프 뒤에 덜로리스 엄브리지가 나타난다.

덜로리스 엄브리지 스네이프 교수님!
스네이프 엄브리지 교수님.
덜로리스 엄브리지 소식 들었어요? 반역자 머드블러드 헤르미온느 그레인저가 붙잡혔어요. 여기에 있었다던데.

스네이프 그거…… 정말 잘됐군요.

　　　　　　덜로리스는 스네이프를 빤히 바라본다. 스네이프도 그녀를 본다.

덜로리스 엄브리지 교수님과 함께요. 그레인저가 스네이프 교수님과 함께 있었다고 하더군요.
스네이프 저랑 있었다고요? 잘못 아셨겠죠.
덜로리스 엄브리지 교수님과 스코피어스 말포이가 함께 있었다고 하던데. 그렇지 않아도 요즘 스코피어스 말포이가 점점 걱정되던 참이었거든요.
스코피어스 그게…….
스네이프 교수님, 저희가 수업에 늦어서요. 괜찮으시다면 저희는 이만…….
덜로리스 엄브리지 수업에 늦었다면서 왜 학교 쪽으로 돌아가지 않죠? 왜 호수 쪽으로 가는 거예요?

　　　　　　잠시 완벽한 정적이 흐른다. 이윽고 스네이프는 좀처럼 하지 않던 행동을 한다. 바로, 미소를 짓는 것이다.

3막 9장

스네이프 언제부터 의심하셨죠?

       덜로리스 엄브리지가 허공으로 떠오른다. 두 팔을 넓게 벌린다. 어둠의 마법에 한껏 도취한다. 그러곤 지팡이를 꺼낸다.

덜로리스 엄브리지 수년 전부터죠. 진작 조치를 취했어야 했는데.

       스네이프가 한발 앞서 지팡이를 휘두른다.

스네이프 데풀소!

       덜로리스가 뒤로 붕 날아간다.

저 여자는 너무 요란을 떨어 대서 늘 뭐가 안 된다니까. 이젠 돌이킬 수 없어.

       그들 주위의 하늘이 계속해서 더욱 컴컴해진다.

엑스펙토 패트로눔!

스네이프가 패트로누스를 내보낸다. 흰색의 아름다운 암사슴이다.

스코피어스 암사슴? 릴리라는 분의 패트로누스잖아요.
스네이프 참 이상하지? 내면의 작용이라는 거 말이다.

그들 주위에 디멘터들이 나타나기 시작한다. 스네이프는 그것이 무엇을 의미하는지 알고 있다.

넌 어서 가라. 내가 저들을 최대한 따돌릴 테니.
스코피어스 제게 어둠 속의 빛이 되어 주셔서 감사해요.

스네이프는 지극히 영웅다운 모습으로 스코피어스를 보며 부드럽게 미소 짓는다.

스네이프 알버스, 알버스 세베루스에게 전해라. 그 애가 내 이름을 물려받은 걸 내가 자랑스러워한다고. 이제 가거라. 어서!

암사슴이 스네이프를 본다. 스네이프는 암사슴에게 고개를 끄덕여 준다. 그러자 암사슴은 스코피어스를

3막 9장

돌아본 후 달리기 시작한다.

스코피어스는 잠시 생각한 뒤 암사슴을 따라 달린다. 주변 세상은 점점 더 기괴해진다. 한쪽에서 등골 오싹한 비명이 들려온다. 그는 호수를 보고 그 안으로 몸을 던진다.

스네이프는 마음의 준비를 한다.

디멘터들이 내려오고 스네이프는 바닥으로 세차게 내리꽂힌 뒤, 영혼이 떨어져 나가면서 허공으로 높이 떠오른다. 비명이 몇 배 더 커진 듯하다.

암사슴이 아름다운 눈으로 그를 돌아보고 사라진다.

펑 하는 소리와 함께 섬광이 번쩍인다. 이윽고 정적이 흐른다. 계속 정적이 이어진다.

너무도 고요하고 너무도 평화롭다. 이보다 더 평온할 수는 없다.

이윽고 스코피어스가 수면으로 올라온다. 숨을 몰아쉬며. 그는 주위를 두리번거린다. 겁에 질려 계속 숨을 몰아쉰다. 그러곤 하늘을 올려다본다. 하늘은 틀림없이 아까보다 더 푸르러 보인다.

더없이 평온한 상태가 잠시 이어진다.

이윽고 알버스가 스코피어스를 따라 올라온다. 침묵이 흐른다. 스코피어스는 믿기지 않는다는 듯 알버스를 바라본다. 둘 다 숨을 들이마시고 내뱉는다.

알버스 우어!

스코피어스의 얼굴에 진한 미소가 퍼져 나간다.

스코피어스 알버스!
알버스 큰일 날 뻔했어! 그 인어 봤어? 뭔가를 들고 있었잖아— 그리고 그 이상한 괴수— 우어!
스코피어스 너 돌아왔구나!
알버스 그런데 좀 이상했어. 난 세드릭이 부풀기 시작했다고 생각했는데…… 갑자기 다시 줄어들더라고……. 그리고 널 봤는데 네가 지팡이를 꺼내서…….
스코피어스 널 다시 봐서 얼마나 기쁜지 넌 정말 모를 거야.
알버스 우리 2분 전에 봤잖아.

스코피어스는 물속에서 알버스를 껴안는다. 쉽지 않은 일이다.

스코피어스 그 뒤로 많은 일이 있었어.
알버스 조심해. 그러다 나 빠져 죽겠어. 넌 뭘 입고 있어?

3막 9장

스코피어스 내가 뭘 입고 있냐고? (망토를 벗는다) 넌 뭘 입고 있어? 됐어! 너도 슬리데린이야.

알버스 성공한 거야? 우리가 해낸 거야?

스코피어스 아니. 그래서 끝내준다는 거지.

　　　　　알버스는 믿을 수 없다는 듯이 그를 본다.

알버스 뭐? 우리 실패했구나.

스코피어스 그래. **맞아. 그게 굉장한 일이라고.**

　　　　　스코피어스는 물을 세게 튀긴다. 알버스가 물가로
　　　　　몸을 이끌고 나온다.

알버스 스코피어스. 너 또 단것을 너무 많이 먹은 거 아냐?

스코피어스 아아, 역시. 정색하는 알버스의 유머. 내가 그걸 얼마나 사랑한다고!

알버스 난 슬슬 걱정되기 시작하는데…….

　　　　　해리가 등장해 물가로 달려온다.
　　　　　드레이코와 지니, 맥고나걸 교수가 해리를 바싹 뒤쫓아 온다.

해리 알버스. 알버스. 괜찮니?

스코피어스 (지나치게 즐거워하며) 해리 아저씨! 해리 포터다! 그리고 지니 아주머니. 그리고 맥고나걸 교수님. 그리고 아빠. 우리 아빠. 저예요, 아빠.

드레이코 안녕, 스코피어스.

알버스 모두 오셨네요.

지니 머틀한테 다 들었어.

알버스 어떻게 된 일이에요?

맥고나걸 교수 시간 여행을 하고 온 사람은 너잖니. 네가 얘기해 주면 어떨까?

그 순간 스코피어스는 그들이 다 알고 있다는 사실을 알아차린다.

스코피어스 안 돼. 아, 이런. 그게 어디 갔지?

알버스 저희가 뭘 하고 왔다고요?

스코피어스 잃어버렸어! 타임 터너를 잃어버렸다고.

알버스 (몹시 짜증스러운 얼굴로 스코피어스를 보며) 뭘 잃어버렸다고?

해리 이제 시치미 뗄 생각은 하지 마라, 알버스.

맥고나걸 교수 너희가 설명해야 할 일이 있는 것 같구나.

3막 10장

호그와트, 교장실

깊이 뉘우치는 듯 보이는 스코피어스와 알버스의 뒤에 드레이코와 지니, 해리가 서 있다. 맥고나걸 교수는 몹시 화나 있다.

맥고나걸 교수 분명하게 짚어 보자꾸나. 그러니까 너희는 규정을 어기고 호그와트 급행열차에서 뛰어내린 뒤, 마법 정부에 무단 침입해 절도를 하고, 멋대로 시간을 바꿔 두 사람을 사라지게 만들고―

알버스 제가 들어도 잘한 일 같지는 않네요.

맥고나걸 교수 사라진 휴고와 로즈 그레인저위즐리를 되돌려 놓기 위해 다시 과거로 돌아가 이번엔 두 사람이 아니라 수많은 사람을 사라지게 만들고, 심지어 네 아빠까지 죽인 데다, 그 과정에서 세상 사람들 모두가 알고 있는 가장 사악한 마법사를 부활시켜 새로운 어둠의 마법 시대를 열었다는 얘기구나. (냉정하게) 네 말이 맞다, 포터 군. 잘한 일 같지는 않구나. 그렇지? 너희가 얼마나 어리석은 짓을 했는지 알겠니?

스코피어스 네, 교수님.

알버스는 잠시 망설인다. 그러곤 해리를 본다.

알버스 네.
해리 교수님, 괜찮으시다면 제가—
맥고나걸 교수 (날카롭게) 안 돼. 부모로서 어떤 조치를 취할지는 자네가 알아서 할 일이지만, 여긴 내 학교고 이 아이들은 내 학생들이야. 그러니까 이 아이들에게 어떤 처벌을 내릴지도 내가 결정하겠네.
드레이코 그 편이 옳은 것 같습니다.

해리가 지니를 보자, 지니는 고개를 가로젓는다.

맥고나걸 교수 너희 같은 애들은 쫓아내야 마땅하지만 (해리를 보며) 모든 것을 고려했을 때 내가 직접 관리하는 편이 더 안전하겠다는 생각이 드는구나. 너희는 한동안

3막 10장

근신이다. 올해가 끝날 때까지 아무 데도 못 간다고 생각해라. 크리스마스도 없다. 호그스미드에 가는 건 꿈도 꾸지 말고. 그리고 이건 시작에 불과해…….

갑자기 헤르미온느가 들이닥친다. 매우 전투적이고 결의에 찬 모습이다.

헤르미온느 제가 놓친 거라도?

맥고나걸 교수 (무섭게) 방에 들어올 때는 노크를 하는 것이 예의일 텐데, 헤르미온느 그레인저. 그걸 놓친 것 같군.

헤르미온느 (자신이 지나쳤다는 사실을 깨닫고) 아.

맥고나걸 교수 총리에게도 근신 처분을 내릴 수 있다면 그렇게 하고 싶군. 타임 터너를 갖고 있다니, 어떻게 그렇게 어리석은 일을!

헤르미온느 변명을 하자면—

맥고나걸 교수 그것도 책장에. 그런 걸 책장에 보관하다니! 기가 차는군.

헤르미온느 교수님. (숨을 한 번 들이쉰다. 자신의 실수를 깨닫는다) 맥고나걸 교수님—

맥고나걸 교수 그 집 아이들이 태어나지도 않았다잖아!

헤르미온느는 그 말에 아무런 대꾸도 하지 않는다.

이런 일이 내 학교에서, 내 코앞에서 벌어지다니. 덤블도어 교수님이 그렇게 많은 일을 하고 가셨는데, 내가 날 어떻게 용서하라고…….

헤르미온느 알겠어요.

맥고나걸 교수는 잠시 마음을 가라앉힌다. 그러곤 엄한 얼굴로 두 소년을 돌아본다.

맥고나걸 교수 (알버스와 스코피어스에게) 세드릭을 구하겠다고 마음먹은 건 잘못된 판단이었다 하더라도 높이 평가할 일이었다. 너희 둘 다 용감하게 행동한 것 같구나. 하지만 스코피어스 그리고 너 알버스, 네 아빠도 때때로 이 교훈을 가볍게 흘려버리곤 했지. 바로, 용기만으로는 어리석음을 무마할 수 없다는 교훈 말이다. 늘 생각해야 한다. 어떤 일이 일어날 수 있는지 늘 생각해야 해. 볼드모트가 지배하는 세상은—

스코피어스 무시무시한 세상이었어요.

맥고나걸 교수 너희는 너무 어려. (해리와 드레이코, 지니, 헤르미온느를 본다) 자네들도 모두 마찬가지야. 마법 세계의

3막 10장

전쟁이 얼마나 암울했는지 아무도 모를 거야. 모두들 너무 경솔했어. 지금 우리가 누리는 이 세상을 이루고 유지하기 위해 소중한 사람들, 나와 자네들의 소중한 친구들이 얼마나 큰 희생을 치렀는데.

알버스 알겠습니다, 교수님.

스코피어스 잘 알겠습니다, 교수님.

맥고나걸 교수 됐다. 나가 봐. 전부 다. 그리고 타임 터너를 찾아오도록.

3막 11장

호그와트, 슬리데린 기숙사

알버스가 자신의 방에 앉아 있다. 해리가 들어와 아들을 바라본다. 화가 치밀지만 섣불리 쏟아 내지 않으려고 조심한다.

해리　　들어오게 해 줘서 고맙다.

　　　　알버스가 몸을 돌려 아빠를 향해 고개를 까딱한다.
　　　　알버스 역시 조심스럽다.

　　　　아직 타임 터너를 찾지 못했어. 지금 호수 바닥을 훑어보려고 인어들과 협상을 벌이고 있단다.

　　　　해리는 편치 않게 자리에 앉는다.

방 좋네.

알버스 초록색은 마음을 편안하게 해 주잖아요? 그리핀도르 방들도 좋긴 한데, 아무래도 빨간색은 좀…… 빨간색은 사람을 조금 자극한다고 하잖아요. 비난하려는 건 아니고…….

해리 왜 이런 일을 벌였는지 설명해 줄래?

알버스 제가 바꿀 수 있다고 생각했어요……. 세드릭이…… 이건 불공평해요.

해리 당연히 불공평한 일이지, 알버스. 아빠는 그걸 모른다고 생각하니? 아빤 그 자리에 있었어. 세드릭이 죽는 걸 직접 봤다고. 하지만 그래도 이러는 건…… 이렇게 위험한 일을 벌이는 건…….

알버스 저도 알아요.

해리 (더 이상 화를 억누르지 못한다) 혹시 나처럼 하려고 했다면, 네가 잘못 생각했어. 나는 모험을 자청한 게 아니라 어쩔 수 없이 한 거야. 넌 정말 경솔한 짓을 했어. 정말 어리석고 위험하고…… 너 때문에 모든 게 무너질 수도 있었어—

알버스 알아요. 저도 안다고요.

사이. 알버스가 눈물 한 방울을 닦는다. 해리가 눈치

채고 심호흡을 한다. 아슬아슬한 순간에 자신을 다잡는다.

해리 아빠도 잘못하긴 했지. 스코피어스가 볼드모트의 아들이라고 생각한 거. 그 애는 검은 구름이 아니었어.

알버스 맞아요.

해리 그리고 그 지도도 치워 버렸다. 다신 못 볼 거야. 네가 뛰쳐나간 뒤로 엄마가 네 방을 그대로 둔 거 아니? 아빠도 못 들어가게 하고……. 아무도 못 들어가게 했어. 네 엄마가 얼마나 겁먹었는지 몰라……. 아빠도 그랬고.

알버스 정말 겁이 났어요?

해리 그럼.

알버스 해리 포터는 두려워하는 게 없는 줄 알았는데요?

해리 너한텐 내가 그렇게 보이니?

알버스는 아빠를 보며, 아빠를 파악하려 애쓴다.

알버스 스코피어스가 아직 얘기하지 않은 것 같은데, 첫 번째 과제에서 과거를 바꾸려다가 실패하고 돌아왔을 때 제가 갑자기 그리핀도르에 가 있더라고요. 그런데도 아빠와 제 사이는 조금도 나아지지 않았어요. 그러니까 제가 슬리데린에 오게 된 거…… 그게 우리 문제의 원인은 아니에요. 그것 때문만은 아니라고요.

해리   그래. 아빠도 알아. 그것 때문만은 아니지.

    해리는 알버스를 본다.

괜찮니, 알버스?

알버스   아뇨.

해리   그래. 아빠도 괜찮지 않구나.

3막 12장

고드릭 골짜기, 묘지, 꿈

어린 해리가 꽃다발들로 뒤덮인 묘비를 바라보며 서 있다. 그의 손에도 작은 꽃다발 하나가 들려 있다.

피튜니아 이모 어서 끝내렴. 빨리 그 허접한 꽃다발을 내려놓고 가자꾸나. 난 벌써부터 이 지저분하고 작은 마을에 진저리가 나. 내가 왜 여기 올 생각을 했는지 모르겠다. 고드릭 골짜기인지 고물 골짜기인지, 여긴 틀림없이 불결한 것들로 가득 차 있을 거야. 자, 빨리빨리 끝내라.

어린 해리가 무덤으로 다가간다. 그러곤 잠시 그대로 서 있는다.

애, 해리…… 이럴 시간이 없어. 오늘 저녁에 더들리가 컵스카우트* 모임에 가야 해. 그 앤 지각하는 걸 싫어하잖니.

어린 해리 피튜니아 이모. 우리 부모님 가족 중에 살아 있는 사람은 우리뿐이죠?

피튜니아 이모 그래. 너하고 나뿐이지. 맞아.

어린 해리 두 분 다 인기가 없었다고 하셨죠? 친구가 한 명도 없었다고 하셨잖아요.

피튜니아 이모 릴리는 노력을 많이 했어. 그 애에게 축복이 있길. 노력을 참 많이 했지. 그 애 잘못은 아니지만 천성적으로 사람을 밀어내는 아이였거든. 너무 센 구석이 있었어. 태도가 좀 그랬다고 할까. 사람을 대하는 방식에 문제가 있었지. 그리고 네 아빠는…… 아주 기분 나쁜 사람이었다. 말할 수 없이 기분 나쁜 사람이었지. 친구가 없었어. 둘 다.

어린 해리 그러니까 제가 궁금한 게 있는데요, 여기에 꽃이 왜 이렇게 많을까요? 왜 우리 부모님 무덤이 꽃으로 뒤덮여 있죠?

---

* 스카우트 그룹은 영국 최대의 청소년 단체이다. 컵스카우트는 스카우트 그룹의 두 번째 분류로, 만 여덟 살에서 열 살 사이의 어린이들로 구성되어 있다.

피튜니아 이모는 주위를 둘러보고 마치 그 꽃다발들을 처음 본다는 듯이 크게 동요한다. 그녀는 동생의 무덤으로 다가가 그 옆에 앉는다. 밀려드는 감정을 억누르려고 안간힘을 쓰지만 결국 주체하지 못한다.

피튜니아 이모 아, 그래. 뭐, 친구 한두 명쯤은 있었겠지. 틀림없이 다른 무덤에서 바람에 날려 왔을 거야. 누가 장난을 쳤거나. 그래, 아무래도 그쪽이 맞는 것 같다. 어떤 할 일 없고 어린 말썽쟁이가 다른 무덤에 있는 꽃들을 전부 모아다가 여기에 갖다 놓은 모양이야―

어린 해리 하지만 꽃다발마다 두 분의 이름이 적혀 있는걸요……. 릴리와 제임스, 우리는 두 사람이 한 일을 결코 잊지 않을 거야……. 릴리와 제임스, 두 사람의 희생은―

볼드모트 죄책감의 냄새가 나는군. 고약한 죄책감의 냄새가 대기를 떠돌고 있어.

피튜니아 이모 (어린 해리에게) 물러서. 거기서 물러서라.

그녀는 해리를 끌어낸다. 포터 부부의 묘비 위로 볼드모트의 손이 올라오고, 뒤이어 몸이 온전히 드러난다. 볼드모트의 얼굴은 보이지 않지만, 그의 몸은

3막 12장

들쭉날쭉하고 무시무시한 모양새를 하고 있다.

이럴 줄 알았어. 여긴 위험해. 빨리 이 고드릭 골짜기를 떠나는 게 좋겠구나.

어린 해리는 무대에서 끌려 나가며 볼드모트를 돌아본다.

볼드모트 아직도 내 눈을 통해 보고 있나, 해리 포터?

어린 해리가 불안에 떨며 퇴장할 때 볼드모트의 망토 안에서 알버스가 튀어나온다. 알버스는 아빠를 향해 필사적으로 손을 뻗는다.

알버스 아빠…… 아빠…….

뱀의 말로 속삭이는 소리가 들린다.
그가 오고 있다. 그가 오고 있다. 그가 오고 있다.
그러고는 비명이 이어진다.
객석 바로 뒤에서 속삭이는 소리가 흘러나와 모두를 에워싼다. 누구나 알아챌 그 목소리. 볼드모트의 목소리다…….

해애리 포오터…….

3막 13장

해리와 지니 포터의 집, 부엌

해리는 참담해 보인다. 자신의 꿈이 무언가를 예고하는 것 같아 겁에 질려 있다.

지니 해리? 해리? 왜 그래? 비명을 지르던데…….
해리 아직 끝나지 않았어. 꿈 말이야.
지니 바로 끝나진 않겠지. 그동안 스트레스가 심했고—
해리 하지만 난 피튜니아 이모와 함께 고드릭 골짜기에 간 적이 없어. 이건—
지니 해리, 무섭게 왜 그래.
해리 그가 아직 여기에 있어, 지니.
지니 누가 있다는 거야?
해리 볼드모트. 볼드모트와 알버스가 보였어.

지니 알버스……?

해리 그가, 그러니까 볼드모트가 이렇게 말했어. "죄책감의 냄새가 나는군. 고약한 죄책감의 냄새가 대기를 떠돌고 있어." 나한테 하는 말이었어.

> 해리가 지니를 본다. 그가 자신의 흉터를 만진다. 지니의 얼굴이 굳는다.

지니 해리, 알버스가 아직도 위험한 걸까?

> 해리의 얼굴이 창백해진다.

해리 우리 모두 위험한 것 같아.

3막 14장

호그와트, 슬리데린 기숙사

두 소년 모두 잠을 자야 하는 시간이지만 스코피어스는 좀처럼 잠을 이루지 못한다.
그는 자기 침대에서 나와 알버스의 침대 머리 너머로 으스스하게 상체를 내민다.

스코피어스   알버스…… 저기…… 알버스.

> 그러나 알버스는 깨지 않고, 그러자 스코피어스는 버럭 화를 낸다.

알버스!

알버스가 화들짝 놀라며 잠에서 깬다. 스코피어스는 웃음을 터트린다.

알버스 재밌어 죽겠네. 이렇게 재미있고 하나도 안 무섭게 깨우다니.

스코피어스 정말 이상해. 상상하기 힘들 정도로 무시무시한 곳에 갔다 왔더니 겁이 많이 없어졌어. 난 이제 '두려울' 게 없는 스코피어스야. '겁 없는' 말포이라고.

알버스 잘됐네.

스코피어스 원래 같았으면 이렇게 오랫동안 외출도 못 하고 근신하는 게 엄청 괴로웠을 거야. 그런데 지금은 이런 생각이 든다니까. 벌이라 봐야 얼마나 무섭겠어? 썩고 있는 볼드모트를 불러내서 날 고문하게 한대? 그럴 리가 없지.

알버스 그거 알아? 네가 기분이 좋으면 좀 무섭더라.

스코피어스 오늘 마법약 수업 시간에 로즈가 나한테 와서 빵 대가리라고 하는데, 하마터면 그 애를 껴안을 뻔했다니까. 아니, 하마터면이 아니라 정말 껴안으려고 했는데 로즈가 내 정강이를 걷어찼어.

알버스 두려움이 없어진 게 네 건강에 이로운지는 잘 모르겠다.

스코피어스는 알버스를 본다. 스코피어스의 얼굴이 점점 생각에 잠기는 듯 보인다.

스코피어스 여기로 돌아와서 얼마나 좋은지 넌 모를 거야, 알버스. 거긴 정말 끔찍했거든.

알버스 폴리 채프먼이 너를 좋아하는 것만 빼고 말이지.

스코피어스 세드릭은 완전히 다른 사람이 됐어. 어둡고 위험한 사람. 우리 아빠는 그들이 원하는 건 무엇이든 들어주고 있었고. 난 또 어땠게? 완전히 다른 스코피어스를 발견했다니까. 권위적이고 다혈질인 데다 못돼 먹었어. 다들 날 무서워했지. 꼭 우리 모두 시험에 들었는데 전부 다 실패한 것 같은 느낌이었어.

알버스 하지만 네가 다 바꿔 놓았잖아. 기회를 잡았고, 세상을 다시 바꿔 놓았어. 너 자신도 되찾았고.

스코피어스 내가 어떤 사람으로 살아야 할지 알았기 때문이야.

알버스는 이 말을 곱씹어 본다.

알버스 혹시 나도 시험을 치른 걸까? 그렇겠지?

스코피어스 아니. 넌 아직 아니야.

알버스 그렇지 않아. 처음에 과거로 갔던 건 그리 멍청한 짓이 아니었어. 누구나 그런 실수는 할 수 있잖아. 건방지게 또 한 번 과거로 간 거, 그게 정말 멍청한 짓이었지.

스코피어스 우리 둘이 함께 갔잖아, 알버스.

알버스 내가 왜 그렇게 이 일을 하려고 했는지 알아? 세드릭 때문에? 정말? 아니야. 난 뭔가 보여 주고 싶었어. 아빠 말씀이 옳아. 우리 아빠는 모험을 자처하지 않았어. 이번에는, 모든 게 내 잘못이야. 그리고 네가 아니었다면 이 세계가 어둠의 세상으로 변해 버렸을 수도 있어.

스코피어스 하지만 그러지 않았잖아. 그리고 그 일에선 너도 나 못지않게 큰 공을 세웠어. 디멘터들이…… 내 머릿속을 장악했을 때…… 세베루스 스네이프 교수님이 너를 생각하라고 하셨거든. 알버스, 너는 거기에 없었지만 함께 싸운 셈이야. 내 곁에서 함께 싸웠다고.

알버스는 고개를 끄덕인다. 스코피어스의 말에 가슴이 뭉클하다.

그리고 세드릭을 구하는 일은…… 사실 그렇게 나쁜 생각은 아니었어. 어쨌든 내 생각으로는 그래. 하지만 너도 알지? 두 번 다시 똑같은 일을 저질러선 안 된다는 거.

알버스 그래. 알아. 이제 확실히 알았어.
스코피어스 좋아. 그럼 이걸 없애는 걸 도와주면 되겠네.

스코피어스가 베개 밑에서 타임 터너를 꺼내 알버스에게 보여 주자 알버스는 깜짝 놀란다.

알버스 사람들한테는 호수 바닥에 가라앉았다고 말하지 않았어?
스코피어스 알고 보니까 겁 없는 말포이가 거짓말을 꽤 잘하더라고.
알버스 스코피어스, 누군가한테 알려야 해…….
스코피어스 누구한테? 전에는 마법 정부가 보관하고 있었잖아. 그들이 이걸 또 보관하지 않을 거라고 믿을 수 있어? 이 물건이 얼마나 위험한지 겪어 본 사람은 너랑 나뿐이야. 그러니까 너랑 내가 파괴해야 해. 우리가 했던 일을 누군가가 되풀이해선 안 되잖아, 알버스. 누구도 되풀이해선 안 돼. 안 된다고. (거창하게) 이제 시간 여행은 과거의 것이 되어야 할 때야.
알버스 (친구를 보고 미소 지으며) 네가 말해 놓고도 뿌듯하지?

스코피어스 (빙긋 웃으며) 이거 생각해 내는 데 하루 종일 걸렸어.

3막 15장

호그와트, 슬리데린 기숙사

해리와 지니가 잰걸음으로 기숙사를 가로지른다. 크레이그 보커 2세가 그들 뒤를 따라간다.

크레이그 보커 2세 다시 한 번 말씀드릴까요? 이건 교칙 위반이에요. 지금은 한밤중이잖아요.
해리 내 아들을 찾아야 해.
크레이그 보커 2세 포터 아저씨, 아저씨가 누구신지는 알지만 아무리 아저씨라도 학부모나 교사가 특별 허가서도 없이 기숙사 안으로 들어오는 건 교칙에 어긋난다는 점을 이해해 주셔야……

그들 뒤에서 맥고나걸 교수가 급하게 들어온다.

맥고나걸 교수 피곤하게 굴지 마라, 크레이그.

해리 저희 전갈을 받으셨어요? 다행이네요.

크레이그 보커 2세 (놀라며) 교장 선생님, 저는, 저는 단지—

        해리가 한 침대의 커튼을 젖힌다.

맥고나걸 교수 없어?

해리 네.

맥고나걸 교수 말포이 군은?

        지니가 다른 침대의 커튼을 젖힌다.

지니 아아, 없어요.

맥고나걸 교수 그럼 학교를 탈탈 털어야지. 크레이그, 우린 할 일이 있을 것 같구나…….

        지니와 해리가 침대를 응시하고 있다.

지니 지난번이랑 똑같은 상황 아니야?

해리 왠지 이번에는 느낌이 훨씬 더 안 좋아.

3막 15장

　　　　지니는 잔뜩 겁에 질려 남편을 본다.

지니　　알버스 만났었지?
해리　　응.
지니　　기숙사로 와서 만났어?
해리　　그랬다는 거 알잖아.
지니　　우리 아들한테 뭐라고 했어, 해리?

　　　　해리는 아내의 목소리에서 원망을 느낀다.

해리　　당신이 말한 대로 솔직하게 대하려고 노력했어. 다른 얘긴 안 했어.
지니　　잘 참았어? 흥분하지는 않았고?
해리　　……그런 것 같은데……. 또 내가 화내서 도망갔다고 생각하는 거야?
지니　　실수 한 번, 아니 두 번은 용서할 수 있어, 해리. 하지만 실수가 거듭될수록 자길 용서하기가 점점 더 어려워져.

3막 16장

호그와트, 부엉이장

은빛으로 둘러싸인 옥탑에 스코피어스와 알버스가 나타난다. 그들 주위에서 부엉이들이 나지막하게 울어 댄다.

스코피어스 그냥 간단히 컨프링고 주문을 쓰면 될 것 같아.

알버스 그건 안 돼. 이 정도 물건에는 엑스펄소를 써야지.

스코피어스 엑스펄소라고? 엑스펄소를 쓰면 앞으로 며칠 동안은 이 부엉이장에서 타임 터너의 파편들을 치워야 할걸.

알버스 봄바르다는 어때?

스코피어스 호그와트 사람들을 다 깨우자고? 스튜페파이가 좋겠다. 원래 다른 타임 터너들도 스튜페파이로 파괴되었으니까…….

알버스 바로 그거야. 이미 써먹은 거잖아. 새로운 걸 해 보자. 뭔가 재미있는 거.

스코피어스 재미있는 거? 알버스, 많은 마법사가 적절한 마법을 선택하는 게 얼마나 중요한지를 쉽게 간과하는데, 사실 이건 아주 중요한 일이야. 나는 이 부분이 현대 마법에서 너무 과소평가된다고 생각해.

델피 '이 부분이 현대 마법에서 너무 과소평가'된다니. 너희 둘 정말 대단한 거 알아?

스코피어스가 고개를 들더니, 어느새 뒤에 나타난 델피를 보고 깜짝 놀란다.

스코피어스 와. 여긴…… 어떻게…… 여긴 어쩐 일이에요?

알버스 부엉이를 보내는 일도 중요하다고 느꼈거든. 델피에게 우리가 뭘 하려는지 알려 줘야 할 것 같아서.

스코피어스는 원망하는 눈초리로 친구를 본다.

델피와도 관련 있는 일이잖아.

스코피어스는 잠시 생각한 뒤 고개를 끄덕이며 수긍

한다.

델피 나랑 관련이 있다고? 무슨 일인데?

알버스는 타임 터너를 꺼낸다.

알버스 이 타임 터너는 파괴해야 해요. 두 번째 과제를 뒤엎은 뒤에 스코피어스가 보고 온 세상이…… 정말 죄송해요. 더 이상 위험을 무릅쓰고 과거로 갈 수는 없어요. 우린 델피의 사촌을 구할 수 없어요.

델피는 타임 터너를 본 다음 두 소년을 본다.

델피 네가 보낸 편지에는 이런 얘기가 없었는데…….
알버스 최악의 세상을 상상한 뒤 거기에 2를 곱해 보세요. 사람들이 고문당하고, 사방에 디멘터들이 깔려 있고, 볼드모트가 독재를 하고, 우리 아빠는 죽었고, 나는 태어나지도 않았고, 세상은 온통 어둠의 마법에 둘러싸여 있는 그런 세상 말이에요. 그런 일이 일어나게 둘 수는 없잖아요.

델피는 주춤한다. 이윽고 그녀의 얼굴이 풀어진다.

델피 볼드모트가 통치를? 그가 살아 있었어?

스코피어스 그가 모든 것을 지배하고 있었어요. 끔찍한 세상이었죠.

델피 우리가 한 일 때문에?

알버스 세드릭은 굴욕을 당한 뒤 분노에 찬 청년으로 자랐고 결국 죽음을 먹는 자가 되었어요……. 그래서 모든 게 틀어져 버렸죠. 완전히 틀어졌어요.

델피는 스코피어스의 얼굴을 주의 깊게 살핀다. 델피의 얼굴이 굳는다.

델피 죽음을 먹는 자?

알버스 그리고 살인도 했어요. 롱보텀 교수님을 죽였죠.

델피 그렇다면 당연히…… 이걸 파괴해야지.

알버스 이해하죠?

델피 당연히 이해하고말고. 세드릭도 이해했을 거야. 함께 이걸 파괴한 다음, 삼촌한테 가자. 가서 상황을 설명해 드리자.

알버스 고마워요.

> 델피는 그들에게 슬픈 미소를 지어 보인 뒤 타임 터너를 가져간다. 그것을 보는 그녀의 표정이 조금 변한다.

> 와, 멋진 징표인데요.

델피 응?

> 델피의 망토가 느슨하게 내려와 있다. 그녀의 목덜미에 어거레이 문신이 보인다.

알버스 뒤에 새긴 이 징표요. 여태 몰랐네요. 날개 모양. 이게 머글들이 말하는 문신이에요?

델피 응. 맞아. 사실은 어거레이야.

스코피어스 어거레이?

델피 마법 생명체 돌보기 수업에서 보지 않았니? 울음으로 비를 예고하는, 기분 나쁘게 생긴 검은 새 말이야. 과거에 마법사들은 어거레이의 울음이 죽음을 예언한다고 믿었어. 내가 어릴 때 내 후견인이 새장에 어거레이 한 마리를 키웠거든.

스코피어스 후견인······요?

델피는 스코피어스를 본다. 이제 타임 터너를 손에 넣은 그녀는 이 게임을 즐기고 있다.

델피 그 여자는 그 어거레이의 울음이 내 끔찍한 죽음을 예언한다고 말하곤 했지. 날 별로 좋아하지 않았거든. 유피미아 롤이라고…… 오로지 금 때문에 날 맡아 키웠어.

알버스 그런데 왜 그런 새를 문신으로 새겼어요?

델피 미래는 내가 만들어 가는 것이라는 사실을 상기시켜 주니까.

알버스 멋지네요. 저도 어거레이 문신을 새겨야겠는데요.

스코피어스 롤 가문은 죽음을 먹는 자들이었어. 꽤 충성스러웠지.

스코피어스의 머릿속에서 천 가지 생각이 소용돌이친다.

알버스 자, 어서 파괴하죠……. 컨프링고? 스튜페파이? 봄바르다? 어떤 걸로 할까요?

스코피어스 그거 이리 줘요. 타임 터너를 돌려 달라고요.

델피 뭐?

알버스 스코피어스? 너 왜 그래?

스코피어스 어릴 때 아팠다는 얘기, 난 안 믿어요. 호그와트에 다니지 않은 이유가 뭐예요? 지금 여긴 왜 왔죠?

델피 난 내 사촌을 살려 내려는 거야!

스코피어스 그들은 당신을 어거레이 님이라고 불렀어요. 다른 세상에서는 당신을 어거레이 님이라고 불렀다고요.

델피의 얼굴에 서서히 미소가 번진다.

델피 어거레이 님? 그거 마음에 드는데.

알버스 델피?

델피는 아주 민첩하다. 그녀는 지팡이를 휘둘러 스코피어스를 튕겨 낸다. 그녀는 알버스와 스코피어스보다 훨씬 더 강하다. 스코피어스는 델피를 막으려 하지만 델피는 순식간에 그를 제압한다.

델피 풀가리!

스코피어스의 두 팔이 포악한 야광 끈에 묶인다.

3막 16장

스코피어스 알버스, 도망가.

알버스는 몹시 당황하며 주위를 두리번거린다. 그러곤 달리기 시작한다.

델피 풀가리!

알버스 역시 두 손이 가혹하게 묶인 채로 바닥에 내동댕이쳐진다.

겨우 주문 하나밖에 쓰지 않았는데. 난 더 여러 가지를 써야 할 줄 알았거든. 너희는 에이머스보다 훨씬 더 제압하기가 쉽구나. 애들은, 특히 사내애들은 천성적으로 참 고분고분하다니까. 안 그래? 자, 그럼 마지막으로 이 난리를 수습해 볼까…….

알버스 하지만 왜요? 무엇 때문에? 대체 당신은 누구죠?
델피 알버스. 난 새로운 과거야.

델피는 알버스의 지팡이를 빼앗아 부러뜨린다.

새로운 미래이기도 하지.

델피는 스코피어스의 지팡이를 빼앗아 부러뜨린다.

난 이 세상이 찾고 있는 답이야.

3막 17장

마법 정부, 헤르미온느의 사무실

론이 헤르미온느의 책상에 걸터앉아 있고 헤르미온느는 서류들을 살펴보고 있다.

론 자꾸 신경 쓰여. 다른 현실에선 자기랑 내가 결혼하지도 않았다는 사실 말이야.

헤르미온느 론, 무슨 얘기를 하려는 건지 모르겠지만 10분 후면 고블린들이 그린고츠 은행의 보안 문제를 논의하러 올 거거든—

론 아니, 우린 오랫동안 함께했잖아……. 결혼한 지도 오래됐고……. 그러니까 *그렇게 오랫동안*—

헤르미온느 론, 그래서 이 결혼을 깨고 싶다는 얘기를 돌려 하는 거라면, 분명히 말해 두는데 이 깃펜에 꿰어 버릴 줄 알아.

론 조용히 해 봐. 한 번만 입 좀 다물어 주면 안 될까? 어디선가 '리마인드 웨딩'에 관한 글을 읽었는데 우리도 다시 결혼식을 올리면 좋겠다고. 리마인드 웨딩. 어떻게 생각해?

헤르미온느 (누그러들며) 나랑 또 결혼하고 싶어?

론 사실, 우린 너무 어릴 때 결혼했고 난 술에 완전히 취해 있었잖아. 그래서…… 솔직히 잘 기억이 안 나는 데다…… 또…… 진짜로 난 자기를 무지막지하게 사랑하거든, 헤르미온느 그레인저. 다른 세상에선 어떤지 몰라도……. 많은 사람 앞에서 내 사랑을 선언할 기회가 있었으면 좋겠어. 다시 한 번. 맨정신으로 말이야.

헤르미온느는 론을 보며 미소를 짓고는 그를 끌어당겨 입을 맞춘다.

헤르미온느 자기 참 달콤해.
론 자기는 토피 맛이 나.

헤르미온느는 웃음을 터트린다. 두 사람이 한 번 더

3막 17장

> 입맞춤을 하려고 서로에게 다가가는데 해리와 지니, 드레이코가 들어온다. 론과 헤르미온느는 얼른 떨어진다.

헤르미온느 해리, 지니, 정말…… 어, 드레이코도…… 정말 반가워—

해리 꿈 말이야. 다시 시작됐어. 아니, 끝난 게 아니었어.

지니 그리고 알버스가 사라졌어. 또.

드레이코 스코피어스도. 맥고나걸 교수님이 학교를 샅샅이 뒤졌어. 둘 다 없어졌어.

헤르미온느 오러들을 즉시 소환할게. 그리고—

론 아냐, 그럴 필요 없어. 별일 아니야. 알버스 그 녀석, 내가 어젯밤에 봤거든. 아무 일도 아니라니까.

드레이코 어디서 봤는데?

> 모두가 론을 돌아보자 론은 잠시 당황한다. 그러나 곧 마구 지껄이기 시작한다.

론 어제 호그스미드에서 네빌하고 파이어위스키를 두어 잔 걸쳤거든. 다들 그러잖아. 우리처럼 세상을 바로잡다 보면. 어쨌든 그러고 돌아가는데…… 시간이 좀 늦었어. 좀 많이 늦었지. 그래서 어떤 플루 가루를 써야 하나 보고 있었거든. 왜, 술에 취하면 너무 몸을 조이는 건 쓰고 싶지 않으니까……. 빙글빙글 도는 것도 싫고……. 또—

지니 오빠, 우리가 오빠 목을 조르기 전에 본론으로 들어가면 안 될까?

론 알버스는 도망간 게 아니야. 조용히 시간을 보내고 있더라고……. 아마도 연상의 여자 친구가 있는 모양이던데—

해리 연상의 여자 친구?

론 그것도 정말 기막힌 여자더라고. 은발이 아주 아름다웠어. 옥탑의 부엉이장 근처에 같이 있던데. 연인 사이에는 *훼방피어스*가 껴 있고 말이야. 난 내 사랑의 묘약이 제대로 쓰여 정말 다행이라고 생각했지.

해리의 머릿속에 무언가가 떠오른다. 계속해서 열두 가지 생각이 뒤를 잇는다. 그중 불길하지 않은 것은 하나도 없다.

해리 머리칼이…… 은색과 푸른색이 섞여 있었어?

론 맞아. 은색하고 푸른색.

3막 17장

해리 델피 디고리를 말하는 것 같군. 에이머스 디고리의 조카.

지니 또 세드릭 때문이야?

       헤르미온느가 문밖에 대고 소리친다.

헤르미온느 에설. 고블린 회의 취소해.

3막 18장

성 오스왈드 마법사회 노인의 집, 에이머스의 방

해리가 지팡이를 내민 채 드레이코와 함께 걸어 들어온다.

해리 애들 어디 있습니까?

에이머스 해리 포터 선생, 여긴 어쩐 일이신가? 드레이코 말포이까지. 영광이군.

해리 제 아들을 이용하신 거 다 압니다.

에이머스 내가 자네 아들을 이용해? 에이. 선생께서…… 선생께서 내 어여쁜 아들을 이용하셨지.

드레이코 똑바로 얘기하세요. 알버스와 스코피어스가 어디 있는지. 그러지 않으면 혹독한 대가를 치르게 될 겁니다.

에이머스 그 애들이 어디 있는지 내가 어떻게 알겠나?

드레이코 저희한테 노망난 척할 생각은 마세요, 어르신. 그동안 알버스에게 부엉이를 보낸 거 다 안단 말입니다.

에이머스 난 그런 적 없어.

해리 에이머스, 그 나이에도 아즈카반에 갈 수 있어요. 애들이 사라지기 전에 호그와트의 탑에서 어르신 조카와 함께 있는 모습이 마지막으로 목격됐습니다.

에이머스 난 도무지 무슨 소리인지…… (동작을 멈추고 잠시 어리둥절해한다) 내 조카라고 했나?

해리 정말 끝까지 해볼 작정이시군요……. 그래요, 조카. 그 여자가 어르신의 지시를 받고 호그와트에 갔다는 사실을 부인할 생각이신가 본데…….

에이머스 그래, 그럴 생각이네. 난 조카가 없거든.

　　　이 말에 해리는 멈칫한다.

드레이코 조카가 없다니요. 여기서 일하는 간호사 말입니다. 어르신 조카잖아요……. 델피니 디고리.

에이머스 내겐 조카가 있을 수 없어. 난 형제자매가 없거든. 내 아내도 마찬가지고.

　　　해리와 드레이코가 서로를 본다. 에이머스의 말이

무슨 의미인지 깨닫는다.

드레이코   그 여자가 누구인지 알아내야 해. *당장.*

3막 19장

호그와트, 퀴디치 경기장

델피가 등장해 있다. 그녀는 자신의 새로운 신분을 한껏 즐기고 있다. 초조하고 불안정한 모습은 온데간데없고 한결 강해진 모습이다.

알버스 퀴디치 경기장에는 왜 왔죠?

스코피어스가 빠르게 머리를 굴린다.

스코피어스 트라이위저드 대회. 세 번째 과제 때문이겠지. 미로 말이야. 여기가 미로 과제가 치러진 곳이잖아. 우린 또 세드릭을 구하러 가야 할 모양이야.

델피 그래, 이제 마지막으로 '나머지'를 구하러 가야 해.

우리는 세드릭을 구하러 갈 거야. 그렇게 해서 스코피어스, 네가 본 세상을 부활해야지…….
스코피어스 거긴 지옥이에요. 지옥을 부활하겠다고요?
델피 난 순수하고 강력한 마법을 되살리고 싶어. 어둠을 부활하고 싶다고.
스코피어스 볼드모트의 부활을 원하는 거예요?
델피 마법 세계의 유일하고 진정한 지배자. 그분이 돌아오실 거야.

사이.

첫 번째와 두 번째 과제는 이미 너희가 마법으로 범벅을 해 놨지. 두 과제 모두 적어도 두 번씩은 미래에서 찾아갔으니 노출되거나 방해받을 위험이 높아. 세 번째 과제는 아직 건드리지 않았으니까 거기서 출발하자. 알겠지?
알버스 우리는 세드릭을 막지 않을 거예요. 당신이 뭘 강요하든, 우린 세드릭이 아빠와 함께 대회에서 우승해야 한다는 사실을 알고 있거든요.
델피 그냥 막기만 해선 안 돼. 굴욕을 줘야지. 보라색 먼지떨이로 만든 빗자루를 타고 미로에서 알몸으로 날아오르게 만드는 거야. 전에도 굴욕을 줘서 효과를 봤으니까 이번에도 효과가 있겠지. 그러면 예언이 이뤄질 거야.

스코피어스 예언이 있는 줄은 몰랐는데…… 무슨 예언요?

델피 네가 본 세상, 이 세상은 그렇게 되어야 해, 스코피어스. 오늘 우린 그 세상을 부활할 거야.

알버스 우리는 아니에요. 우린 당신이 시키는 대로 하지 않을 거예요. 당신이 누구든 상관없어요. 우리에게 뭘 시키든 하지 않는다고요.

델피 아니, 하게 될 거야.

알버스 그럼 임페리오 주문을 써야 할걸요. 날 조종해야 할 거예요.

델피 아니. 예언을 이루려면 꼭두각시가 아니라 네가 있어야 해……. 네가 직접 세드릭에게 굴욕을 줘야 한다고. 그러니까 임페리오는 안 돼. 다른 방법을 써야겠네.

델피는 지팡이를 꺼낸다. 델피가 알버스를 겨누자 알버스는 턱을 내민다.

알버스 마음대로 해 보시지.

델피가 알버스를 본다. 그러고는 지팡이를 스코피어스 쪽으로 돌린다.

델피 좋아.
알버스 안 돼!
델피 역시, 생각대로 이 방법이 더 효과적이군.
스코피어스 알버스, 저 여자가 나한테 무슨 짓을 하든…… 절대 포기해선 안 돼—
델피 크루시오!

스코피어스가 고통스러워하며 소리를 지른다.

알버스 그럴게…….
델피 (웃으며) 뭐? 네가 대체 뭘 할 수 있는데? 마법사를 망신시키는 일? 가문에 먹칠하는 일? 아님, 나머지로 살아가는 일? 내가 네 하나뿐인 친구를 해치지 않길 바라니? 그럼 내가 시키는 대로 해.

델피는 알버스를 본다. 그의 눈은 여전히 저항하고 있다.

3막 19장

싫어? 크루시오!

알버스 그만! 그만해요.

크레이그가 활기차게 달려온다.

크레이그 보커 2세 스코피어스? 알버스? 다들 찾고 계셔—
알버스 크레이그! 어서 가. 도움을 청해 줘!
크레이그 보커 2세 무슨 일이야?
델피 아바다 케다브라!

델피가 쏜 초록색 광선이 무대를 가로지른다. 크레이그가 광선에 맞아 뒤로 튕겨 나간다. 그리고 그 자리에서 즉사한다. 정적이 흐른다. 한없이 계속될 듯한 정적.

아직도 모르겠니? 지금 애들 장난을 하자는 게 아니야. 넌 나한테 쓸모 있지만 네 친구들은 아니야.

알버스와 스코피어스는 크레이그의 시체를 바라본다. 둘 다 마음이 몹시 괴롭다.

네 약점을 알아내기까지 꽤 오랜 시간이 걸렸어, 알버스 포터. 난 네 약점이 자존심인 줄 알았지. 네 아빠에게 뭔가를 보여 주려 한다고 생각했어. 그러다 너와 네 아빠의 약점이 똑같다는 사실을 깨달은 거야. 바로 우정이지. 내가 시키는 대로 해. 그러지 않으면 스코피어스는 죽어. 저 *나머지*처럼.

델피는 두 소년을 바라본다.

볼드모트가 부활하고 그분 곁에는 어거레이가 있을 거야. 예언이 이뤄지는 거지. "나머지가 남아 있고, 시간이 되돌려지고, 보이지 않던 아이가 제 아버지를 죽이면 어둠의 왕이 부활하리라."

델피는 미소 짓는다. 그러곤 스코피어스를 자기 쪽으로 포악하게 끌어당긴다.

세드릭이 나머지지. 그리고 알버스—

델피는 알버스를 자기 쪽으로 포악하게 끌어당긴다.

―넌 과거를 바꿔 제 아버지를 죽이고 어둠의 왕을 부활시킬, 보이지 않던 아이야.

타임 터너가 돌아가기 시작한다. 델피는 두 소년의 손을 그리로 끌어당긴다.

지금이야!

쉭 하고 거대한 빛이 지나간다. 요란한 소리가 난다. 시간이 정지한다. 이윽고 시간이 방향을 틀더니 잠시 주춤하다 뒤로 감기기 시작한다. 처음에는 느리게······.
그러다 점점 빨라진다.
빨려 들어가는 소리, 그리고 펑 하는 소리가 들린다.

3막 20장

1995년 트라이위저드 대회, 미로

미로는 끊임없이 움직이는 나선형의 산울타리로 이뤄져 있다. 델피는 미로 속을 결연히 걸어간다. 그녀의 뒤로 알버스와 스코피어스가 끌려가고 있다. 이들은 두 팔이 묶인 채 마지못해 걸음을 떼고 있다.

루도 배그먼   신사 숙녀, 소년 소녀 여러분, 세계 최고의 시합, 그 무엇도 따라올 수 없는 굉장한 시합, 세계 유일의 **트라이위저드 대회**를 시작하겠습니다!

커다란 환호성이 들려온다. 델피는 왼쪽으로 방향을 돌린다.

3막 20장

호그와트 여러분, 환호해 주세요.

커다란 환호성이 터진다.

덤스트랭 여러분, 환호해 주세요.

커다란 환호성이 터진다.

그리고 보바통 여러분, 환호해 주세요.

지나치게 커다란 환호성이 터진다.
델피와 두 소년은 바로 앞에서 산울타리에 가로막히자 어쩔 수 없이 방향을 돌린다.

프랑스 학생들이 마침내 유감없이 역량을 보여 주는군요. 신사 숙녀 여러분, 트라이위저드 대회의 마지막 과제를 소개합니다. 바로 신비의 미로, 통제할 수 없는 어둠의 괴수입니다. 이 미로가 살아 있기 때문이죠. 미로가 살아 있습니다.

빅토르 크룸이 무대를 가로질러 미로를 통과하고 있다.

왜 위험을 무릅쓰면서까지 이 살아 있는 악몽을 겪어야 하느냐? 바로 이 미로 안에 컵이 있기 때문입니다. 그냥 컵이 아닙니다. 그렇습니다. 바로 이 산울타리 안에 트라이위저드 트로피가 있습니다.

델피 어디 있지? 세드릭은 어디 있는 거야?

산울타리 하나가 알버스와 스코피어스를 토막 내려 든다.

스코피어스 산울타리까지 우리를 죽이려 들어? 갈수록 더 가관이군.

델피 계속 가지 않으면 대가를 치르게 될 거야.

루도 배그먼 헤아릴 수 없이 많은 위험이 도사리고 있지만 포상은 확실하죠. 과연 끝까지 포기하지 않고 미로를 통과할 사람은 누굴까요? 이 마지막 장애물 앞에서 무릎을 꿇을 사람은 누굴까요? 과연 우리는 어떤 영웅을 보게 될까요? 시간이 말해 줄 겁니다, 신사 숙녀 여러분, 시간이 지나야만 알 수 있는 일이죠.

세 사람이 미로 속으로 나아간다. 스코피어스와 알버스는 델피의 강요에 못 이겨 억지로 걸음을 옮긴다. 델피가 앞장서서 걸어가자 그 틈을 타 두 소년이 대화를 나눈다.

스코피어스 알버스, 뭐라도 해야 해.

알버스 나도 알아. 하지만 뭘 어쩌겠어? 저 여자가 우리 지팡이를 부러뜨렸고, 우린 손이 묶인 데다 저 여자가 널 죽인다고 협박하잖아.

스코피어스 볼드모트가 돌아오는 걸 막을 수만 있다면 난 죽을 각오도 되어 있어.

알버스 정말?

스코피어스 어차피 넌 슬퍼할 새도 없을 거야. 저 여자가 날 죽이고 나서 곧바로 너도 죽일 테니까.

알버스 (절박하게) 타임 터너에 결함이 있잖아. 5분의 시간 제한. 어떻게든 시간을 끌어서 그 5분을 다 써 버려야 해.

스코피어스 소용없을 거야.

또 산울타리 하나가 방향을 바꾸자, 델피는 알버스와 스코피어스를 자신의 뒤로 끌어당긴다. 그들은 계속해서 이 절망의 미로 속으로 나아간다.

루도 배그먼 다시 한 번 현재 순위를 알려 드립니다! 1위는 세드릭 디고리 군과 해리 포터 군입니다. 2위는 빅토르 크룸 군! 3위는 '사크러블뢰'*, 플뢰르 들라쿠르 양입니다.

갑자기 어느 미로 뒤에서 알버스와 스코피어스가 튀어나온다. 그들은 달리고 있다.

알버스 델피는 어디 갔어?
스코피어스 무슨 상관이야? 어느 쪽으로 가야 할까?

그들 뒤에서 델피가 떠오른다. 그녀는 빗자루도 없이 허공을 날고 있다.

델피 불쌍한 놈들.

델피는 두 소년을 땅으로 패대기친다.

나한테서 도망칠 수 있다고 생각하다니.

* '제기랄'이란 뜻의 프랑스어.

3막 20장

알버스 (놀라며) 어떻게…… 빗자루도 없이.

델피 빗자루? 너무 거추장스럽고 쓸데없는 물건이지. 벌써 3분이 지났어. 2분 남았고. 너희는 결국 내가 말한 대로 하게 될 거야.

스코피어스 아뇨. 하지 않을 거예요.

델피 네가 나랑 싸울 수 있다고 생각해?

스코피어스 아뇨. 하지만 시키는 대로 하지 않을 순 있죠. 우리가 목숨을 건다면요.

델피 예언은 이뤄져야 해. 우리가 그 예언을 이룰 거라고.

스코피어스 예언은 깨질 수도 있어요.

델피 네가 잘못 알고 있어, 꼬마야. 예언은 미래를 말해주는 거야.

스코피어스 하지만 그 예언이 반드시 이뤄지는 거라면 왜 우리가 굳이 그걸 이루려고 애써야 하죠? 당신의 생각과 행동은 따로 놀고 있어요. 당신이 우리를 이끌고 이 미로를 통과하는 이유는, 그 예언을 가능하게 만들어야 한다고 믿기 때문이잖아요. 그런 논리라면 예언은 깨질 수도 있죠. 막을 수도 있는 거라고요.

델피 꼬마야, 넌 말이 너무 많아. 크루시오!

스코피어스가 고통에 몸부림친다.

알버스   스코피어스!
스코피어스   넌 시험을 치르고 싶어 했잖아, 알버스— 이게 시험이야. 우린 이 시험을 통과할 거야.

　　　　　알버스는 스코피어스를 보며 마침내 자신이 무엇을 해야 하는지 깨닫는다. 그러곤 고개를 끄덕인다.

델피   그럼 너희는 죽게 될 거야.
알버스   (매우 단호하게) 그래요. 우린 죽겠죠. 하지만 당신을 막았다는 사실을 알고서 기쁘게 죽을 거예요.

　　　　　델피가 분노에 차서 날아오른다.

델피   이럴 시간이 없어. 크루—
미지의 목소리   엑스펠리아르무스!

　　　　　펑. 델피의 지팡이가 그녀에게서 떨어져 나온다. 스코피어스가 놀라 그 광경을 지켜본다.

브라키아빈도!

3막 20장

델피가 결박당한다. 스코피어스와 알버스는 고개를 돌려 광선이 날아온 쪽을 멍하니 바라본다. 그곳에는 열일곱 살쯤 되어 보이는, 잘생긴 청년이 서 있다. 세드릭이다.

세드릭 가까이 오지 마.
스코피어스 하지만 당신은…….
세드릭 세드릭 디고리야. 비명이 들려서 와 봤다. 이름을 대라, 괴수들아. 내가 상대해 줄 테니까.

알버스가 깜짝 놀라 휙 돌아선다.

알버스 세드릭?
스코피어스 우리를 구해 줬네요.
세드릭 너희도 과제의 일부니? 장애물이야? 말해. 너희도 물리쳐야 해?

침묵이 흐른다.

스코피어스 아뇨. 그냥 우리를 풀어 주면 돼요. 그게 과제예요.

세드릭은 잠시 이것이 함정은 아닌지 가늠해 본 뒤, 지팡이를 휘두른다.

세드릭 에만시파레! 에만시파레!

두 소년의 결박이 풀린다.

이제 난 가면 돼? 이 미로를 끝까지 통과하면 되는 거야?

두 소년은 세드릭을 본다. 세드릭이 미로를 끝까지 통과하면 어떤 일이 벌어지는지 두 소년은 너무도 잘 알고 있다.

알버스 이 미로를 끝까지 통과해야만 할 거예요.
세드릭 그럼 난 간다.

세드릭은 자신 있게 걸어간다. 알버스는 그의 뒷모습을 보며 무슨 말이든 해 주고 싶지만 뭐라고 해야 할지 모르겠다.

3막 20장

알버스　　세드릭—

　　　　　　세드릭이 그를 돌아본다.

　　　　　아버지가 많이 사랑하신대요.

　　　　　　세드릭은 어리둥절하며 인상을 쓴다.

세드릭　　뭐?

　　　　　　그들 뒤에서 델피가 몸을 꿈틀거리며 움직인다. 그녀는 땅을 기고 있다.

알버스　　그냥 알려 줘야 할 것 같아서요.
세드릭　　(어떻게 받아들여야 할지 고민하며) 그래. 어, 고마워.

　　　　　　세드릭은 알버스를 좀 더 바라보다가 다시 걸음을 옮긴다. 그사이 델피는 망토 안에서 타임 터너를 꺼내고 스코피어스가 그 모습을 본다.

스코피어스　알버스!

알버스 아냐. 잠깐만…….

스코피어스 타임 터너가 돌아가고 있어……. 델피가 뭘 하는지 봐……. 우릴 두고 가면 안 되잖아.

> 알버스와 스코피어스가 허둥지둥 달려가 타임 터너의 일부를 붙잡는다.
> 쉭 하고 거대한 빛이 지나간다. 요란한 소리가 난다. 시간이 정지한다. 이윽고 시간이 방향을 틀더니 잠시 주춤하다 뒤로 감기기 시작한다. 처음에는 느리게…….
> 그러다 점점 빨라진다.

> 알버스…….

알버스 어떻게 된 거야?

스코피어스 타임 터너를 따라올 수밖에 없었어. 델피를 막아야 했잖아.

델피 날 막아? 어떻게 너희가 날 막았다고 생각하지? 이제 됐어.

> 델피는 타임 터너를 부순다. 타임 터너가 폭발해 산산조각 난다.

세드릭을 이용해 세상을 어둡게 만들 기회는 너희 때문에 날아갔지만, 네 말이 맞는 것 같아, 스코피어스. 예언은 막을 수 있어. 예언은 깨질 수 있다고. 한 가지 분명한 사실은, 난 이제 너희처럼 무능하고 짜증 나는 꼬맹이들을 이용할 생각이 없다는 거야. 더는 너희에게 내 귀중한 시간을 낭비하지 않겠어. 이제 새로운 방법을 시도할 거야.

    델피는 다시 허공으로 떠오른다. 기쁘게 웃으면서, 휑하니 떠나 버린다.
    알버스와 스코피어스는 델피를 쫓아가려고 하지만 어림없는 일이다. 그녀는 날고 있고, 그들은 달리고 있다.

알버스   안 돼…… 안 돼…… 가지 마…….

    스코피어스가 뒤로 돌아 산산이 부서진 타임 터너 조각을 주워 모으려 한다.

타임 터너는? 망가졌어?
스코피어스   완전히 망가졌어. 우린 여기 갇혔어. 시간 속에. 지금이 어느 때인지는 몰라도. 그 여자가 뭘 하려는지도 모르고.

알버스는 주위를 둘러보며 상황을 파악하려고 필사적으로 애쓴다.

알버스 호그와트는 똑같아 보인다.
스코피어스 그러네. 우린 여기서 눈에 띄면 안 돼. 누가 보기 전에 여기서 나가자.
알버스 우린 그 여자를 막아야 해, 스코피어스.
스코피어스 나도 알아. 하지만 어떻게?

3막 21장

성 오스왈드 마법사회 노인의 집, 델피의 방

해리와 헤르미온느, 론, 드레이코, 지니가 오크 패널을 두른 소박한 방을 둘러본다.

해리 에이머스에게 혼돈 마법을 사용한 게 틀림없어. 모두에게 사용했겠지. 그러곤 간호사인 척, 에이머스의 조카인 척한 거야.

헤르미온느 방금 마법 정부에 확인해 봤는데 그 여자에 대한 기록이 전혀 없어. 그림자 같아.

드레이코 스페시알리스 리벨리오!

모두가 드레이코를 돌아본다. 그는 태연하게 그들을 본다.

시도라도 해 봐야지. 다들 그러고 있으면 뭐 해? 우린 아는 게 전혀 없잖아. 이 방이 뭐라도 폭로해 주길 기대하는 수밖에.

지니 어디 숨길 데나 있겠어? 이 방은 아주 소박해 보이는데.

론 이 패널들 말이야. 이 안에 뭔가 숨겨져 있는 게 분명해.

드레이코 아니면 침대나.

드레이코는 침대를, 지니는 램프를 살펴보고, 나머지는 패널들을 살피기 시작한다.

론 (벽을 두드리며 소리친다) 그 안에 뭘 숨겼니? 뭘 갖고 있어?

헤르미온느 우리 모두 잠깐 멈추고서 생각 좀 해 보는 게 나을지도—

지니가 기름 램프의 등피를 연다. 숨결 같은 소리가 들린다. 이윽고 쉭쉭거리는 말소리가 들린다. 모두가 그쪽을 돌아본다.

뭐지?

해리 저건…… 내가 알아들어서는 안 되는데…… 뱀의 말이야.

헤르미온느 뭐라고 하는데?

해리 내가 어떻게……? 난 볼드모트가 죽은 뒤론 뱀의 말을 알아듣지 못했는데.

헤르미온느 그리고 흉터가 아프지도 않았지.

해리는 헤르미온느를 본다.

해리 "환영한다, 어거레이"라고 했어. 열리라고 명령해야 할 것 같은데…….

드레이코 그럼 어서 해.

해리는 눈을 감는다. 그러곤 뱀의 언어로 말한다. 방 안 분위기가 더 어두워지고, 더 암울해진다. 모든 벽에 꿈틀거리는 뱀의 그림이 나타난다. 그리고 그 위에 형광색으로 예언이 적혀 있다.

저게 뭐야?

론 "나머지가 남아 있고, 시간이 되돌려지고, 보이지

앉던 아이가 제 아버지를 죽이면 어둠의 왕이 부활하리라."

지니   예언이야. 새로운 예언.

헤르미온느   세드릭— 세드릭이 나머지였잖아.

론   시간이 되돌려지면— 그 여자가 타임 터너를 갖고 있지?

모두의 얼굴이 굳는다.

헤르미온느   그럴 거야.

론   하지만 스코피어스나 알버스는 왜 데려갔을까?

해리   그건 내가…… 자식을 바로 보지 못한 부모이기 때문이겠지. 자식을 이해하지 못한 부모.

드레이코   그 여자는 누굴까? 누구길래 이런 것에 집착하지?

지니   답을 찾은 것 같아.

모두 지니를 돌아본다. 그녀가 위를 가리키자…… 모두가 겁에 질려 얼굴이 더욱 굳는다. 객석을 둘러싼 모든 벽면에 글귀가 나타난다. 위험한 글귀, 무시무시한 글귀다.

"나는 어둠을 부활하리라. 내 아버지를 부활시키리라."

론 설마. 그 여자가…….
헤르미온느 어떻게 그럴 수가…… 있지?
드레이코 볼드모트에게 딸이 있었어?

모두 겁에 질려 고개를 든다. 지니가 해리의 손을 잡는다.

해리 안 돼, 그럴 순 없어. 그것만은.

무대가 암전된다.

막간.

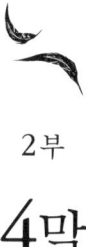

2부

4막

4막 1장

마법 정부, 대회의실

곳곳에서 온 마법사들이 대회의실을 가득 메우고 있다. 그 어느 때보다도 많이 모였다. 그들의 얼굴에는 걱정하는 기색이 역력하다. 헤르미온느가 급하게 마련한 단상 위로 올라간다. 그러곤 한 손을 올려 청중을 조용히 시킨다. 침묵이 내려앉는다. 모두들 그녀가 어떤 답이든 내놓기를 간절히 바라고 있다. 헤르미온느는 모두가 순순히 지시를 따른다는 사실에 놀란다. 그녀는 주위를 둘러본다.

헤르미온느 고맙습니다. 저의 두 번째 임시 총회에 이렇게 많은 분이 참석해 주셔서 정말 기쁘네요. 몇 가지 드릴 말씀이 있습니다. 질문이 아주 많을 것 같은데요, 질문은 제 발언이 끝난 뒤에 받겠습니다.

많은 분이 이미 알고 계시듯, 호그와트에서 시체가 발견되었습니다. 희생자의 이름은 크레이그 보커입니다. 선량한 학생이었죠. 범인에 대해선 아직 확인된 바가 없지만, 어제 저희가 성 오스왈드 마법사회 노인의 집을 수색했습니다. 그곳의 어느 방에서 두 가지가 드러났죠. 하나는…… 어둠이 부활하리라는 예언이었어요. 그리고 천장에 어떤 글귀가 적혀 있었는데…… 어둠의 왕에게…… 즉, 볼드모트에게 자식이 있다는 내용이었습니다.

이 소식이 회의실에 있는 사람들에게 파문을 불러일으킨다.

저희도 세부 사항은 확인하지 못했어요. 아직 조사 중이죠. 어둠을 먹는 자들과 관련된 사람들을 심문하고 있는데…… 아직 볼드모트의 자식이나 예언에 대해선 아무런 기록도 찾지 못했지만, 어느 정도는 사실인 듯 보입니다. 그동안 이 아이는 마법 세계에 자취를 드러내지 않았죠. 그런데 그 여자가 이제— 그러니까—

맥고나걸 교수 여자? 딸인가요? 그에게 딸이 있었어요?

4막 1장

헤르미온느 네, 딸입니다.

맥고나걸 교수 지금 구류 중인가요?

해리 교수님, 질문은 나중에 해 달라고 말씀드렸는데요.

헤르미온느 괜찮아, 해리. 아뇨, 교수님. 그래서 더 문제예요. 그 여자를 잡아 가둘 방법이 전혀 없는 것 같거든요. 사실상, 그 여자를 막을 방법이 전혀 없어요. 현재 우리의 손이 닿지 않는 곳에 있고요.

맥고나걸 교수 우리가…… 찾을 수 없다고요?

잠시 침묵이 흐른다. 용기가 필요한 발언이다.

헤르미온느 여러 근거를 종합해 볼 때 저희는 그 여자가…… 시간 속으로 종적을 감췄다는 결론을 내렸습니다.

맥고나걸 교수 (분노하며) 어떻게 그렇게 경솔하고 어리석을 수 있죠? 아직도 타임 터너를 갖고 있단 말인가요?

헤르미온느 교수님, 단언컨대—

맥고나걸 교수 정말 실망스럽군요, 헤르미온느 그레인저!

맥고나걸 교수의 역정에 헤르미온느는 움찔한다.

해리 아닙니다, 총리 탓이 아니에요. 교수님이 화내시는 이유는 충분히 이해합니다. 여러분 모두 그러실 수 있죠. 하지만 헤르미온느만의 잘못은 아닙니다. 우리는 그 마법사가 어떻게 타임 터너를 손에 넣었는지 모릅니다. 제 아들이 내줬을 수도 있어요.

지니　제 아들이기도 하죠. 어쩌면 그 애가 가지고 있다가 빼앗겼을 수도 있고요.

지니가 단상으로 올라와 해리 옆에 선다.

맥고나걸 교수　함께 책임지려는 마음은 훌륭하지만 그렇다고 여러분의 과실을 그냥 넘길 수는 없어요.

드레이코　그렇다면 저 역시 그 과실에 책임을 져야 할 것 같습니다.

드레이코가 단상 위로 올라가 지니 옆에 선다. 마치 유명한 〈스파르타쿠스〉 장면*을 보는 듯하다. 여기 저기서 헉하고 숨을 들이켜는 소리가 들린다.

---

* 고대 로마의 노예 반란 지도자 스파르타쿠스를 그린 동명의 영화에서 그의 병사들이 그를 보호하기 위해 앞다퉈 일어나 "내가 스파르타쿠스다"라고 외친 장면을 말한다.

헤르미온느와 해리는 잘못한 게 없습니다. 우리 모두를 보호하려 했을 뿐이죠. 이 친구들에게 죄가 있다면 저 역시 죄인입니다.

> 헤르미온느는 자신의 지지자들을 건너다보며 감동받는다. 론이 결연히 무대 위로 올라와 그들에게 합류한다.

론 참고로 저는 이 일에 대해 별로 아는 바가 없기 때문에 책임을 질 수는 없습니다. 틀림없이 우리 아이들도 이 일과는 연관이 없을 겁니다. 하지만 이 친구들이 여기 서 있겠다면 *저도 그러겠습니다.*

지니 그들이 어디에 있는지, 함께 있는지 따로 있는지는 아무도 알 수 없어요. 저는 우리 아이들이 그 여자를 막기 위해 최선을 다할 거라고 믿지만…….

헤르미온느 우린 아직 포기하지 않았습니다. 거인들을 찾아갔고 트롤들에게도 가 봤어요. 찾아볼 수 있는 이라면 누구든 찾아가 보았죠. 오러들이 밖을 날아다니며 수색을 벌이고 있습니다. 비밀을 아는 사람들은 모조리 만나 캐묻고, 비밀을 누설하지 않을 사람들은 뒤를 쫓고 있죠.

해리 하지만 한 가지 변치 않는 사실이 있습니다. 바로, 과거의 어느 시점에서 마법사 한 명이 우리가 아는 모든 역사를 뒤바꾸려 한다는 사실이죠. 게다가 우린 그저 손 놓고 기다리는 수밖에 없습니다. 그 여자가 성공 혹은 실패하는 순간을 기다릴 수밖에 없어요.

맥고나걸 교수 만약 그 여자가 성공한다면 어떻게 되죠?

헤르미온느 그럼 이 회의실 안에 있는 사람들 대부분이 순식간에 사라질 겁니다. 우리는 더 이상 존재하지 않을 테고, 볼드모트가 다시 세상을 지배하겠죠.

4막 2장

1981년 스코틀랜드 하일랜드, 아비모어 기차역

알버스와 스코피어스가 불안한 얼굴로 역장을 바라보고 있다.

알버스 우리 중에 한 명은 저 아저씨랑 얘기해 봐야 하지 않을까?

스코피어스 안녕하세요, 역장님. 머글 아저씨. 질문이 있는데요, 혹시 날아다니는 마법사가 여길 지나가지 않았나요? 그건 그렇고, 지금이 몇 년도죠? 저희는 혹시 문제를 일으킬까 봐 호그와트에서 도망쳐 나왔거든요. 그래도 괜찮죠?

알버스 뭐가 제일 짜증 나는지 알아? 아빠는 우리가 의도적으로 그랬다고 생각할 거란 점이야.

스코피어스 알버스. 제정신이야? 정말 진심으로 하는 말이야?

우린…… 시간 속에 갇혔어. 어쩌면 영영 돌아가지 못할지도 몰라. 그런데 넌 아빠가 어떻게 생각할지 걱정하는 거야? 난 너랑 너의 아빠를 절대 이해하지 못할 것 같다.

알버스 이해할 게 아주 많긴 하지. 우리 아빠는 조금 복잡하거든.

스코피어스 넌 아니고? 네 여자 취향을 문제 삼고 싶진 않지만 사실 넌 좋아했잖아……. 그러니까…….

스코피어스가 누구를 말하는지 둘 다 알고 있다.

알버스 맞아. 내가 그랬지? 그 여자가 크레이그에게 한 짓을 보면…….

스코피어스 그 일은 생각하지 말자. 지금은 지팡이도 없고 빗자루도 없다는 사실만 생각하자고. 현재로 돌아갈 방법이 전혀 없어. 우리가 가진 거라곤 우리의 기지, 또…… 그것뿐이네. 우리의 기지. 그리고 그 여자를 막아야 해.

역장 (아주 강한 스코틀랜드 억양으로) 올드 리키*행 기차가

---

* 에든버러의 속칭.

4막 2장

늦는 거 알고 있니, 애들아?

스코피어스 네?

역장 혹시 올드 리키행 기차를 기다리는 거라면 기차가 늦을 거다. 철도 공사가 있거든. 바뀐 시간표에 나와 있지.

> 역장이 알버스와 스코피어스를 보자, 두 소년은 어리둥절한 얼굴로 역장을 쳐다본다. 역장은 인상을 쓰며 두 소년에게 바뀐 시간표를 내준다. 그러곤 해당 기차 시각을 가리킨다.

늦는다고.

> 알버스는 열차 시간표를 받아 살펴본다. 그러곤 엄청난 사실을 깨닫고 표정이 변한다. 스코피어스는 그저 역장만 바라보고 있다.

알버스 그 여자가 어디 있는지 알았어.

스코피어스 저 아저씨 말을 다 알아들었어?

알버스 날짜를 봐. 기차 시간표에 날짜가 있어.

스코피어스가 상체를 숙이고 읽는다.

스코피어스 1981년 10월 30일. 39년 전 '모든 성인의 날 전야'의 전날이네. 그런데 그 여자는 왜……? 아.

스코피어스는 무언가를 깨닫고 얼굴이 굳는다.

알버스 우리 할머니 할아버지가 돌아가신 날이잖아. 아기인 우리 아빠가 공격을 당한…… 볼드모트의 저주가 튕겨 나가 다시 그에게로 돌아간 날. 델피는 자신의 예언을 실현하려는 게 아니야. 그 중요한 예언을 막으려는 거야.

스코피어스 중요한 예언?

알버스 "어둠의 왕을 물리칠 힘을 가진 자가 오리라……."

스코피어스가 합세한다.

스코피어스와 **알버스** "……그에게 세 번 저항한 이들의 자식으로 태어날 것이며, 일곱 번째 달이 기울 때 태어나리라……."

한 마디 한 마디 내뱉을 때마다 스코피어스의 얼굴이 더욱 굳어진다.

스코피어스   나 때문이야. 내가 예언은 깨질 수도 있다고 말했잖아. 예언의 논리 자체가 의심스러운 거라고 내가 그 여자한테 말했어—

알버스   볼드모트는 24시간 안에 아기 해리 포터를 죽이려다가 자신이 저주에 걸리게 돼. 델피는 그 저주를 막으려는 거야. 자기가 직접 해리 포터를 죽이려는 거지. 우린 고드릭 골짜기로 가야 해. 지금 당장.

4막 3장

1981년 고드릭 골짜기

알버스와 스코피어스가 고드릭 골짜기 한가운데를 가로질러 걷는다. 사람들이 북적거리는, 작고 아름다운 마을이다.

스코피어스 아직 습격의 조짐은 보이지 않는데…….

알버스 여기가 고드릭 골짜기야?

스코피어스 아빠가 한 번도 안 데려왔어?

알버스 응. 몇 번 가자고 했는데 내가 싫다고 했어.

스코피어스 지금은 관광할 시간이 없어. 우린 살인자 마법사에게서 세상을 구해야 하거든. 하지만 저것 봐……. 성 제롬 교회…….

　스코피어스가 가리키는 곳에 교회 하나가 나타난다.

4막 3장

알버스 멋지다.

스코피어스 아마 성 제롬 교회의 묘지에도 멋진 유령들이 출몰할걸. (다른 쪽을 가리키며) 그리고 저기가 해리 포터와 그의 부모님 동상이 생길—

알버스 우리 아빠의 동상이 있어?

스코피어스 아. 아직은 아니야. 하지만 생길 거야. 그러길 바라야지. 그리고 여기…… 여기 이 집은 바틸다 백숏이 살았던, 아니, 살고 있는 집인데…….

알버스 바틸다 백숏?《마법의 역사》를 쓴 그 바틸다 백숏?

스코피어스 맞았어. 어, 저기 그분이다. 와. 꺅. 내 책벌레 기질이 꿈틀거리는데.

알버스 스코피어스!

스코피어스 그리고 여긴—

알버스 제임스와 릴리, 그리고 해리 포터의 집…….

젊고 매력적인 부부가 아기를 태운 유모차를 밀며 집을 나선다. 알버스가 그들 쪽으로 가려 하자 스코피어스가 알버스를 끌어당긴다.

스코피어스 저분들이 너를 봐선 안 돼, 알버스. 그러면 과거가 바뀔지도 몰라. 그러지 않기로 했잖아. 이번만큼은.

알버스 하지만 그렇다면 델피는 아직…… 우리가 먼저 왔다는 거네……. 델피는 아직…….

스코피어스 이제 어떻게 하지? 델피랑 맞서 싸울 준비를 해야 하나? 그 여자 좀…… 무서운데.

알버스 맞아. 그건 아직 생각해 보지 않았네, 그렇지? 이제 어떻게 하지? 어떻게 하면 우리 아빠를 지킬 수 있을까?

4막 4장

마법 정부, 해리의 사무실

해리가 급하게 서류들을 훑어보고 있다.

덤블도어   안녕, 해리.

> 잠시 정적. 해리는 덤블도어의 초상화를 올려다본다. 뚱한 얼굴이다.

해리   덤블도어 교수님. 제 사무실에 찾아와 주시다니 영광이네요. 오늘 밤엔 저한테 무슨 일이 생기는 모양이죠?

덤블도어   뭘 하고 있나?

해리   서류들을 훑어보고, 혹시 놓쳐선 안 되는 것을 놓쳤는지 살펴보고 있었어요. 제한적인 방법으로나마 싸워 보려고 병력을 모으고 있고요. 아시다시피 아주 먼 곳에서 전투가 벌어지고 있거든요. 또 뭘 할 수 있을까요?

사이. 덤블도어는 아무 말도 하지 않는다.

어디 계셨어요, 덤블도어 교수님?

덤블도어 지금 여기 있잖나.

해리 이미 전투에서 패했는데 오셨네요. 혹시 볼드모트가 부활한다는 것도 부인할 생각이신가요?

덤블도어 그야…… 가능한 일이지.

해리 가세요. 떠나시라고요. 여기 계시는 거 싫습니다. 필요 없어요. 정말 중요한 순간엔 늘 제 곁에 안 계셨잖아요. 저는 교수님 없이 그와 세 번이나 싸웠어요. 필요하다면 이번에도 그럴 겁니다. 혼자 싸울 거라고요.

덤블도어 해리, 내가 너를 대신해 싸우고 싶지 않았을 거라고 생각하니? 할 수만 있었다면 네가 싸우지 않게 했을 거야—

4막 4장

      그 말에 해리는 폭발한다.

해리   사랑이 눈을 멀게 한다고요? 그게 무슨 뜻인지 알기나 하세요? 그게 얼마나 쓸모없는 조언이었는지 알기나 하시냐고요. 제 아들은, 제 아들은 지금 우리를 위해 싸우고 있어요. 제가 교수님을 위해 싸워야 했던 것처럼요. 게다가 알고 보니 저는 그 아이에게 형편없는 아빠였더라고요. 교수님이 제게 형편없는 보호자였던 것처럼 말이죠. 그 녀석에게 사랑받지 못하고 있다는 느낌만 받게 하고…… 수년 후에나 이해하게 될 원망을 키우게 하겠죠―

덤블도어   혹시 프리빗가 얘기를 하는 거라면―

해리   수년 동안…… 수년 동안 저는 그곳에서 외로움에 시달렸어요. 내가 누구인지, 왜 그곳에 있는지, 누군가가 나를 사랑한다는 사실도 모른 채 말이에요!

덤블도어   나는…… 너한테 너무 애착을 갖게 되지 않기를 바랐다―

해리   그때도 교수님은 자신을 보호하려 했군요!

덤블도어   아니다. 난 너를 보호하려 했어. 네게 상처를 주고 싶지 않았다…….

덤블도어가 초상화 밖으로 손을 내밀려 하지만, 그럴 수 없다. 덤블도어는 터져 나오는 울음을 감추려 애쓴다.

하지만 결국 널 만나야 했지……. 열한 살의 너는 무척 용감했단다. 아주 착한 아이였어. 너는 네 앞에 놓인 길을 불평 한 마디 없이 묵묵히 걸었다. 물론, 나는 너를 사랑했어……. 그래서 그 모든 일이 되풀이되리란 생각이 들었지. 내가 누군가를 사랑하면 꼭 그 사람이 회복할 수 없는 상처를 입고야 말았거든……. 나는 사랑을 해선 안 되는 사람이란다……. 나는 사랑하는 사람에게 늘 해를 끼쳤어…….

잠시 정적.

해리   그때 이런 얘길 해 주셨더라면 제가 상처를 덜 받았을 텐데요.

덤블도어   (이제 감추지 않고 흐느끼며) 나는 눈이 멀었었다. 사랑은 눈을 멀게 하지. 네가 이런 얘길 간절히 듣고 싶어 하는 줄은 미처 몰랐어. 이렇게 꽉 막히고 교활하고 위험한 노인네가…… 널 사랑한다는…… 얘길…….

4막 4장

      사이. 두 남자는 감정을 주체하지 못한다.

해리   제가 불평 한 마디 하지 않은 건 아니죠.

덤블도어   해리, 이 혼란스러운 감정의 세계에 완벽한 답이란 없단다. 완벽은 인간의 손이 닿지 않는 곳, 마법의 손이 닿지 않는 곳에 있지. 행복이 반짝이는 순간에는 늘 독약 한 방울이 섞여 있는 법이야. 우리는 또다시 고통이 찾아오리란 사실을 알고 있으니까. 사랑하는 사람들에게 솔직해지렴. 그들에게 너의 고통을 보여 줘. 괴로워하는 건 숨 쉬는 것만큼이나 인간적인 일이란다.

해리   전에도 그런 말씀을 해 주셨어요.

덤블도어   오늘 밤 네게 해 줄 수 있는 말은 이것뿐이구나.

      덤블도어는 멀리 걸어가기 시작한다.

해리   가지 마세요!

덤블도어   우리가 사랑하는 사람들은 절대 우리 곁을 떠나지 않는단다, 해리. 죽음이 건드릴 수 없는 것들이 있지. 그림…… 그리고 기억…… 그리고 사랑.

해리   저도 교수님을 사랑했어요, 덤블도어 교수님.

덤블도어 나도 알아.

> 덤블도어가 사라진다. 해리는 혼자 남는다. 드레이코가 들어온다.

드레이코 다른 현실에서, 그러니까 스코피어스가 보고 온 현실에서는 내가 마법 사법부 수장이었다는 얘기 들었어? 이 방이 곧 내 것이 될 수도 있겠군. 무슨 일 있었어?

> 해리는 슬픔에 잠겨 있다.

해리 들어와. 구경시켜 줄게.

> 드레이코는 머뭇거리며 사무실 안으로 들어간다. 그는 마뜩잖은 얼굴로 둘러본다.

드레이코 사실 난 마법 정부에서 일하고 싶은 마음이 전혀 없었어. 어릴 때에도 말이야. 우리 아버지가 원한 일이었어. 난 원치 않았지.

해리 그럼 뭘 하고 싶었어?

4막 4장

드레이코 퀴디치. 하지만 재능이 없었지. 무엇보다도 난 행복하게 살고 싶었어.

> 해리는 고개를 끄덕인다. 드레이코는 어쩔 줄 몰라 하며 잠깐 더 그를 바라본다.

미안, 내가 이렇게 여담을 나누는 일에는 익숙하지 않아서 말인데, 그냥 중요한 얘기로 넘어가도 될까?

해리 물론이지. 중요한…… 얘기가 뭔데?

> 사이.

드레이코 시어도어 노트가 갖고 있던 게 정말 유일한 타임 터너였을까?

해리 뭐?

드레이코 마법 정부가 압수한 타임 터너는 시제품이었어. 값싼 금속으로 만든 것이지. 물론 작동하긴 해. 하지만 과거에 머물 수 있는 시간이 딱 5분이라는 점, 그건 심각한 결함이야. 진정한 어둠의 마법 수집가들에게 팔 수 있는 물건은 아니지.

해리는 드레이코가 무슨 얘기를 하려는지 깨닫는다.

해리 그 친구가 네 밑에서 일했어?

드레이코 아니. 우리 아버지 밑에서. 아버지는 남들에겐 없는 물건을 갖고 싶어 하셨어. 크로우커한테 고마워할 일이지만, 아버지는 마법 정부의 타임 터너가 좀 시시하게 느껴지셨을 거야. 아버지는 그저 한 시간 전으로 돌아가는 데 만족을 못 하셨어. 수년 전으로 돌아갈 수 있길 바라셨지. 딱히 사용할 생각은 없으셨을 거야. 솔직히 내가 보기엔 볼드모트가 없는 세상을 더 좋아하신 것 같거든. 어쨌든 아버지를 위해 만들어진 타임 터너가 있어.

해리 그걸 네가 갖고 있어?

드레이코는 타임 터너를 내놓는다.

드레이코 5분 시간제한도 없고 황금처럼 번쩍거리지. 말포이가 취향 그대로야. 너 웃고 있는 것 같은데.

해리 헤르미온느 그레인저. 헤르미온느가 첫 번째 타임 터너를 보관한 이유가 바로 그래서거든. 어딘가에 타임 터너가 또 있을지도 모른다는 우려 때문에. 이런 걸 갖고 있다간 아즈카반으로 끌려갈 수도 있었어.

드레이코 내가 이걸 내놓았다고 생각해 봐. 사람들이 내가 시간 여행을 할 수 있다는 사실을 알았다고 생각해 보라고. 그랬다면 그 소문을 더 이상 헛소문이라고 생각하지 않았겠지.

해리는 드레이코를 본다. 드레이코의 마음이 전부 이해된다.

해리 스코피어스 때문이었군.

드레이코 우린 아이를 가질 수는 있었지만 애스토리아가 너무 약했어. 가문의 저주 때문이었지. 심각한 저주였어. 선조 중 하나가 저주를 받는데…… 그게 애스토리아에게서 나타난 거야. 그런 저주는 몇 세대가 지난 뒤에 다시 나타나기도 하잖아…….

해리 정말 안타까운 일이군, 드레이코.

드레이코 난 애스토리아의 건강을 해치고 싶지 않았어. 그래서 아버지가 뭐라고 하시든 나한테서 말포이 가문의 대가 끊겨도 상관없다고 했지. 하지만 애스토리아는…… 애스토리아는 말포이 가문의 대를 잇기 위해서, 순수 혈통이나 명예를 위해서가 아니라, 그저 우리 아기를 갖고 싶어 했어. 그렇게 해서 우리의 아이 스코피어스가 태어났고…… 그날은 우리 둘에게 생애 최고의 날이었어. 하지만 애스토리아는 몹시 쇠약해졌지. 우리 세 식구는 은둔 생활을 시작했어. 애스토리아의 몸조리를 위해서였는데…… 그런데 그런 소문이 돌더라고.

해리 얼마나 힘들었을지 나로선 상상이 안 가는군.

드레이코 애스토리아는 예전부터 자기가 오래 살 수 없다는 사실을 알고 있었어. 자기가 세상을 떠나도 내 곁에 누군가가 남길 바랐지……. 드레이코 말포이로 사는 건 특히 외로울 테니까. 나에 대한 의혹은 사라지지 않을 거야. 과거로부터 도망칠 수는 없지. 하지만 남을 재고 떠들어 대기 좋아하는 이 세상으로부터 아들을 숨겨 둔 탓에 결국 그 애가 나보다 훨씬 더 심한 의혹에 시달리게 될 줄은 정말 몰랐어.

해리 사랑은 눈을 멀게 하지. 우리 둘 다 자식에게 그 애가 필요로 하는 것이 아니라 우리가 필요로 하는 것을 주려 했어. 우리의 과거를 뜯어고치는 데 급급해서 그 애들의 현재를 망쳐 놓은 셈이지.

드레이코 그러니까 네가 이걸 받아야 해. 난 이걸 갖고 있는

4막 4장

동안 간신히 유혹을 뿌리쳤어. 애스토리아와 단 1분이라도 함께할 수 있다면 내 영혼이라도 팔 수 있을 것 같았지만…….

해리 아아, 드레이코…… 안 돼. 우린 이걸 쓸 수 없어.

드레이코가 고개를 들어 해리를 본다. 그 어느 때보다도 참담한 상황에서, 두 사람은 난생처음 친구로서 서로를 보고 있다.

드레이코 그 애들을 찾아야 해. 수백 년이 걸려도 우린 아이들을 찾아야 해…….

해리 애들이 어디에 있는지, 어느 때에 가 있는지 전혀 알 수 없어. 어느 시점으로 가야 하는지도 모른 채 무작정 과거를 뒤지는 건 헛수고야. 사랑도, 타임 터너도, 안타깝지만 그런 용도로 존재하는 건 아니고. 이제 우리 아이들에게 달려 있어. 우리를 구할 수 있는 건 그 애들뿐이야.

4막 5장

1981년 고드릭 골짜기, 제임스와 릴리 포터의 집 외부

알버스와 스코피어스가 속수무책으로 주위를 두리번거린다. 두 소년은 이 엄청난 난관에서 빠져나갈 방법을 궁리하고 있다.

알버스 할머니 할아버지께 말씀드릴까?

스코피어스 두 분은 아드님이 자라는 모습을 절대 보지 못하실 거라고?

알버스 할머니는 강한 분이셔. 내가 알아. 너도 우리 할머니를 봤잖아.

스코피어스 그래, 훌륭하신 분이지, 알버스. 그리고 내가 너라도 할머니께 말씀드리고 싶은 마음이 간절했을 거야. 하지만 네 할머니는 볼드모트에게 해리 포터를 살려 달라고 애원해야 해. 아기가 죽을 수도 있다고 생각해야 한다고. 아기가 죽지 않는다는 사실을 알리는 건 사상 최악의 스포일러야……

알버스 덤블도어. 그분이 살아 계시잖아. 우리 덤블도어한테 도움을 청해 보자. 네가 스네이프에게 그랬던 것처럼—

스코피어스 덤블도어한테 네 아빠가 살아남는다는 사실을 누설하자는 말이야? 결국 자식까지 보게 될 거라는 사실을?

알버스 덤블도어잖아! 그분은 어떤 일이든 간에 대처할 수 있다고!

스코피어스 알버스, 덤블도어가 무엇을 알고 그것을 어떻게 아는지, 그분이 이런저런 일을 한 이유가 무엇인지에 관한 책이 100권쯤 나와 있어. 한 가지 확실한 사실은, 그분이 하신 일들을 그분이 꼭 하셔야 한다는 거야. 난 그걸 어그러뜨리는 위험을 감수하진 않을 거야. (애원하는 얼굴로 친구를 보며 잠시 뜸을 들인다) 내가 도움을 청할 수 있었던 건 그곳이 또 다른 현재였기 때문이야. 여긴 아니잖아. 우린 지금 과거에 와 있어. 과거를 바꾸면 문제만 더 생길 거야. 우리가 이번 모험을 통해 배운 점이 있다면 바로 그거잖아. 누구한테 말을 걸고 시간에 영향을 미치는 건 너무 위험한 일이야.

알버스 그렇다면…… 미래에 말을 걸어야겠다. 우리 아빠한테 메시지를 보내는 거야.

스코피어스 하지만 시간을 앞질러 날아가는 부엉이가 있는 것도 아니잖아. 네 아빠가 타임 터너를 갖고 계신 것도 아니고.

알버스 일단 아빠한테 메시지를 보내자. 그럼 아빠는 어떻게든 여기로 오는 방법을 찾을 거야. 직접 타임 터너를 만드는 한이 있어도 올 거라고.

스코피어스 기억을 보내는 거야……. 펜시브처럼……. 네 아빠 옆에서 지켜보다가 메시지를 전달한 다음, 아저씨가 꼭 알맞은 순간에 그 기억을 떠올리길 바라는 거지. 가능성이 희박하긴 하지만…… 아기 옆에 서서 계속 외쳐 보자. **도와주세요. 도와주세요. 도와주세요.** 이렇게. 뭐, 아기한테 조금 트라우마로 남을지도 모르겠다.

알버스 겨우 조금이잖아.

스코피어스 그 정도는 앞으로 겪을 일에 비하면 아무것도 아니지……. 그런데 네 아빠가 나중에…… 떠올리게 되면…… 혹시라도 소리치던 우리의 얼굴을 떠올릴 수도 있으니—

알버스 도와주세요, 하고.

스코피어스는 알버스를 본다.

스코피어스 그래. 그건 좀 아니다.

알버스 네가 낸 최악의 아이디어 중 하나지.

스코피어스 맞아! 우리가 직접 전달하는 거야. 40년 동안 기다렸다가…… 직접 전달하면—

알버스 어림도 없어. 델피는 원하는 대로 과거를 바꾼 다음 바로 군대를 보내서 우릴 찾으려 할 거야……. 우릴 죽일 거라고…….

스코피어스 그럼 구덩이를 파서 숨어 있을까?

알버스 너랑 앞으로 40년 동안 한 구덩이에 숨어 살면 굉장히 즐겁긴 하겠지만…… 그래도 그들은 우릴 찾아낼 거야. 그럼 우리는 죽고, 결국 과거는 이상하게 바뀌겠지. 안 돼. 그보단 우리가 통제할 수 있는 것, 아빠가 제때 받을 거라고 확신할 수 있는 무언가를 찾아야 해. 그러니까…….

스코피어스 그런 건 없어. 어쨌든 난 영원한 어둠이 부활했을 때 함께할 동반자를 고르라면 너를 택하겠어.

알버스 기분 나쁘게 듣진 마. 난 건장한 체격에 마법을 정말 잘하는 사람을 택할 것 같아.

릴리가 아기 해리를 유모차에 태우고 집 밖으로 나오면서 아기에게 정성스레 담요를 덮어 준다.

아빠의 담요야. 아빠를 담요로 감싸 주고 계셔.
스코피어스 그야, 날씨가 좀 쌀쌀하니까.
알버스 아빠 늘 얘기했어. 저 담요는 할머니한테 물려받은 유일한 물건이라고. 정말 사랑을 가득 담아서 담요를 덮어 주시네. 아빠가 알면 좋아하겠다. 아빠한테 얘기해 줄 수 있다면 좋을 텐데.
스코피어스 나도 우리 아빠랑 얘기할 수 있다면 좋겠다……. 무슨 얘길 해야 할지는 모르겠지만. 나도 가끔은 아빠가 생각하는 것보다 더 용감하다는 얘기를 할 수 있다면 좋을 텐데.

알버스에게 어떤 생각이 떠오른다.

알버스 스코피어스…… 우리 아빠는 아직도 저 담요를 갖고 있어.
스코피어스 소용없어. 만약 우리가 지금 저 담요에 메시지를 써

4막 5장

놓으면 아무리 작게 써도 너무 일찍 읽어 버리실 테니까. 그럼 역사가 틀어지겠지.

알버스 너 혹시 사랑의 묘약에 대해 아는 거 있어? 어떤 재료가 들어가는지 알아?

스코피어스 진주 가루랑 이것저것 들어가지.

알버스 진주 가루는 좀 희귀한 재료 아니야?

스코피어스 값이 꽤 비싸거든. 그런데 그건 왜 물어보는 거야, 알버스?

알버스 학교에 가기 전날 아빠하고 다퉜거든.

스코피어스 그건 나도 알지. 어떤 면에선 그 일 때문에 지금 우리가 여기까지 오게 됐다고 생각하는데.

알버스 그때 내가 방에서 저 담요를 집어 던졌어. 그런데 그게 사랑의 묘약에 맞았지. 론 삼촌이 장난삼아 나한테 사랑의 묘약을 보내 줬거든. 사랑의 묘약이 쏟아져서 담요를 적셨는데, 마침 내가 확실하게 알고 있는 바에 따르면 우리 엄마는 내가 뛰쳐나온 뒤로 아빠가 그 방을 건드리지 못하게 했대.

스코피어스 그래서?

알버스 여기뿐만 아니라 거기에도 모든 성인의 날 전야가 다가오잖아. 아빤 모든 성인의 날 전야가 되면 항상 그 담요를 찾는다고, 그 담요를 곁에 둬야 한다고 나한테 그랬거든. 할머니가 남겨 주신 유일한 물건이니까. 그러니까 아빠는 그 담요를 찾을 테고, 그걸 찾으면…….

스코피어스 글쎄. 난 아직도 모르겠는데.

알버스 진주 가루에 반응하는 게 뭐가 있어?

스코피어스 뭐, 데미가이즈 팅크와 진주 가루가 만나면…… 불이 붙는다는 얘기가 있긴 해.

알버스 그…… (어떻게 발음해야 하는지 잘 모른다) 데미가이즈 팅크는 맨눈으로 볼 수 있어?

스코피어스 아니.

알버스 그럼 우리가 저 담요에다 데미가이즈 팅크로 글씨를 쓰면…….

스코피어스 (불쑥 깨닫는다) 아무 일도 없다가 사랑의 묘약이 닿으면 그때 반응하겠지. 그러니까 현재의 네 방에서 반응을 일으킨단 얘기야. 아아, 덤블도어시여, 정말 좋은 생각이다.

알버스 그럼 이제 우리가 알아내야 할 건…… 데미가이즈를 어디에서 구하냐는 건데.

스코피어스 그게 말이지, 소문에 따르면 바틸다 백숏은 마법사들이 문을 잠그고 살 이유가 전혀 없다고 말했대.

4막 5장

　　문이 휙 열린다.

소문이 맞았네. 이제 지팡이 몇 개를 훔쳐서 약을 만들어 보자고.

4막 6장

해리와 지니 포터의 집, 알버스의 방

해리가 알버스의 침대에 앉아 있다. 지니가 들어와 그를 본다.

지니 여기서 보다니 놀랍네.
해리 걱정 마. 아무것도 건드리지 않았어. 당신의 제단은 그대로야. (움찔하며) 미안. 그런 표현을 쓰면 안 되는 건데.

> 지니는 아무 말도 하지 않는다. 해리가 고개를 들어 그녀를 본다.

당신도 알다시피 난 모든 성인의 날 전야를 끔찍하게 보낸 적이 꽤 많잖아……. 하지만 확실히 이번 모든 성인의 날 전야는 그중에서도 최소한…… 두 번째로 꼽을 수 있을 거야.

지니 내가 잘못 생각했어. 당신 탓으로 돌린 거. 늘 당신한테 성급하다고 뭐라 했었는데 이번엔 내가 성급했어……. 알버스가 사라진 게 당신 때문이라고 넘겨짚었지. 미안해.

해리 내 탓이 아니라는 얘기야?

지니 해리, 그 애는 막강한 어둠의 마법사에게 납치됐어. 그게 어떻게 당신 탓이야?

해리 내가 그 애를 쫓아냈잖아. 내가 그 애를 그 여자한테 보내 버렸어.

지니 이미 끝난 것처럼 얘기하지 않으면 안 될까?

지니는 고개를 끄덕인다. 해리는 울음을 터트린다.

해리 미안해, 지니—

지니 내 말 못 들었어? 나도 미안해.

해리 나는 살아남지 말았어야 했어. 난 죽을 운명이었잖아……. 덤블도어 교수님도 그렇게 생각하셨는데…… 그런데도 살아남았지. 볼드모트를 이기고. 그렇게 많은 사람…… 그 크레이그라는 아이와 우리 부모님, 프레드, 호그와트 전투의 전사자 50명…… 그렇게 많은 사람이 죽었는데 왜 내가 살아남았을까? 어떻게 그럴 수가 있지? 이 모든 피해가…… 다 나 때문이야.

지니   그들을 죽인 건 볼드모트야.

해리   하지만 내가 좀 더 빨리 막았다면? 사람들의 목숨이 전부 나한테 달려 있었어. 게다가 이젠 내 아들까지 빼앗기고—

지니   그 애는 죽지 않았어. 내 말 듣고 있어, 해리? 안 죽었다고.

      지니는 해리를 품에 안는다. 긴 정적. 오직 참담함만이 그 안을 채운다.

해리   '살아남은 아이'. 그 '살아남은 아이' 때문에 얼마나 많은 사람이 죽어야 하는 거야?

      해리는 마음을 잡지 못하고 잠시 동요한다. 그러다 담요를 발견한다. 그는 그리로 걸어간다.

나한테 남은 건 이 담요뿐이야……. 그 모든 성인의

4막 6장

날 전야의 유일한 흔적. 부모님을 기억하게 해 주는 유일한 물건이지. 그리고—

    해리는 담요를 집어 든다. 담요에 나 있는 구멍들을 발견한다. 그는 구멍들을 보고 낙담한다.

구멍이 났어. 론의 그 바보 같은 사랑의 묘약 때문에 타 버린 모양이야. 구멍이 뚫렸어. 이것 좀 봐. 다 망가졌어. 엉망이 됐다고.

    그는 담요를 던져 놓는다. 지니가 그것을 집어 들고 살펴본다.

지니 해리…….
해리 왜 그래?
지니 해리, 여기에 뭔가…… 적혀 있어…….

    이때 알버스와 스코피어스가 불쑥 나타나서 해리 그리고 지니와 무대를 함께 쓴다. 단, 이들은 서로 다른 시간대에 존재하고 있다.

알버스 "아빠……."

스코피어스 '아빠'로 시작하게?

알버스 그래야 내가 쓴 줄 알지.

스코피어스 네 아빠 성함은 해리잖아. '해리'로 시작해야 해.

알버스 (단호하게) '아빠'로 시작할 거야.

해리 '아빠'. '아빠' 맞지? 뚜렷하진 않은데…….

스코피어스 "아빠, **도와줘요**(HELP)."

지니 '안녕(Hello)'? 이건 '안녕'인가? 그다음엔…… '좋아(Good)'…….

해리 '아빠 안녕 좋아 안녕(Dad Hello Good Hello)'? 아니야. 그건…… 너무 이상한데.

알버스 "아빠. 도와줘요. 고드릭 골짜기(Dad. Help. Godric's Hollow)."

지니 이리 줘 봐. 내가 당신보다 시력이 좋잖아. 그래, '아빠, 안녕 좋아.' 그다음엔 '안녕'이 아닌데……. '성인(Hallow)' 아니면 '골짜기(Hollow)' 같은데? 그리고 숫자가 적혀 있어. 이건 좀 더 뚜렷하게 보이네……. '8…… 1…… 1…… 0…… 3…… 1'. 머글 전화번호인가? 아니면 좌표나…….

해리가 고개를 든다. 여러 가지 생각이 한꺼번에 밀

려든다.

해리 아니야. 날짜야. 1981년 10월 31일. 우리 부모님이 살해된 날.

지니는 해리를 본다. 그러곤 다시 담요를 본다.

지니 이것도 '안녕(Hello)'이 아니야. '도와줘요(Help)'야.
해리 '아빠. 도와줘요. 고드릭 골짜기. 81년 10월 31일.' 이건 메시지야. 이 영리한 녀석이 나한테 메시지를 남겼어.

해리는 지니에게 진하게 입을 맞춘다.

지니 이걸 알버스가 썼다고?
해리 자기들이 어디에 있는지, 어느 때에 있는지 알려 준 거야. 이제 우린 그 여자가 어디에 있는지 알아. 그 여자와 어디에서 싸울 수 있는지 알게 됐다고.

해리는 지니에게 또 한 번 진하게 입을 맞춘다.

지니   아직 애들을 찾아온 건 아니야.

해리   난 헤르미온느에게 부엉이를 보낼게. 당신은 드레이코한테 보내. 타임 터너를 가지고 고드릭 골짜기에서 우리랑 만나자고 전해 줘.

지니   '우리'라고 했지? 날 두고 갈 생각은 하지 마, 해리.

해리는 고마운 마음과 사랑을 가득 담아 아내에게 입을 맞춘다.

해리   당연히 당신도 가야지. 우리에게 기회가 생겼어, 지니. 아아, 덤블도어시여. 그거면 돼. 가능성이 생겼다고.

4막 7장

고드릭 골짜기

론, 헤르미온느, 드레이코, 해리, 지니가 현재의 고드릭 골짜기를 걷고 있다. 장이 서는, 북적거리는 소도시다(수년 사이에 마을이 좀 더 커졌다).

헤르미온느   고드릭 골짜기. 여기 온 지 20년쯤 됐을걸…….
지니   내 눈에만 그렇게 보이는 거야 아니면 정말로 머글들이 더 많아진 거야?
헤르미온느   이제 주말 휴가지로 꽤 인기 있거든.
드레이코   왜 그런지 알겠군. 저 초가지붕들 좀 봐. 그리고 저건 농산물 직거래 시장 아니야?

헤르미온느가 해리에게 다가간다. 해리는 감탄하며

주위를 두리번거리고 있다.

헤르미온느 마지막으로 여기 왔을 때 기억나? 꼭 예전으로 돌아간 것 같다.
론 예전으로 돌아간 것 같긴 한데, 달갑지 않은 꽁지 머리가 끼어 있네.

드레이코는 론의 말에 가시가 있음을 알아차린다.

드레이코 혹시 내가······.
론 말포이, 네가 해리와 아주 다정한 사이가 됐는지는 몰라도, 또 꽤 괜찮은 아들을 낳았는지는 몰라도 내 아내에 대해서 몹쓸 이야기를 하고 다녔잖아. 아내한테 대놓고 말하기도 하고······.
헤르미온느 하지만 당신 아내는 당신이 자기 대신 싸워 주는 걸 원치 않는대.

헤르미온느는 론을 매섭게 노려본다. 론은 그 시선을 견딘다.

론 좋아. 하지만 헤르미온느나 나에 대해 한 마디만 더

4막 7장

하면…….

드레이코 그럼 어떻게 할 건데, 위즐리?

헤르미온느 그럼 론이 널 껴안아 줄 거야. 이제 우리 모두 한 팀이니까. 안 그래, 론?

론 (헤르미온느의 흔들림 없는 시선에 주춤하며) 알았어. 난…… 그러니까, 네 머리가 정말 멋지다고 생각해, 드레이코.

헤르미온느 고마워, 남편. 여기가 좋겠다. 여기서 하자…….

드레이코가 타임 터너를 꺼낸다. 장치가 마구 돌아가기 시작하자 일행은 그 주위에 빙 둘러 자리를 잡는다.

쉭 하고 거대한 빛이 지나간다. 요란한 소리가 난다. 시간이 정지한다. 이윽고 시간이 방향을 틀더니 잠시 주춤하다 뒤로 감기기 시작한다. 처음에는 느리게…….

그러다 점점 빨라진다.

그들은 주위를 둘러본다.

론 됐어? 작동한 거야?

4막 8장

1981년 고드릭 골짜기, 어느 오두막

알버스가 연이어 나타나는 지니와 해리를 보고 놀라 고개를 든다. 뒤이어 기뻐하는 나머지 일행(론과 드레이코, 헤르미온느)을 알아본다.

알버스 엄마?

해리 알버스 세베루스 포터. 널 보니 얼마나 기쁜지 모르겠다.

> 알버스가 달려와 지니의 품에 안긴다. 지니는 기쁨에 겨워 아들을 안아 준다.

알버스 우리 메시지를 받으셨어요……?

4막 8장

지니   너희 메시지를 받았지.

        스코피어스가 자신의 아빠에게로 빨리 걸어간다.

드레이코   네가 원한다면 우리도 포옹해도 되는데…….

        스코피어스는 아빠를 보고 잠시 주춤한다. 그런 다음 두 사람은 매우 어정쩡하게 한 팔로 엉거주춤 포옹을 한다. 드레이코가 미소 짓는다.

론   자, 델피라는 여자는 어디 있어?

스코피어스   델피에 대해 아세요?

알버스   델피도 여기 있어요. 아빠를 죽이려고 하는 것 같아요. 볼드모트가 저주를 받기 전에 말이에요. 자기가 아빠를 죽여서 예언을 깨고…….

헤르미온느   그래, 우리도 그럴 거라고 생각했어. 지금 그 여자가 정확히 어디에 있는지 아니?

스코피어스   사라졌어요. 그런데 어떻게…… 어떻게…… 타임 터너도 없이…….

해리   (스코피어스의 말을 끊으며) 얘기하자면 아주 길고 복잡해, 스코피어스. 그리고 그런 이야기를 할 시간이 없어.

드레이코가 해리에게 고맙다는 듯이 미소 짓는다.

헤르미온느 해리 말이 맞아. 시간이 핵심이야. 사람들이 모두 제 일을 하게 해야 해. 자, 고드릭 골짜기는 그리 넓은 곳이 아니지만, 그 여자가 어느 쪽에서 나타날지는 아무도 몰라. 그러니까 이 마을이 잘 보이는 장소가 필요해. 여러 방면을 분명하게 관찰할 수 있는 곳…… 그리고 무엇보다도 우리를 숨겨 줄 수 있는 곳이어야 해. 우리가 사람들 눈에 띄면 안 되니까.

모두들 인상을 쓰고 생각에 잠긴다.

성 제롬 교회라면 이 모든 조건을 충족하는 것 같은데, 어때?

4막 9장

1981년 고드릭 골짜기, 교회, 예배당

알버스는 교회의 긴 신도석에서 잠들어 있다. 지니는 아들을 주의 깊게 지켜본다. 해리는 맞은편 창밖을 내다보고 있다.

해리 없어. 아무것도 안 보여. 왜 오지 않을까?
지니 우린 모두 함께 있어. 자기 어머니와 아버지도 살아 계시고. 해리, 우리는 시간을 되돌릴 수는 있지만 시간을 빨리 가게 할 수는 없어. 그 여자는 준비가 되면 올 거야. 우리도 준비하고 있으면 돼.

    지니는 알버스의 잠든 모습을 바라본다.

우리 모두는 아니고.

해리   이 가엾은 녀석은 자기가 세상을 구해야 한다고 생각했겠지.

지니   이 가엾은 녀석이 세상을 구했어. 그 담요는 정말 걸작이었잖아. 사실, 이 녀석이 세상을 무너뜨릴 뻔하긴 했지만 웬만하면 그 부분은 생각하지 말자.

해리   자기가 보기엔 이 녀석이 괜찮은 것 같아?

지니   잘해 나가고 있어. 시간이 조금 걸리는 것뿐이야. 당신도 그렇고.

    해리가 미소 짓는다. 지니는 다시 알버스를 본다. 해리도 알버스를 본다.

있잖아, 내가 비밀의 방을 연 다음에 말이야. 볼드모트가 그 끔찍한 일기장으로 나를 홀려서 내가 하마터면 모든 것을 무너뜨릴 뻔했을 때—

해리   기억나.

지니   그때 병원에서 나와 보니…… 모두가 나를 피하고 외면하더라고……. 그런데 딱 한 명, 아쉬울 게 전혀 없는 한 남자애가…… 그리핀도르 휴게실 저쪽에서 걸어오더니 내게 폭발하는 카드 게임을 하자는 거야. 사람들은 당신에 대해 속속들이 안다고 생각하지만, 사실 당신의 가장 좋은 점은 조용히 영웅 같은 행동을 한다는 거지. 항상 그랬어. 그러니까 내가 하려는 말은…… 이번 일이 해결되고 나면 당신이 명심해 줬으면 하는 게 있어. 가끔 사람들은…… 특히 아이들은 그저 폭발하는 카드 게임을 함께할 사람을 원한다는 사실 말이야.

해리   우리가 놓친 게 그거라고 생각해? 폭발하는 카드 게임?

지니   아니. 그보단, 내가 그날 당신에게서 느낀 애정…… 알버스도 그걸 느끼는지는 잘 모르겠지만.

해리   난 이 녀석을 위해서라면 뭐든 할 수 있어.

지니   해리, 당신은 누구에게든 그럴 수 있는 사람이야. 당신은 세상을 위해 기꺼이 자신을 희생했잖아. 알버스에겐 특별한 사랑이 필요해. 그래야 아이가 더 강해질 거야. 당신도 더 강해지고.

해리   있잖아, 알버스가 사라졌다고 생각했을 때, 난 그때야 비로소 우리 어머니가 어떻게 날 위해 그런 일을 했는지 진심으로 이해했어. 어떻게 죽음의 저주도 튕겨 낼 만큼 강력한 방어 마법을 쓸 수 있었는지 말야.

지니   볼드모트가 유일하게 이해하지 못한 마법이었지. 바로 사랑.

이 공간에서 이 하나의 단어가 묵직하면서도 아름답게 느껴진다.

해리 난 이 녀석을 특별하게 사랑해, 지니.
지니 알아. 하지만 알버스가 느끼게 해 줘야지.

해리는 자신이 무엇을 바꿔야 하는지 깨닫고 아내를 보며 슬프게 미소 짓는다.

해리 당신 같은 사람이 곁에 있다니 난 참 운이 좋아. 그렇지?
지니 정말 운이 좋은 거지. 지금 같은 상황만 아니었다면 당신이 얼마나 행운아인지 즐겁게 얘기할 수 있었을 텐데. 일단 지금은 델피를 막는 일에 집중하자.
해리 시간이 다 되어 가는데.

지니에게 문득 어떤 생각이 떠오른다.

지니 그런데…… 해리, 델피가 왜 하필 지금 이 시간을 골랐는지 아무도 생각해 보지 않았지? 왜 하필 오늘인 걸까?

해리   그야 오늘이 모든 게 바뀐 날이니까…….

지니   지금 당신이 태어난 지 1년이 넘었지?

해리   1년 3개월 됐어.

지니   그럼 그 여자는 그 1년 3개월 가운데 아무 때나 골라 당신을 죽일 수 있었잖아. 지금만 해도 그 여자가 고드릭 골짜기에 온 지 24시간이 지났어. 대체 뭘 기다리는 걸까?

해리   난 아직도 무슨 말인지 모르겠는데—

지니   혹시 당신을 기다리는 게 아니고…… 그를 기다리는 거라면? 그를 막으려는 거라면?

해리   뭐?

지니   델피가 오늘 밤을 택한 건 그가 오늘 여기에 오기 때문이야. 자기 아버지가 오기 때문이라고. 델피는 아버지를 만나고 싶은 거야. 아버지, 자신이 사랑하는 아버지와 함께 있고 싶은 거지. 볼드모트는 당신을 공격한 뒤부터 고난을 겪기 시작했잖아. 당신을 공격하지 않았더라면…….

해리   그는 오히려 더 강해졌겠지. 어둠의 세력은 더 어두워졌을 테고.

지니   그 예언을 깨는 가장 좋은 방법은 해리 포터를 죽이는 게 아니야. 볼드모트가 하려는 일을 막는 거지.

4막 10장

1981년 고드릭 골짜기, 교회

혼란에 빠진 해리 일행이 한데 모여 있다.

론 그러니까 정리하면…… 우리가 볼드모트를 보호하려고 싸운다고?

알버스 할머니 할아버지를 죽이고, 아빠까지 죽이려 한 볼드모트를요?

헤르미온느 그래, 맞아, 지니. 델피는 해리를 죽이려는 게 아니야. 해리를 죽이려는 볼드모트를 막으려는 거지. 기발하군.

드레이코 그럼…… 우린 그냥 기다려? 볼드모트가 나타날 때까지?

알버스 그런데 볼드모트가 언제 나타날지 델피가 알까요?

그 여자가 24시간 동안 여기에 오지 않은 건 그가 언제 어느 쪽에서 나타날지 모르기 때문이 아닐까요? 역사책에는…… 혹시 내가 틀렸다면 알려 줘, 스코피어스. 역사책에는 그가 고드릭 골짜기에 언제 어떻게 나타났는지는 나와 있지 않잖아요?

스코피어스와 헤르미온느 틀리지 않았어.

론 어럽쇼! 이제 둘이나!

드레이코 그런데 그 점을 어떻게 이용하지?

알버스 제가 진짜 잘하는 게 뭔지 아세요?

해리 네가 잘하는 거야 많지, 알버스.

알버스 폴리주스를 만드는 거예요. 그리고 바틸다 백숏의 지하실에 필요한 재료가 전부 다 있을걸요. 폴리주스를 사용해 볼드모트로 변신해서 델피를 유인하면 되잖아요.

론 폴리주스로 변신하려면 그 사람의 신체 일부가 있어야 해. 우리에겐 볼드모트의 신체 일부가 없잖아.

헤르미온느 하지만 기본적인 아이디어는 마음에 드는데. 쥐로 변해서 고양이 앞에 선다는 거.

해리 변환 마법을 쓰면 얼마나 똑같이 변할 수 있지?

헤르미온느 그가 어떻게 생겼는지는 다 알잖아. 우리 중에 뛰어난 마법사도 몇 명 있고.

지니 변환 마법을 써서 볼드모트로 변신하자고?
알버스 그 방법밖에 없어요.
헤르미온느 그렇겠지?

        론이 용감하게 앞으로 나선다.

론 그럼 내가 할게. 아무래도 내가 해야 할 것 같아. 내 말은…… 볼드모트가 되는 게 썩 좋은 일은 아니지만…… 내 자랑을 할 생각은 아닌데…… 그래도 내가 우리 중에선 가장 성격이 느긋하니까…… 설사 어둠의 왕으로 변신한다 해도 안달복달하는 너희보다야 타격을 덜 받겠지.

        해리는 골똘히 생각하며 멀찍이 걸어간다.

헤르미온느 누가 안달복달한다는 거야?
드레이코 나도 자원하고 싶어. 볼드모트가 되려면 꼼꼼해야 하거든……. 기분 나쁘게 듣지는 마, 론……. 그리고 어둠의 마법에 대한 지식도 있어야 하고, 또—
헤르미온느 나도 자원할래. 마법 정부 총리로서 그게 나의 책임이자 권리라고 생각해.

4막 10장

스코피어스 제비뽑기를 해야겠는데요…….

드레이코 넌 하지 마라, 스코피어스.

알버스 사실—

지니 아냐. 말도 안 돼. 내가 보기엔 다들 정신이 나갔어. 난 머릿속에서 그 목소리가 들리는 게 어떤 기분인지 알거든. 두 번 다시 그런 일이 일어나게 하진—

해리 어차피…… 내가 해야 해.

　　　　모두가 해리를 돌아본다.

드레이코 뭐?

해리 이 계획이 성공하려면 그 여자가 한 치의 의심도 없이 진짜 볼드모트라고 믿게 해야 해. 그 여자는 뱀의 말을 할 거야. 내가 아직까지 뱀의 말을 하는 데에는 이유가 있다는 걸 알고 있어. 하지만 무엇보다도 난…… 그처럼 되는 것이 어떤 기분인지 아니까. 그가 *되는* 게 어떤 건지 안다고. 내가 해야 해.

론 헛소리하지 마. 그럴듯한 논리지만 그럴듯한 헛소리야. 넌 절대 그가 되어선—

헤르미온느 아무래도 네 말이 맞는 것 같다, 친구.

론 헤르미온느, 그렇지 않아. 볼드모트는 절대…… 해리는 안 돼—
지니 나도 내 오빠 편을 들고 싶진 않지만…….
론 그랬다가 계속 볼드모트로 살아야 할 수도 있어. 영원히.
헤르미온느 당신의 우려가 타당하긴 한데…….
해리 헤르미온느, 잠깐만. 지니.

　　　지니와 해리의 시선이 마주친다.

　　　당신이 원하지 않으면 하지 않을게. 하지만 그 방법 밖에 없는 것 같은데. 내 생각이 틀렸어?

　　　지니는 잠시 생각한 뒤 가만히 고개를 끄덕인다. 해리의 표정이 단호해진다.

지니 당신 말이 맞아.
해리 그럼 어서 하자.
드레이코 네가 어디로 어떻게 갈지부터 논의해야 하지 않을까……. 그러니까—
해리 델피는 그를 기다리고 있어. 그러니까 먼저 나한테 올 거야.

4막 10장

드레이코 그다음엔? 델피가 오면 어떻게 할 거야? 혹시 잊었나 해서 얘기하는데, 그 여자는 엄청나게 강력한 마법사라고.

론 간단해. 해리가 여기로 데려오는 거야. 그런 다음 우리가 함께 쏴 버리면 되지.

드레이코 '쏴 버리면' 된다고?

헤르미온느는 주위를 둘러본다.

헤르미온느 우린 저 문 안에 숨어 있자. 해리 네가 그 여자를 이 지점으로 데려오면 (교회의 장미창을 통과한 햇살이 바닥에 닿는 지점을 가리킨다) 우리가 나와서 도망가지 못하게 하면 돼.

론 (드레이코를 보며) 그런 다음 *쏴 버리는* 거지.

헤르미온느 해리, 마지막으로 물을게. 정말 할 수 있겠어?

해리 응, 할 수 있어.

드레이코 아니야. 아무래도 변수가 너무 많아. 잘못될 공산이 너무 크다고. 변신 상태가 지속되지 않아서 발각될 수도 있잖아……. 그 여자가 여기서 도망치면 그땐 어떤 타격을 입힐지 예측할 수도 없어. 시간을 갖고 적절히 계획을 세워야—

알버스 드레이코 아저씨, 우리 아빠를 믿어 보세요. 절대 실망시키지 않을 거예요.

> 해리는 감동하며 알버스를 본다.

헤르미온느 지팡이.

> 모두 지팡이를 꺼낸다. 해리는 자신의 지팡이를 꽉 움켜쥔다.
> 빛이 나타나 점점 커지다가 모든 것을 집어삼킨다.
> 느리고 기괴하게 변신이 이뤄진다.
> 해리에게서 볼드모트의 형상이 나타난다. 무시무시하다. 해리가 돌아선다. 친구들과 가족을 둘러본다.
> 모두들 해리를 보고 경악을 금치 못한다.

론 미치겠군.

해리/볼드모트 성공이야?

지니 (차분하게) 응. 성공했어.

4막 11장

1981년 고드릭 골짜기, 교회

론과 헤르미온느, 드레이코, 스코피어스, 알버스가 창가에 서서 밖을 내다보고 있다. 지니는 차마 보지 못한다. 그녀는 좀 더 안쪽에 앉아 있다.
알버스가 떨어져 있는 엄마를 발견한다. 그러곤 엄마에게로 걸어간다.

알버스   괜찮을 거예요. 엄마도 알잖아요?
지니   엄마도 알아. 정말 그러길 바라고 말이야. 그냥…… 아빠의 저런 모습을 보고 싶지 않아서 그래. 내가 사랑하는 남자가 내가 증오하는 남자의 모습을 하고 있잖아.

알버스는 엄마 옆에 앉는다.

알버스 나 그 여자를 좋아했어요, 엄마. 그거 알아요? 정말 좋아했어요. 델피. 그런데 그 여자가…… 볼드모트의 딸이었다고요?

지니 그들은 그런 짓을 잘해, 알버스. 거미줄을 쳐서 순진한 사람들이 걸려들게 하거든.

알버스 다 제 잘못이에요.

지니는 알버스를 품에 안는다.

지니 참 재미있네. 네 아빠도 다 자기 탓이라고 생각하는 것 같던데. 이상한 한 쌍이야, 두 사람.

문 쪽에서 스코피어스가 그들의 대화를 끊고 쉿 하는 신호를 보낸다.

스코피어스 그 여자예요. 그 여자라고요. 아저씨를 봤어요.

헤르미온느 위치로 가, 다들. 그리고 명심해. 해리가 저 여자를 빛 안으로 데려오기 전까지는 절대 나와선 안 돼. 기회는 한 번뿐이야. 망치지 말자고.

4막 11장

모두 신속하게 이동한다.

드레이코 헤르미온느 그레인저, 내가 헤르미온느 그레인저의 지시를 받고 있다니. (헤르미온느가 드레이코를 돌아보자, 그가 미소를 짓는다) 그리 나쁘지 않은데.

스코피어스 아빠…….

모두 흩어진다. 그들은 커다란 두짝문 안에 숨는다. 해리/볼드모트가 다시 교회 안으로 들어온다. 그는 두세 걸음 걷다 돌아본다.

해리/볼드모트 어떤 마법사든 간에 나를 따르는 자는 단언컨대, 후회하게 될 것이다.

해리/볼드모트의 뒤로 델피가 등장한다. 델피는 이끌리듯 그의 뒤를 따르고 있다. 이 사람은 그녀의 아버지고, 지금은 그녀가 평생 기다려 온 순간이다.

델피 볼드모트 경. 저예요. 전 당신을 따르고 있습니다.
해리/볼드모트 난 너를 모른다. 그만 가거라.

델피는 심호흡을 한다.

델피 저는 당신 딸이에요.
해리/볼드모트 네가 내 딸이라면 내가 모를 리 없지.

델피는 애원하듯 해리/볼드모트를 본다.

델피 저는 미래에서 왔어요. 벨라트릭스 레스트레인지와 당신 사이에서 태어난 자식이랍니다. 호그와트 전투가 일어나기 전에 말포이 저택에서 태어났죠. 이 전투에선 당신이 패하게 돼요. 제가 당신을 구하러 왔어요.

해리/볼드모트가 돌아선다. 델피는 그와 눈을 맞춘다.

벨라트릭스의 충실한 남편 로돌푸스 레스트레인지가 아즈카반에서 돌아와 제가 누구인지 알려 주고 제가 이뤄야 할 예언을 말해 주었답니다. 저는 당신 딸이에요.
해리/볼드모트 난 벨라트릭스를 잘 아는데. 그러고 보니 확실히 그 여자를 닮았구나. 그녀의 가장 좋은 점을 물려받은 것 같진 않지만. 하지만 증거도 없이…….

    델피가 열심히 뱀의 언어로 말한다.
    해리/볼드모트는 사악하게 웃음을 터트린다.

그게 증거냐?

    델피는 힘들이지 않고 허공으로 떠오른다. 해리/볼드모트는 놀라서 뒤로 물러선다.

델피   저는 어둠의 왕을 섬기는 어거레이입니다. 저는 당신을 섬기기 위해 제가 가진 모든 것을 바칠 각오가 되어 있습니다.

해리/볼드모트   (애써 놀라움을 감추며) 비행술은…… 나한테 배운 거냐?

델피   당신이 걸으신 길을 따르려고 노력했습니다.

해리/볼드모트   나와 똑같은 존재가 되려고 한 마법사는 본 적이 없는데.

델피   오해하진 마세요. 제가 당신처럼 위대한 존재가 될 수는 없죠. 다만 당신께서 자랑스러워할 만한 자식이 되기 위해 평생을 노력했습니다.

해리/볼드모트 (말을 가로채며) 네가 누구인지 알겠구나. 네가 어떤 존재인지 알겠다. 딸아.

델피는 몹시 감동하며 해리/볼드모트를 본다.

델피   아버지?
해리/볼드모트 우리가 함께하면 강력한 힘을 발휘할 수 있겠구나.
델피   아버지…….
해리/볼드모트 이리 오너라. 빛 안으로 말이다. 나의 피로 만들어진 자식을 자세히 보고 싶구나.
델피   아버지는 계획을 잘못 세우셨어요. 해리 포터를 공격해선 안 돼요. 그 아이는 아버지를 파멸시킬 거예요.

해리/볼드모트의 손이 해리의 손으로 바뀐다. 그것을 본 해리/볼드모트가 놀라고 당황해 얼른 손을 소매 속에 감춘다.

해리/볼드모트 그 애는 아기가 아니냐.
델피   그 애에겐 어머니의 사랑이 있어요. 그것 때문에 아버지의 주문이 튕겨 나와 아버지를 무너뜨리게 돼요. 그 아이는 아주 강력해지고 아버지는 몹시 쇠약

4막 11장

해지죠. 아버지는 결국 회복하지만, 그와의 전투에 17년이란 시간을 쏟아붓고는 끝내 패하고 말아요.

해리/볼드모트의 머리카락이 삐죽삐죽 나오기 시작한다. 그 자신도 그것을 느끼고 감추려 애쓴다. 그는 머리 위로 망토의 모자를 당겨 쓴다.

해리/볼드모트 그럼 그 아이를 공격하지 말아야겠구나. 네 말이 맞다.

델피 아버지?

해리/볼드모트의 몸이 줄어든다. 이제 볼드모트라기보다는 해리에 더 가까워 보인다. 그는 델피를 등지고 선다.

아버지?

해리 (계속 볼드모트의 목소리를 내려고 필사적으로 애쓰며) 훌륭한 계획을 세웠구나. 싸움은 그만두마. 너는 나를 크게 도왔다. 이제 내가 자세히 볼 수 있게 빛 안으로 오거라.

델피는 문 하나가 살짝 열렸다가 닫히는 모습을 목격한다. 그녀는 인상을 쓰며 빠르게 머리를 굴린다. 의혹이 커지고 있다.

델피   아버지…….

델피는 어떻게든 그의 얼굴을 다시 보려 한다. 그들의 움직임이 한바탕 춤판이 벌어진 것처럼 보인다.

볼드모트 경이 아니잖아.

델피는 손끝으로 광선을 쏜다. 해리도 이에 맞선다.

인센디오!
해리   인센디오!

방 한가운데서 두 광선이 만나 아름다운 폭발을 일으킨다.
해리 일행이 문을 열려고 하자 델피가 다른 손으로 두짝문에 광선을 쏜다.

델피 포터였군. 콜로포터스!

　　　　　해리는 문을 보며 당황한다.

지니 (무대 밖에서) 그 여자가 그쪽에서 문을 잠갔어.
델피 왜? 친구들이 도와줄 줄 알았나 보지?
헤르미온느 (무대 밖에서) 해리…… 해리…….
해리 좋아. 나 혼자 상대해 주지.

　　　　　해리는 다시 델피를 공격하러 간다. 그러나 델피가 훨씬 더 세다.
　　　　　해리의 지팡이가 델피 쪽으로 날아간다. 해리는 이제 무장 해제 상태다. 속수무책이다.

어떻게……? 당신 대체 뭐야?
델피 난 오랫동안 당신을 지켜봤어, 해리 포터. 난 내 아버지보다도 당신을 더 잘 알지.
해리 내 약점을 알아냈다고 생각하나?
델피 나는 그분만큼 위대해지기 위해 계속 노력해 왔어! 물론, 그분은 역대 최고의 마법사이시지. 그래도 나를 자랑스러워하실 거야. 엑스펄소!

해리가 몸을 굴려 피하는 순간 그의 뒤쪽 바닥이 폭발한다. 그는 황급히 신도석 밑으로 기어 들어가 델피와 어떻게 맞서 싸울지 궁리한다.

지금 기어서 도망치는 거야? 마법 세계의 영웅, 해리 포터께서 생쥐처럼 도망을 가다니. 윙가르디움 레비오사!

신도석이 허공으로 떠오른다.

문제는, 굳이 시간을 들여 당신을 죽일 필요가 있느냐는 거지. 어차피 내가 우리 아버지를 막으면 당신의 파멸은 보장되는데 말이야. 어떻게 할까? 아, 지루해. 그냥 죽여야겠어.

델피는 해리를 향해 신도석을 세차게 떨어뜨린다. 신도석이 떨어지는 순간 해리는 필사적으로 몸을 굴려 피한다.
바닥의 쇠살대에서 알버스가 나오지만 아무도 이를 보지 못한다.

4막 11장

아바다—

알버스 아빠…….

해리 알버스! 안 돼!

> 알버스가 해리에게 지팡이 하나를 던진다. 해리는 지팡이를 받아 들며 아들이 엄청난 위험을 감수했다는 사실에 경악한다.

델피 둘씩이나? 선택을 해야겠군, 선택을. 아이부터 죽이겠어. 아바다 케다브라!

> 델피는 알버스에게 살해 저주를 쏜다. 그러나 해리가 알버스를 밀어낸다. 광선이 바닥을 때린다.
> 해리 역시 광선을 되쏘아 공격한다.

당신이 나보다 더 세다고 생각해?

해리 아니. 그건 아니야.

> 그들이 서로를 향해 무자비하게 광선을 쏘는 동안 알버스는 재빨리 몸을 굴려 두짝문에 차례차례 주문을 날리며 문을 연다.

알버스	알로호모라!
해리	하지만 우리는 당신보다 세지.
알버스	알로호모라!
해리	난 지금껏 혼자 싸운 적 없어. 앞으로도 그럴 거고.

        헤르미온느와 론, 지니, 드레이코가 문밖으로 나와 델피에게 마법을 쏜다. 델피는 격분하며 비명을 지른다. 굉장한 비명이다. 그러나 그녀는 그들 모두와 맞서 싸울 수가 없다.
        연달아 펑펑 터지는 소리가 들리고 델피는 힘에 밀리고 만신창이가 되어 바닥으로 나가떨어진다.

델피	안 돼…… 안 돼…….
헤르미온느	브라키아빈도!

        델피가 결박된다.
        해리가 델피에게 다가간다. 해리는 델피에게서 시선을 떼지 않는다. 나머지는 모두 물러나 있다.

해리	알버스, 너 괜찮니?
알버스	네, 아빠. 괜찮아요.

> 해리는 여전히 델피에게서 시선을 떼지 않는다. 여전히 그녀를 두려워한다.

해리 지니, 알버스가 다치지 않았어? 알버스가 무사한지 알려 줘…….
지니 고집을 부려서 어쩔 수 없었어. 쇠살대를 통과할 수 있는 사람이 알버스밖에 없었거든. 나도 못 하게 하려고 했어.
해리 괜찮은지만 얘기해.
알버스 괜찮아요, 아빠. 정말이에요.

> 해리는 계속해서 델피에게 다가간다.

해리 많은 사람이 나를 해치려 했지……. 하지만 내 아들까지! 감히 내 아들을 다치게 하다니!
델피 난 내 아버지를 만나고 싶었을 뿐이야.

> 이 말에 해리가 놀란다.

해리 네 삶을 다시 쓸 수는 없어. 넌 영원히 고아야. 그 사실은 절대 변하지 않아.

델피 그냥 그분을…… 보게만 해 줘.

해리 그럴 수 없어. 절대 안 돼.

델피 (진심을 다해 애절하게) 그럼 날 죽여 줘.

해리는 잠시 생각한다.

해리 그것도 안 되겠어…….

알버스 뭐라고요? 아빠? 저 여잔 위험해요.

해리 아니야, 알버스…….

알버스 저 여자는 살인자예요. 사람을 죽이는 걸 제가 봤다고요—

해리는 돌아서서 자신의 아들과 지니를 차례로 바라본다.

해리 그래. 알버스, 이 여자는 살인자야. 우린 아니고.

헤르미온느 그들보다 나은 사람이 되어야지.

론 그래, 좀 짜증 나긴 하지만 우리는 그렇게 배웠어.

델피 차라리 잊게 해 줘. 내 기억을 없애 줘. 내가 누구인지 잊게 해 달라고.

론 아니. 우리는 널 현재로 데려갈 거야.

4막 11장

헤르미온느　넌 아즈카반으로 가게 될 거야. 네 어머니처럼.
드레이코　넌 그곳에서 썩어 갈 거야.

> 해리는 어떤 소리를 듣는다. 쉭쉭거리는 소리.
> 뒤이어 죽음과도 같은 소리, 우리가 전에 들어 보았던 그 소리가 난다.
> 해애리 포오터…….

스코피어스　저게 뭐죠?
해리　안 돼. 안 돼. 아직은 안 돼.
알버스　뭐예요?
론　볼드모트야.
델피　아버지?
헤르미온느　지금? 여기에?
델피　아버지!
드레이코　실렌시오! (델피의 입에 재갈이 물린다) 윙가르디움 레비오사! (델피가 저 멀리 날아간다)
해리　그가 오고 있어. 지금 그가 오고 있어.

> 볼드모트가 무대 뒤에서 나와 무대를 가로질러 객석으로 내려간다. 그가 퍼트리는 증오와 공포가 대기

를 가득 메운다. 볼드모트는 죽음을 데리고 왔다. 모두가 그것을 느낀다.

4막 12장

1981년 고드릭 골짜기

해리는 속수무책으로 볼드모트를 바라본다.

해리 볼드모트가 내 어머니 아버지를 죽이려고 하는데 그를 막을 방법이 아무것도 없다니.

드레이코 그건 아니지.

스코피어스 아빠, 지금은 그런 말을 하실 때가······.

알버스 그를 막을 수는 있잖아요. 하지 않는 것뿐이지.

드레이코 그게 대단한 거지.

        지니가 해리의 손을 잡는다.

지니 꼭 보지 않아도 돼, 해리. 그냥 집에 가자.

해리 이렇게 손 놓고 있으면서…… 당연히 봐야지.
헤르미온느 그럼 우리 모두 같이 지켜볼게.
론 우리 모두 볼게.

낯선 목소리들이 들린다…….

제임스 (무대 밖에서) 릴리, 해리를 데리고 가! 그가 왔어! 가! 도망쳐! 내가 그를 잡아 둘게…….

폭발이 일어나고 뒤이어 웃음소리가 들린다.

저리 가 있어. 알았지? 멀리 가 있으라고.

볼드모트 (무대 밖에서) 아바다 케다브라!

초록색 섬광들이 객석 주위에서 번쩍하자 해리가 움찔한다.
알버스가 해리의 손을 잡는다. 해리는 알버스의 손을 꼭 잡는다. 지금 해리에겐 그 손길이 간절히 필요하다.

알버스 할아버지는 할 수 있는 일을 다하셨네요.

> 지니가 일어나 해리 옆에 서며 그의 다른 손을 잡는다. 해리는 지니와 알버스에게 기댄다. 지금은 두 사람이 해리를 지탱해 주고 있다.

해리 우리 어머니야. 창가에. 어머니가 보여. 아름다우시네.

> 펑 소리와 함께 문짝들이 떨어져 나간다.

릴리 (무대 밖에서) 해리는 안 돼, 해리는 안 돼요. 제발 해리는……

볼드모트 (무대 밖에서) 저리 비켜, 이 멍청한 계집……. 당장 비키란 말이야…….

릴리 (무대 밖에서) 해리는 안 돼. 제발, 안 돼요. 날 데려가. 차라리 날 죽여요…….

볼드모트 (무대 밖에서) 마지막 경고야—

릴리 (무대 밖에서) 해리는 안 돼! 제발요…… 부탁이에요…… 부탁이에요……. 내 아들만은 안 돼요! 제발…… 뭐든지 할게요.

볼드모트 (무대 밖에서) 아바다 케다브라!

번개가 해리의 몸을 관통하는 듯하다. 해리가 바닥에 주저앉는다. 몹시 비통해하며.

잦아드는 비명 같은 소리가 관객 주변에서 오르락내리락한다.

관객은 지켜만 본다.

서서히, 존재하던 것들이 더는 존재하지 않게 된다.

무대가 바뀌면서 회전한다.

해리와 그의 가족 및 친구 들이 빙글빙글 돌며 사라진다.

4막 13장

1981년 고드릭 골짜기, 제임스와 릴리 포터의 집 안

무대는 엉망이 된 채 불타고 있는 집 안으로 바뀌어 있다. 포악한 습격이 휩쓸고 지나간 집.
해그리드가 집 안으로 들어와 난장판 속을 걷는다.

해그리드　　제임스?

　　　　　　해그리드가 주위를 두리번거린다.

　　　　　릴리??

　　　　　　그는 너무 빨리, 너무 많은 것을 보지 않으려고 천천히 걷는다. 완전히 얼이 빠져 있다.

이윽고 그는 제임스와 릴리를 보고 걸음을 멈춘 채 아무 말도 하지 못한다.

그의 얼굴에 고통이 퍼져 나간다.

아. 아아. 어떻게, 어떻게…… 이렇게까지…… 얘기를 듣긴 했지만…… 이 정도일 줄은 몰랐어…….

현실을 부인하고 싶어 하는 기색이 역력하다. 그는 제임스와 릴리를 보고서 고개를 숙여 애도를 표한다. 그러곤 몇 마디 중얼거린 뒤 안쪽 호주머니에서 찌부러진 꽃 몇 송이를 꺼내 바닥에 놓는다.

미안해. 난 지시를 받았어. 그분한테, 덤블도어 교수님께 지시를 받았어. 난 함께 기다려 줄 수가 없어. 머글들이 파란 불을 번쩍이며 이리로 오고 있는데, 나처럼 커다랗고 굼뜬 사내가 옆에 있으면 달가워하지 않을 거야, 안 그래?

해그리드는 한차례 흐느낀다.

그래도 그냥 이렇게 가려니 마음이 아프다. 이거 하

나는 꼭 알아줘. 우린 절대 두 사람을 잊지 않을 거야. 나도…… 그 어떤 누구도.

>이때 해그리드의 귀에 어떤 소리가 들린다. 아기가 훌쩍거리는 소리다. 해그리드는 그쪽을 돌아보며 좀 더 힘차게 걸음을 옮긴다.
>그는 아기 침대 옆에 서서 아래를 내려다본다. 아기 침대에서 빛이 뿜어져 나오는 듯하다.

아이코. 안녕. 네가 해리구나. 안녕, 해리 포터. 난 루비우스 해그리드야. 네가 좋아할지는 모르겠지만 어쨌든 난 네 친구가 될 거야. 지금까지 힘들었을 테니 말이야, 넌 아직 모르겠지만. 어차피 너도 친구가 필요하잖아. 그러니까 네 생각에도 나랑 같이 가는 게 좋겠지?

>번쩍이는 파란 불빛이 마치 영묘한 빛처럼 방 안을 가득 채우자 해그리드는 해리를 조심스레 품에 안아 올린다.
>그러곤 뒤도 돌아보지 않고 성큼성큼 집 안을 가로질러 나간다.

무대가 차츰차츰 암전된다.

4막 14장

호그와트, 교실

스코피어스와 알버스가 몹시 흥분해서 교실로 달려 들어온다. 그들은 교실로 들어와 문을 쾅 닫는다.

스코피어스 내가 진짜로 해냈다니, 믿기지가 않아.

알버스 나도 네가 진짜로 해냈다니, 믿기지 않는다.

스코피어스 로즈 그레인저위즐리. 내가 로즈 그레인저위즐리에게 데이트 신청을 했어.

알버스 그리고 그 애는 거절했지.

스코피어스 어쨌든 난 했잖아. 난 도토리를 심은 거야. 그 도토리가 자라서 결혼이라는 결실을 맺겠지.

알버스 네가 중증 몽상가인 거 너도 알지?

스코피어스 그렇다고 대답하고 싶지만…… 폴리 채프먼이 나더러 학교 무도회에 함께 가자고 했다니까…….

알버스 다른 현실에서, 그것도 네가 지금보다 훨씬, 아주 훨씬 더 인기가 많은 세상에서 다른 여자애가 너한테 데이트 신청을 했다고 해서—

스코피어스 그래, 맞아. 논리적으로 생각하면 난 폴리를 쫓아다녀야 하지. 아니면 폴리가 나를 쫓아다니게 두거나. 어쨌든 폴리는 예쁘기로 유명하잖아. 그래도 로즈는 로즈니까.

알버스 논리적으로 따지면 넌 정말 괴짜인 거 알아? 로즈는 널 싫어해.

스코피어스 정정. 예전에는 싫어했지만 아까 내가 데이트 신청할 때 눈빛 봤어? 싫어하는 눈빛이 아니었어. 불쌍해하는 눈빛이었지.

알버스 불쌍한 게 좋아?

스코피어스 연민은 출발점이야, 친구. 연민을 토대로 성을 쌓을 수도 있다고. 사랑의 성.

알버스 솔직히 난 너보다 내가 먼저 여자 친구를 사귈 줄 알았어.

스코피어스 아, 틀림없이 네가 먼저 사귈 거야. 눈이 흐릿한 새 마법약 교수 있잖아. 그 정도 연상이면 너한테 딱 좋지 않아?

4막 14장

알버스 나 연상 좋아하는 거 아니거든!

스코피어스 시간은 있어. 아주 많이 있으니까 느긋하게 유혹해 봐. 난 로즈를 설득하려면 몇 년 걸릴 것 같거든.

알버스 네 자신감이 존경스럽다.

로즈가 계단에서 알버스와 스코피어스를 지나치다가 두 사람 모두를 바라본다.

로즈 안녕.

두 소년 모두 어떻게 대답해야 할지 모른다. 로즈가 스코피어스를 쳐다본다.

로즈 어색하게 굴면 더 어색해져.

스코피어스 접수. 완전히 숙지했음.

로즈 그래. '스콜피언 킹'.

로즈는 얼굴에 미소를 띠고서 퇴장한다. 스코피어스와 알버스는 서로를 쳐다본다. 알버스가 활짝 웃으며 주먹으로 스코피어스의 팔을 툭 친다.

알버스 네 말이 맞을 수도 있겠다. 연민이 출발점이라는 말 말이야.

스코피어스 퀴디치 보러 갈래? 슬리데린하고 후플푸프하고 붙는데, 중요한 시합이야—

알버스 우린 퀴디치 싫어하지 않았어?

스코피어스 사람은 변할 수 있잖아. 그리고 나 요즘 연습 중이야. 이러다 올해 안에 퀴디치 팀에 들어갈지도 몰라. 같이 가자.

알버스 난 못 가. 아빠가 오신다고 했거든—

스코피어스 마법 정부 일을 제쳐 두고 시간을 내신 거야?

알버스 산책하자고 하시네. 나한테 보여 줄 게 있으시다고. 해 줄 얘기가 있으신가 봐.

스코피어스 산책?

알버스 알아. 뭐, 가족 간의 유대를 쌓거나 그 비슷하게 오글거리는 일이겠지. 그래도 가 봐야 할 것 같아.

스코피어스가 다가와 알버스를 껴안는다.

지금 뭐 하는 거야? 우린 포옹하지 않기로 한 줄 알았는데.

스코피어스 고민했어. 해야 할지 말아야 할지. 아무래도 우리 사이가 변한 것 같아서.

알버스 그래도 되는지 로즈한테 물어보는 게 좋겠다.

스코피어스 하! 그래. 그렇네.

두 소년은 떨어져서 서로를 보며 활짝 웃는다.

알버스 저녁 식사 때 보자.

4막 15장

어느 아름다운 언덕

아름다운 여름날에 해리와 알버스가 언덕을 오른다.
두 사람은 아무 말 없이, 얼굴에 내리쬐는 햇볕을 즐기고 있다.

해리 준비는 됐니?

알버스 무슨 준비요?

해리 4학년 시험이 있잖아. 그러고 나면 5학년이 될 테고. 5학년이 중요해. 아빤 5학년 때—

　　　　해리는 알버스를 본다. 미소를 짓는다. 그러곤 얼른 덧붙인다.

　　　　많은 걸 했지. 좋은 일도 있었고, 나쁜 일도 있었고.

혼란스러운 일도 많았어.

알버스 알게 되니 좋은데요.

> 해리는 미소 짓는다.

제가 잠깐 봤잖아요……. 아빠의 부모님 말이에요. 세 분이…… 정말 즐거워 보였어요. 할아버지는 아빠한테 연기로 도넛을 만들어 보여 주시더라고요. 아빠는…… 아빠는 계속 깔깔거리며 웃었어요.

해리 그래?

알버스 두 분이 살아 계셨다면 아빠가 무척 따랐을 것 같아요. 저도 할아버지 할머니를 좋아했을 테고요.

> 해리는 고개를 끄덕인다. 둘 사이에 어렴풋이 불편한 침묵이 흐른다.
> 둘 다 서로에게 가까이 다가가려고 노력하지만 제대로 되지 않는다.

해리 있잖니, 아빠는 그에게서 벗어났다고 생각했어. 볼드모트 말이야. 아빠는 그를 완전히 떨쳐 낸 줄 알았지. 그런데 흉터가 다시 아프기 시작하고 그가 나오는 꿈을 꾸고 심지어 뱀의 말도 다시 할 수 있게 됐어. 갑자기 예전으로 돌아간 기분이 들었지. 그가 절대 놓아주지 않을 거라는—

알버스 그건 아니었죠?

해리 내 안에 있던 볼드모트의 일부는 오래전에 사라졌지만, 육체적으로 그를 떨쳐 낸 것만으로는 충분하지 않았어. 정신적으로도 그를 떨쳐 내는 과정이 필요했던 거지. 마흔 살이나 된 남자가 지금껏 그걸 몰랐으니.

그는 알버스를 본다.

아빠가 너한테 했던 말…… 용서하기 힘들 거야. 잊으라고 할 수도 없고 말이야. 그래도 우리가 그 일에 연연하지 않으면 좋겠다.
네게 더 좋은 아빠가 되기 위해 노력할게, 알버스. 그리고…… 너한테 솔직해지려고 노력할 거야…….

알버스 아빠, 꼭 그렇게까지—

해리 넌 아빠가 아무것도 두려워하지 않는다고 생각한다지만, 사실 아빤…… 두려운 게 엄청 많아. 어둠도 무서워해. 그거 알았니?

4막 15장

알버스 해리 포터가 어둠을 무서워한다고요?

해리 좁은 공간도 싫어하고…… 이건 아무한테도 말하지 않았는데 사실은…… (털어놓기 전에 잠시 머뭇거린다) 비둘기도 별로 좋아하지 않아.

알버스 비둘기를 좋아하지 않는다고요?

해리 (얼굴을 일그러뜨린다) 불쾌하고 얼룩덜룩하고 더럽잖아. 아빤 비둘기를 보면 소름이 돋아.

알버스 하지만 비둘기는 해롭지 않잖아요!

해리 알아. 하지만 알버스 세베루스 포터, 아빠한테 가장 두려운 건 네게 아빠가 되어 주는 일이야. 그것만큼은 어떤 도움도 없이 온전히 혼자 알아서 해야 하거든. 대부분의 사람들은 적어도 기준으로 삼을 만한 아빠라도 있잖아. 저렇게 되어야겠다, 혹은 저렇게 되지 말아야겠다, 생각할 만한 기준이 있어. 아빤 아무것도 없어. 거의 없는 셈이지. 그래서 아빤 배워 가는 중이야. 알겠니? 가급적 모든 것을 동원해서 네게 좋은 아빠가 되기 위해 노력할게.

알버스 저도 더 나은 아들이 되려고 노력할게요. 물론, 제임스 형과는 다르겠죠, 아빠. 저는 아빠와 형처럼 될 수는 없을 거예요—

해리 제임스는 나와 딴판이야.

알버스　　그래요?

해리　　제임스는 모든 걸 쉽게 해 나가거든. 아빤 어릴 때 끊임없이 발버둥 쳐야 했지.

알버스　　저도 그랬어요. 그럼 제가…… 아빠를 닮았다고요?

　　　　　해리는 알버스를 보며 미소 짓는다.

해리　　사실 넌 엄마를 더 많이 닮았어. 대담하고 맹렬하고 재미있고…… 아빠는 그런 점을 좋아하거든. 그러니까 아빤 네가 꽤 훌륭한 아들이라고 생각해.

알버스　　저는 세상을 무너뜨릴 뻔했어요.

해리　　어차피 델피는 그 자리에 계속 있었을 거야, 알버스……. 넌 그 여자를 환한 곳으로 끌어내어 우리가 맞설 수 있게 해 줬어. 지금 넌 그렇게 생각하지 않겠지만 네가 우릴 구한 셈이야.

알버스　　하지만 좀 더 잘했어야 하지 않을까요?

해리　　아빠도 스스로에게 똑같은 질문을 할 것 같지 않니?

알버스　　(아빠가 이런 생각은 하지 않으리라는 것을 알고 마음이 더 무거워진다) 게다가…… 우리가 그 여자를 잡았을 때…… 저는 그 여자를 죽이고 싶어 했어요.

해리　　넌 그 여자가 크레이그를 죽이는 광경을 봤잖아. 그

	래서 화가 났던 거야, 알버스. 그럴 수 있어. 하지만 어차피 죽이진 않았을 거야.
알버스	그걸 어떻게 알아요? 그게 제가 가진 슬리데린의 기질일 수도 있잖아요. 기숙사 배정 모자가 제게서 그런 기질을 봤겠죠.
해리	아빠 네 머릿속을 이해할 수가 없어, 알버스. 하긴, 넌 10대 아이니까 내가 네 머릿속을 이해할 수 없는 게 당연하지. 그래도 아빠 네 본심을 알아. 예전엔 몰랐지. 아주 오랫동안…… 하지만 이번…… '모험' 덕분에 아빠 네 안에 어떤 기질이 있는지 알게 됐어. 슬리데린, 그리핀도르, 너한테 어떤 꼬리표가 붙든 아빠 알아. 네 본심이 선하다는 걸 안다고. 네가 좋든 싫든, 어쨌든 넌 마법사가 되어 가고 있어.
알버스	아, 저는 마법사가 되지 않을 거예요. 저는 비둘기 경주에 나갈까 봐요. 생각하니 꽤 신나는데요.

해리가 활짝 웃는다.

| **해리** | 네가 가진 이름…… 그걸 짐으로 생각해선 안 돼. 알버스 덤블도어도 그분 나름대로 시련을 겪으셨어. 그리고 세베루스 스네이프는…… 그분에 대해선 잘 |

알잖아—

알버스 다 좋은 분들이셨죠.

해리 훌륭한 분들이셨지. 커다란 결함도 갖고 계셨고. 그런 결함이 그분들을 더 위대하게 만들었단다.

알버스는 주위를 둘러본다.

알버스 아빠? 여기는 왜 온 거예요?

해리 아빠가 자주 오는 곳이야.

알버스 하지만 여긴 묘지인데······.

해리 여기가 세드릭의 무덤이야······.

알버스 아빠?

해리 이번에 죽은 아이 말이야. 크레이그 보커······. 그 애랑 얼마나 친했니?

알버스 별로 친하지 않았어요.

해리 아빠도 세드릭이랑 친하지 않았어. 세드릭은 잉글랜드 퀴디치 선수가 될 수도 있었어. 혹은 뛰어난 오러가 되었을 수도 있지. 살아 있었다면 뭐라도 되었을 거야. 에이머스 어르신 말씀이 옳아. 그분은 세드릭을 빼앗겼어. 그래서 아빠가 여기 오는 거야. 그냥 사과를 하려고. 시간이 날 때마다 오지.

알버스   그건…… 좋은 일이네요.

> 알버스는 아빠와 나란히 세드릭의 무덤 앞에 선다. 해리는 아들을 보며 미소를 짓고는 고개를 들어 하늘을 올려다본다.

해리   오늘은 날이 좋을 것 같구나.

> 그는 아들의 어깨를 어루만진다. 두 부자는 아주 조금이나마 하나가 되려 한다.

알버스   (미소 지으며) 제 생각도 그래요.

끝.

런던 공연 오리지널 캐스트

〈해리 포터와 저주받은 아이 1, 2부〉의 첫 제작은 소니아 프리드먼 프로덕션과 콜린 캘린더, 해리 포터 연극 프로덕션이 맡았다. 2016년 7월 30일에 런던 팰리스 극장에서 초연되었다.

출연(알파벳순)

크레이그 보커 2세	Jeremy Ang Jones
울보 머틀, 릴리 포터 1세	Annabel Baldwin
버넌 이모부, 세베루스 스네이프, 볼드모트 경	Paul Bentall
스코피어스 말포이	Anthony Boyle
알버스 포터	Sam Clemmett
헤르미온느 그레인저	Noma Dumezweni
폴리 채프먼	Claudia Grant
해그리드, 기숙사 배정 모자	Chris Jarman
얀 프레더릭스	James Le Lacheur
피튜니아 이모, 후치 선생, 덜로리스 엄브리지	Helena Lymbery
에이머스 디고리, 알버스 덤블도어	Barry McCarthy
간식 카트 마법사, 맥고나걸 교수	Sandy McDade
역장	Adam McNamara
지니 포터	Poppy Miller

세드릭 디고리, 제임스 포터 2세, 제임스 포터 1세	Tom Milligan
더들리 더즐리, 칼 젱킨스, 빅토르 크룸	Jack North
해리 포터	Jamie Parker
드레이코 말포이	Alex Price
베인	Nuno Silva
로즈 그레인저위즐리, 어린 헤르미온느	Cherrelle Skeete
델피 디고리	Esther Smith
론 위즐리	Paul Thornley

어린 해리 포터	Rudi Goodman Alfred Jones Bili Keogh Ewan Rutherford Nathaniel Smith Dylan Standen
릴리 포터 2세	Zoe Brough Cristina Fray Christiana Hutchings

기타 배역

Nicola Alexis, Jeremy Ang Jones, Rosemary Annabella, Annabel Baldwin, Jack Bennett, Paul Bentall, Claudia Grant, James Howard, Lowri James, Chris Jarman, Martin Johnston, James Le Lacheur, Helena Lymbery, Barry McCarthy, Andrew McDonald, Adam McNamara, Tom Milligan, Jack North, Stuart Ramsay, Nuno Silva, Cherrelle Skeete

대역

Helen Aluko, Matthew Bancroft, Morag Cross, Chipo Kureya, Tom Mackley, Joshua Wyatt

Nuno Silva	상주 무브먼트 캡틴
Jack North	협력 무브먼트 캡틴
Morag Cross	보이스 캡틴

2017년 크리에이티브 및 프로덕션 팀

원작	J.K. Rowling, John Tiffany, Jack Thorne
극본	Jack Thorne
연출	John Tiffany
무브먼트 디렉터	Steven Hoggett
무대 디자인	Christine Jones
의상 디자인	Katrina Lindsay
작곡/편곡	Imogen Heap
조명 디자인	Neil Austin
음향 디자인	Gareth Fry
일루션/마술	Jamie Harrison
음악 슈퍼바이저/편곡	Martin Lowe
캐스팅 디렉터	Julia Horan CDG
프로덕션 매니저	Gary Beestone
제작 무대 감독	Sam Hunter
협력 연출	Des Kennedy
협력 무브먼트 디렉터	Neil Bettles
협력 무대 디자인	Brett J. Banakis
협력 음향 디자인	Pete Malkin

협력 일루션/마법 디자인	Chris Fisher
협력 캐스팅 디렉터	Lotte Hines
조명 조감독	Adam King
의상 디자인 슈퍼바이저	Sabine Lemaître
분장/헤어	Carole Hancock
소품 슈퍼바이저	Lisa Buckley, Mary Halliday
음악 편집	Phij Adams
음악 프로덕션	Imogen Heap
특수 효과	Jeremy Chernick
비디오 디자인	Finn Ross, Ash Woodward
사투리 지도	Daniele Lydon
목소리 지도	Richard Ryder
상주 연출	Pip Minnithorpe
컴퍼니 무대 감독	Richard Clayton
무대 감독	Jordan Noble-Davies
무대 부감독	Jenefer Tait
무대 조감독	Oliver Bagwell Purefoy, Tom Gilding, Sally Inch, Ben Sherratt
의상 팀장	Amy Gillot
의상 부팀장	Laura Watkins
의상팀	Kate Anderson, Leanne Hired
드레서	George Amielle, Melissa Cooke, Rosie Etheridge, John Ovenden, Emilee Swift
낮 공연 의상팀	Melissa Hadley
분장/헤어 팀장	Nina Van Houten
분장/헤어 부팀장	Alice Townes

분장/헤어팀	Jacob Fessey, Cassie Murphie, Joanna Sim
음향 팀장	Chris Reid
음향 부팀장	Rowena Edwards
RF 엔지니어	Laura Head, Bethany Woodford
특수 효과 오퍼레이터	Callum Donaldson
오토메이션 팀장	Josh Peters
오토메이션 부팀장	Jamie Lawrence
오토메이션 엔지니어	Jamie Robson
조명 팀장	David Treanor
조명 부팀장	Paddy Magee
플라잉 테크니션	Paul Gurney
샤프롱	David Russell, Eleanor Dowling
제너럴 매니지먼트	Sonia Friedman Productions
제너럴 매니지먼트/이사	Diane Benjamin
책임 프로듀서	Pam Skinner
협력 프로듀서	Fiona Stewart, Ben Canning
제너럴 매니지먼트 보	Max Bittleston
제작팀	Imogen Clare-Wood
마케팅 매니저	Meg Massey
세일즈 및 회계 팀장	Mark Payn
협력 프로듀서(기획 개발)	Lucie Lovatt
협력 라이브러리언	Jack Bradley
객석 담당	Tobias Jones

작가 소개

J.K. 롤링

원작

J.K. 롤링은 일곱 편의 〈해리 포터〉 시리즈와 자선 목적으로 〈해리 포터〉 참고 도서 세 편을 썼다. 〈해리 포터〉 시리즈는 80개 언어로 번역되어 4억 5,000만 부가 판매되었다. 또한, 성인 소설 《캐주얼 베이컨시》를 썼으며, 로버트 갤브레이스라는 필명으로 범죄 수사물인 〈코모란 스트라이크〉 시리즈를 썼다. 2016년 J.K. 롤링은 '마법 세계'의 연장선인 5부작 영화 〈신비한 동물사전〉 첫 편으로 시나리오 작가로 데뷔했으며 이 영화의 제작자이기도 하다.

존 티퍼니

원작 및 연출

존 티퍼니는 〈원스(Once)〉의 연출자이며, 이 작품으로 웨스트엔드와 브로드웨이뿐 아니라 세계 각지에서 여러 상을 수상했다. 최근작으로는 미국 레퍼토리 극장과 브로드웨이, 에든버러 인터내셔널 페스티벌, 웨스트엔드에서 상연된 〈유리 동물원(The Glass Menagerie)〉과 브루클린 음악원에서 상연된 〈앰배서더(The Ambassador)〉가 있다. 영국 로열 코트 극장의 협력 연출가로 〈트위츠(The Twits)〉와 〈호프(Hope)〉 〈패스(The Pass)〉를 연출했다. 스코틀랜드 국립 극단에서 연출한 〈렛미인(Let the Right One In)〉은 로열 코트와 웨스트엔드, 세인트 앤스 웨어하우스에서도 재연되었고 여타 세계 여러 곳을 순회했다. 이 밖에 스코틀랜드 국립 극단에서 연출한 작품으로는 〈맥베스(Macbeth)〉(브로드웨이와 링컨 센터에서도 재연됨) 〈인콰이어러(Enquirer)〉 〈미싱(The Missing)〉 〈피터 팬(Peter Pan)〉 〈베르나르다 알바의 집(The House of Bernarda Alba)〉 〈트랜스폼 케이스네스: 헌터(Transform Caithness: Hunter)〉 〈비 니어 미(Be Near Me)〉 〈노보디 윌 에버 포기브 어스(Nobody Will Ever Forgive Us)〉 〈바쿠스의 여사제들(The Bacchae)〉(링컨 센터에서도 재연됨), 세계 여러 곳을 순회하고 올리비에상과 비평가 협회상을 수상한 〈블랙 워치(Black Watch)〉 〈엘리자베스 고든 퀸(Elizabeth Gordon Quinn)〉 〈홈: 글래스고(Home: Glasgow)〉 등이 있다. 티퍼니는 1996년부터 2001년까지 트래버스 극장에서, 2001년부터 2005년까지 페인스 플로우(Paines Plough) 극단에서, 2005년부터 2012년까지 스코틀랜드 국립 극단에서 협력 연출가로 활약했으며 2010~2011년도 하버드 대학교 래드클리프 펠로십(매년 뛰어난 가능성과 큰 성취를 보여 준 예술가 및 학자 50인을 선발해 후원하는 프로그램)을 받았다.

잭 손

원작 및 각색

잭 손은 연극과 영화, 텔레비전 및 라디오 대본을 쓴다. 대표적인 희곡 작품으로는 존 티퍼니가 연출한 〈호프〉와 〈렛미인〉, 헤드롱 극단과 킹스턴 로즈 극장, 브리스톨 올드 빅 극장, 시어터 클로이드가 공동 제작한 〈정크야드(Junkyard)〉, 그라이아이 시어터 컴퍼니와 영국 국립 극장에서 상연된 〈솔리드 라이프 오브 슈거 워터(The Solid Life of Sugar Water)〉, 에든버러 프린지 페스티벌의 〈버니(Bunny)〉, 트래펄가 스튜디오스의 〈스테이시(Stacy)〉, 부시 극장의 〈세컨드 메이 1997(2nd May 1997)〉과 〈웬 유 큐어 미(When You Cure Me)〉를 꼽을 수 있다. 번안 작품으로는 돈마 웨어하우스의 〈피지시스츠(The Physicists)〉와 하이타이드 극장의 〈스튜어트: 어 라이프 백워즈(Stuart: A Life Backwards)〉가 있다. 영화 대표작으로는 〈워 북(War Book)〉 〈어 롱 웨이 다운(A Long Way Down)〉 〈스카우팅 북 포 보이스(The Scouting Book for Boys)〉, 텔레비전 대표작으로는 〈라스트 팬서스(The Last Panthers)〉 〈돈트 테이크 마이 베이비(Don't Take My Baby)〉 〈디스 이즈 잉글랜드(This Is England)〉 〈페이즈(The Fades)〉 〈글루(Glue)〉 〈카스트오프스(Cast-Offs)〉 〈내셔널 트레저(National Treasure)〉가 있다. 영국 아카데미(BAFTA)에서 2016년 최우수 미니 시리즈 부문(〈디스 이즈 잉글랜드 '90〉)과 최우수 단편 드라마 부문(〈돈트 테이크 마이 베이비〉), 2012년 최우수 드라마 시리즈 부문(〈페이즈〉)과 최우수 미니 시리즈 부문(〈디스 이즈 잉글랜드 '88〉)을 수상했다.

감사의 말

〈해리 포터와 저주받은 아이〉 극연구회의 모든 배우, 멜 케니언(Mel Kenyon), 레이철 테일러(Rachel Taylor), 알렉산드리아 호턴(Alexandria Horton), 이모젠 클레어우드(Imogen Clare-Wood), 플로렌스 리스(Florence Rees), 제니퍼 테이트(Jenefer Tait), 데이비드 노크(David Nock), 레이철 메이슨(Rachel Mason), 콜린(Colin), 닐(Neil), 소니아(Sonia), 소니아 프리드먼 프로덕션(SFP)과 블레어 파트너십(Blair Partnership) 직원들, JKR PR의 레베카 솔트(Rebecca Salt), 니카 번스(Nica Burns)와 팰리스 극장의 모든 직원, 그리고 물론, 이 작품을 멋지게 표현해 준 우리 배우들에게 감사드립니다.

해리 포터 가계도

고대부터 마법사의 명맥을 이어 온 포터 가문의 기원은 12세기로 거슬러 올라간다. 이후 포터 가문은 페버럴가와 위즐리가, 심지어 더즐리가에 이르기까지 여러 마법사 가족과 머글 가족으로 뻗어 나갔다.

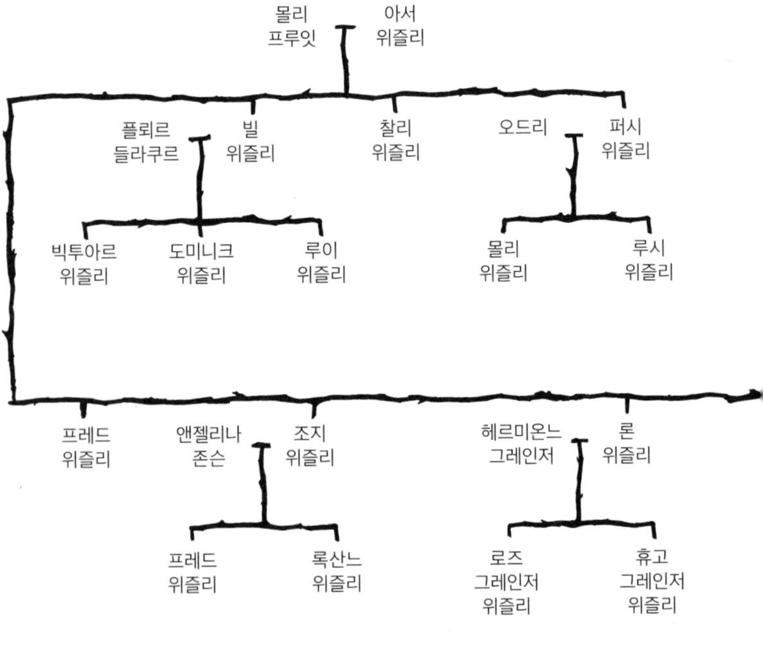

몰리 프루잇 — 아서 위즐리

- 플뢰르 들라쿠르 — 빌 위즐리
  - 빅투아르 위즐리
  - 도미니크 위즐리
  - 루이 위즐리
- 찰리 위즐리
- 오드리 — 퍼시 위즐리
  - 몰리 위즐리
  - 루시 위즐리
- 프레드 위즐리
- 앤젤리나 존슨 — 조지 위즐리
  - 프레드 위즐리
  - 록산느 위즐리
- 헤르미온느 그레인저 — 론 위즐리
  - 로즈 그레인저 위즐리
  - 휴고 그레인저 위즐리

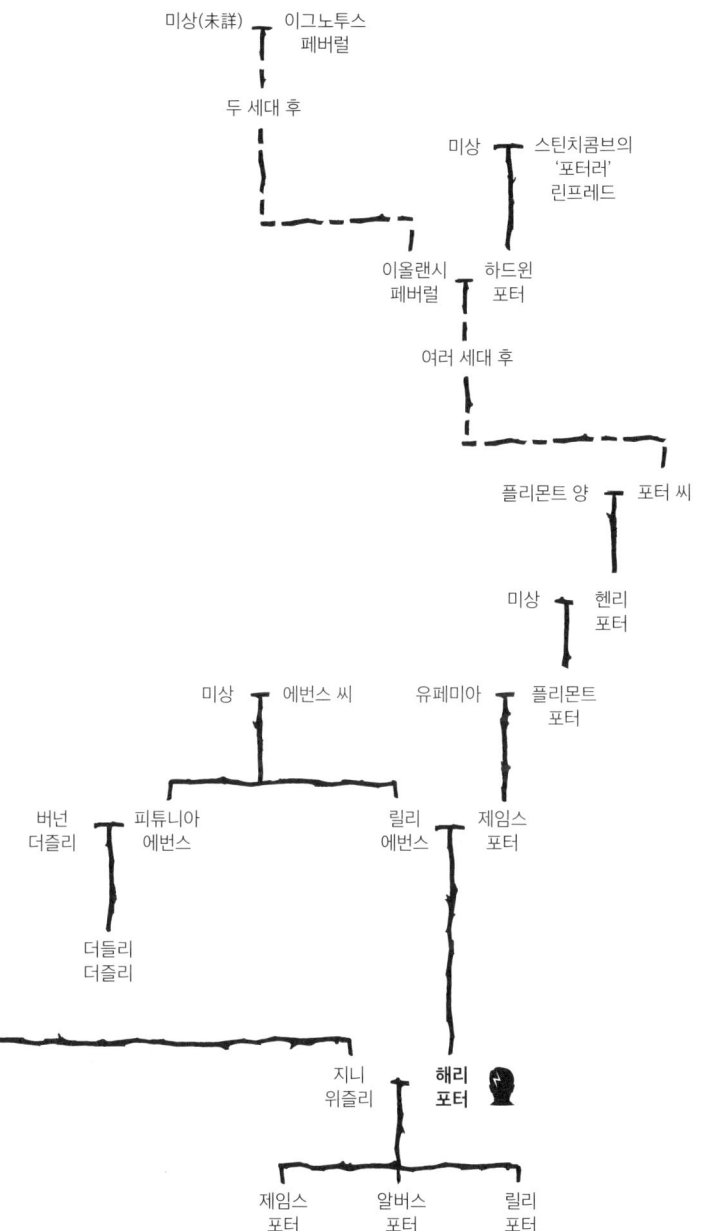

해리 포터 연대표

1980년 7월 31일
잉글랜드 고드릭 골짜기에서 해리 포터가 태어난다.

1981년 10월 31일
해리의 부모 릴리 포터와 제임스 포터가 자신들의 집에서 볼드모트 경에게 살해된다. 볼드모트의 살해 저주를 튕겨 낸 해리는 이마에 번개 모양의 흉터를 갖고 고아로 살아남는다.

1981년 11월 1일
해리가 해그리드에게 구조되어 머글 친척인 더즐리가로 보내지고 더즐리 가족은 해리의 혈통을 숨긴 채 살아간다.

10년 후……

마법사의 돌

1991년 7월 31일
해그리드가 해리에게 호그와트 편지를 가져다주며 "해리, 넌 마법사야"라고 알려준다.

1991년 9월 1일
해리가 난생처음 호그와트 급행열차를 타고 호그와트 마법 학교로 향하는 길에 론 위즐리와 헤르미온느 그레인저를 만난다.

1992년 6월
해리가 마법사의 돌을 차지하려 하는 퀴럴 교수를 꺾고 두 번째로 볼드모트를 물리친다.

비밀의 방

1992년 10월 31일
비밀의 방이 열리고 슬리데린의 괴물이 일련의 공격을 시작한다.

1992년 12월 25일
해리와 론, 헤르미온느가 처음으로 폴리주스 마법약을 마신다.

1993년 5월
해리와 론이 울보 머틀의 화장실을 통해 비밀의 방에 들어가고, 그 안에서 해리는 바실리스크를 죽인 뒤 지니 위즐리를 사로잡았던 톰 리들의 일기장을 파괴한다. 해리가 지니의 목숨을 구한다.

아즈카반의 죄수

1993년 8월
해리가 《예언자일보》에서 '아즈카반 감옥에 수감되었던 가장 악명 높은 죄수' 시리우스 블랙의 탈옥 소식을 접한다.

1993년 9월 1일
호그와트 급행열차에 디멘터들이 침입한다.

1994년 6월 6일
해리는 시리우스가 누명을 썼으며 진짜 범인은 피터 페티그루라는 사실을 알게 된다.

해리와 헤르미온느가 타임 터너를 사용해 시리우스를 구출하고 죄인인 페티그루는 또다시 도망친다.

불의 잔

1994년 8월
퀴디치 월드컵에 어둠의 징표가 나타나 볼드모트의 부활과 재기를 알린다.

1994년 9~10월
덤블도어 교수가 100여 년 만에 트라이위저드 대회가 개최된다는 소식을 발표한다. 뜻밖에도, 불의 잔이 연령 미달인 해리를 참가자로 선발하여 해리 포터와 세드릭 디고리 두 사람이 호그와트 대표 선수가 된다.

1994년 11월 24일
트라이위저드 대회의 첫 번째 과제에서 해리는 비행술을 이용하여, 불을 내뿜는 헝가리 혼테일용의 황금알을 가져오는 데 성공한다.

1994년 12월
덤스트랭 대표 선수인 빅토르 크룸이 헤르미온느에게 크리스마스 무도회의 파트너가 되어 달라고 청하고, 해리와 론은 각각 파르바티 파틸과 파드마 파틸에게 파트너 신청을 한다.

1995년 2월 24일
트라이위저드 대회의 두 번째 과제에서 해리는 아가미풀을 사용하여 호수에서 론과 가브리엘 들라쿠르를 모두 구출하지만, 그의 영웅적 행동에 대해 심판들의 의견이 갈린다.

1995년 6월 24일
위험한 괴물과 장애물이 가득한 미로에서 마지막 시험이 펼쳐진다. 해리와 세드릭은 공동 우승을 거두지만, 우승컵이 포트키인 탓에 둘은 볼드모트와 그의 부하들인 죽음을 먹는 자들이 기다리고 있는 공동묘지로 보내진다. 세드릭은 살해되고, 해리는 세드릭의 시체와 볼드모트의 부활 소식을 안고 망연자실하게 호그와트로 돌아온다.

불사조 기사단

1995년 9월
마법 정부 총리인 코닐리어스 퍼지는 볼드모트의 부활 소식을 부인한다. 그는 덤블도어를 견제하기 위해 덜로리스 엄브리지를 어둠의 마법 방어법 교수로 임명한다.

1995년 10월
해리가 학생들을 모아 덤블도어의 군대를 조직하고 이들은 비밀리에 모여 엄브리지에게 저항하며 그녀가 수업 시간에 가르쳐 주지 않는 어둠의 마법 방어법을 익힌다.

1996년 6월
그해 내내 볼드모트와 정신적으로 연결되어 괴로워하던 해리는 볼드모트의 눈을 통해 위험에 처한 시리우스의 모습을 보게 된다. 그는 가까운 친구들을 대동하고 마법 정부로 가서 또 한 번 볼드모트와 전투를 벌인다.

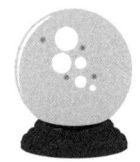

마법 정부
해리는 자신의 운명과 볼드모트의 운명이 엮여 있음을 알리는 중요한 예언을 발견한다.

마법 정부
시리우스 블랙이 죽음을 먹는 자인 벨라트릭스 레스트레인지에게 살해되고 미스터리 부서 전투로 인해 마법 정부에 보관된 타임 터너들이 모두 파괴된다.

혼혈 왕자

1997년 1월
덤블도어가 볼드모트를 무너뜨릴 계획의 일환으로 해리에게 어둠의 왕의 과거에 대해 가르치기 시작한다.

1997년 5월
그리핀도르가 퀴디치 우승컵을 따낸 뒤 마침내 해리가 지니와 입맞춤을 한다.

1997년 6월
호그와트에 죽음을 먹는 자들이 잠입한다. 드레이코 말포이가 볼드모트의 살인 지령을 이행하지 못하자, 세베루스 스네이프가 대신 덤블도어를 죽인다.

죽음의 성물

1997년 8월
마법 정부가 무너지고 볼드모트가 권력을 잡는다. 해리와 론, 헤르미온느는 도망 다니며 어둠의 왕을 물리치기 위해 나머지 호크룩스들을 찾아 나선다.

1997년 12월
해리와 론, 헤르미온느는 죽음의 성물 세 가지를 모두 소유하면 죽음의 지배자가 될 수 있다는 이야기를 접한다.

1998년 5월
해리와 론, 헤르미온느가 남은 호크룩스들을 찾기 위해 호그와트로 돌아가고 호그와트 전투가 시작된다.

호그와트 전투
볼드모트가 죽음의 성물을 모으는 과정에서 딱총나무 지팡이를 온전히 소유하기 위해 스네이프를 살해한다. 해리는 스네이프가 자기 어머니 릴리를 사랑했으며, 오래전부터 어둠의 왕이 아니라 덤블도어 그리고 자신이 사랑한 이 여성의 동맹으로 활동했다는 사실을 알게 된다.

호그와트 전투
자기가 호크룩스 중 하나임을 알게 된 해리는 마법 세계를 구하기 위해 자기 자신을 볼드모트에게 제물로 바친다.

호그와트 전투
네빌 롱보텀이 내기니를 죽임으로써 해리를 대신해 마지막 호크룩스를 파괴한다.

호그와트 전투
해리는 볼드모트의 최후 공격을 이겨 내고 살아남아 마침내 그를 무너뜨린다.

19년 후……

2017년 9월 1일
(서른일곱 살의) 해리와 지니는 부부가 되었고 그들 사이에는 세 자녀가 있다. 두 사람이 킹스크로스역 9와 4분의 3 승강장에서 론과 헤르미온느 그레인저위즐리 부부를 만난다. 두 집안의 자녀인 알버스 포터와 로즈 그레인저위즐리가 호그와트에 입학한다. 알버스는 슬리데린으로 배정받을까 봐 걱정하고, 해리는 "알버스 세베루스, 넌 호그와트 역대 교장 두 분의 이름을 물려받았어. 그중 한 분은 슬리데린 출신이었는데, 아빠가 아는 사람 중 가장 용감한 분이셨단다."라고 말하며 아들을 안심시킨다. 경적이 울리고 알버스와 로즈의 여정이 시작된다.

옮긴이 박아람

주로 소설을 번역하며, 현재 KBS 더빙 번역 작가로도 활동 중이다. 옮긴 책으로는 《마션》 《달빛 코끼리 끌어안기》《로움의 왕과 여왕들》《작가의 시작》《생활수업》《12월 10일》《빅 브러더》《내 아내에 대하여》《포이즌우드 바이블》《찰리와 악몽학교》《달콤한 내세》, 테스 게리첸의 〈리졸리 & 아일스〉 시리즈 외 다수가 있다.

해리 포터와 저주받은 아이 1·2부

초판　1쇄 발행 2017년 12월 23일
초판 11쇄 발행 2021년　9월 10일

개정1판 4쇄 발행 2025년 10월 23일

지은이 | J.K. 롤링·존 티퍼니·잭 손
옮긴이 | 박아람
발행인 | 강봉자·김은경

펴낸곳 | (주)문학수첩
주소 | 경기도 파주시 회동길 503-1(문발동 633-4) 출판문화단지
전화 | 031-955-9088(대표번호), 9532(편집부)
팩스 | 031-955-9066
등록 | 1991년 11월 27일 제16-482호

홈페이지 | www.moonhak.co.kr
블로그 | blog.naver.com/moonhak91
이메일 | moonhak@moonhak.co.kr

ISBN 979-11-92776-76-7 03840

* 파본은 구매처에서 바꾸어 드립니다.